漫時光

蓮花樓 冊二

藤萍 作

高寶書版集團

◆目錄◆

第六章

名醫會

一　有錢能使磨推鬼

江湖上提及「神醫」，無人不想到吉祥紋蓮花樓樓主李蓮花，他那能「起死回生」的醫術，已在市井之間傳成了奇蹟。化不可能為可能，介乎於神鬼之間，這就是李蓮花被稱為「神醫」的原因。

但江湖上提及「名醫」，人人皆知指的是「有藥無門」公羊無門，公羊先生。這位公羊先生並非只養公羊而不喜關門，專和亡羊補牢背道而馳，他只是複姓「公羊」，大名「無門」。公羊無門現年八十七歲，留著一撮山羊鬍，長著一張山羊臉，個子瘦小，年紀雖已老邁，卻仍在江湖遊蕩。

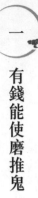

與吉祥紋蓮花樓神龍見首不見尾不同，公羊無門背著個書生背簍，每年隨大雁北上南下，年年走同一條道路。江湖中人若是有求於他，在途中將他截住即可，公羊無門必定慷慨救人，而且醫術高超，數十年來，公羊無門醫不活的不過十一人而已。

然江湖上若提及「俠醫」，近幾年闖蕩江湖的年輕人必定知道是指「乳燕神針」關河夢，此人與李蓮花那等傳說中的「神醫」不同，江湖中甚少有人知曉李蓮花的相貌、年齡、武功，甚至生辰八字。但無人不知無人不曉這位「乳燕神針」關俠醫乃是師出名門正派，年齡二十有六，風華正茂，英俊瀟灑，身高八尺一寸，於戊戌年正月初一生，前途一片大好，且孑然一身，尚無紅顏知已相伴。

如今這三位江湖上赫赫有名的「神醫」、「名醫」、「俠醫」，甚至方氏少主方多病，朝廷「捕花二青天」之花如雪等，江湖中聲名顯赫的人物，居然都聚在了一起。各位「神醫」、「名醫」、「俠醫」聚在一起，自是為了治病救人，而方多病也在一起，證明有熱鬧可湊，花如雪也聚在一起，證明發生了一些需要捕快衙役插手的大事。

其實這件事很簡單，就是江湖上一個叫金滿堂的人得了怪病，而金滿堂這人也沒有什麼稀奇，不過是有家財十幾萬兩黃金外加三十幾萬兩白銀以及無數難以估算價格的珠寶而已。

方多病已經笑了快一整天，要不是他還很年輕，只有二十出頭的年紀，可能牙齒都被他笑掉不少。原因無他，李蓮花和公羊無門以及關河夢見面了。他已整整幻想了六年，這位不會半點醫術的江湖騙子終於踢到鐵板，遇見真正的「神醫」，這回看李蓮花如何扯彌天大謊，不讓人發現他是個偽神醫。

方多病，二十二歲，武林大家方氏的大公子，名號「多愁公子」，和吉祥紋蓮花樓中那位神醫李蓮花是六年的老友。此刻，他正坐在金滿堂府「迎仙殿」正中的太師椅上，看著對面的人爽朗大笑，口稱：「久仰關俠醫大名……」

坐在方多病對面的少年男子長袍緩帶，面目俊美，和骨瘦如柴、蒼白瘦弱的方大公子大大不同，的確是明珠美玉般的少年英雄。關河夢聞言長身而起，對方多病一揖，恭恭敬敬地道：「不敢不敢，方大公子文采風流，在下如雷貫耳。」

方多病嗆了一下，繼續滿面春風地笑著，轉向身側的一位貌若山羊的老者拱手：「久仰公羊前輩大名……」

坐在他身側身高五尺，留著一把山羊鬍，如他一般骨瘦如柴的老者便是「有藥無門」公羊無門。公羊無門年紀雖大，卻是最早抵達金府的，他來了一日後，花如雪才因為溫州「金羚劍」董羚猝死金府一案登門調查。花如雪聽聞金滿堂得病，便又邀請關河夢和李蓮花前來為金滿堂治病。而關河夢到達兩日之後，李蓮花才被方多病拖來。幾人到達金府的時間不一，前後約莫相距五日。比起關河夢的彬彬有禮，公羊無門只對他掀了掀眼皮，有氣無力地說了一句什麼。方多病不知不覺「啊」了一聲，公羊無門突然道：「如你這般根骨，六十歲後當百病纏身，你要進補。」

這老頭貌似衰弱，提起嗓門卻聲震如雷，把方多病手中的茶杯茶盞震得叮噹作響，在座幾人都嚇了一跳。卻聽有人咳嗽一聲，方多病沉下臉：「你咳什麼咳？」

那人歉然道：「咳咳……我嗆了一口茶……」說話的人臉色白皙，容貌文雅，規規矩矩地端坐在方多病右手邊，似是有些潦倒的書生，正是李蓮花。

方多病聞言正想哼一聲，又聽李蓮花極認真地補了一句：「萬萬不是在笑話你。」關河夢差點笑出來，方多病瞪著李蓮花，半晌從牙縫裡硬是擠出一句：「客氣了。」

李蓮花一本正經地微笑：「應該的。」

這幾人都是江湖中赫赫有名的角色。武林富豪金滿堂身患怪病，三位大夫前來會診，而方多病則代表方氏為金滿堂送了截什麼千年人參。在金滿堂患病之前，溫州「金羚劍」董羚又在金滿堂的元寶山莊突然死去，「捕花二青天」之花如雪正在元寶山莊調查此事。這幾日，原本錢多人少的元寶山莊竟多了許多位大人物。

「各位神醫，老爺有請。」李蓮花剛開口說出「應該的」三個字，元寶山莊的管家金元寶便尖著嗓子喊了一聲，那聲調讓方多病想起替皇帝傳旨的太監，心裡暗暗好笑。

三位神醫站起身，方多病跟在李蓮花身後，饒有興致地往金滿堂臥室走去，不知這位家財萬貫的武林財主究竟得了什麼怪病，需要召集三位「神醫」為他治病。

即便方多病在心裡猜測了千百次，他看到金滿堂的那一刻還是大吃一驚，李蓮花則根本是嚇了一跳，關河夢「錚」的一聲鬆開了劍柄的機簧，公羊無門「嘿」了一聲。那房間的大床上躺著一具爬滿蛆蟲、身著錦衣的屍體，早已嚴重腐爛。只聽身後元寶山莊的總管金元寶恭恭敬敬地道：「這就是老爺的病體。」

「他……他根本……」關河夢眉頭緊蹙，「他根本早就死了。」

公羊無門老眼無神，居然打了個呵欠。

李蓮花「敬畏」地張望著金滿堂的屍體，這就是江湖上最有錢的人。

金元寶陰森森道：「胡說八道，誰說老爺死了？老爺只是病了，五天沒有起身，我今天還為他換了衣裳，誰說老爺死了？」

幾人面面相覷，紛紛倒抽一口氣，目瞪口呆。

「金滿堂確實死了。」門外突然傳入一個更加陰惻惻的聲音，有人涼涼地道，「他的死期約莫和『金羚劍』董羚相似，我已請公羊無門看過。金元寶確實瘋了，你們不必理他。」

方多病震驚過後好奇地道：「金滿堂和董羚一起死了？怎麼會？我聽說董羚和金滿堂毫無交情，不過是路過這裡住了一晚，突然暴斃，怎會連金滿堂也死了？」

這位出現在門口的人長著一張老鼠臉，正是身著白衣的「捕花二青天」之花如雪。只聽他仍舊陰惻惻地道：「為何會一起死了，我也很想知道。你們三人如能弄清楚金滿堂是如何死的，便能免去一場大禍。」

方多病問道：「什麼大禍？」

關河夢道：「金滿堂死後留下偌大財產，他又無妻子、子孫……」

方多病頓時醒悟：「啊……」

若此時金滿堂的死訊傳揚出去，只怕覬覦這份無主之財的人不在少數，唯有查明真相，妥善處理好金家財產，尋出繼承之人，方能讓人知曉金滿堂已死。

花如雪道：「幸好金元寶瘋了，金府上下都以為金滿堂仍然活著，不過得了怪病。」

李蓮花看了恭恭敬敬、猶如木頭一般站在門口的金元寶一眼，極認真地端詳著他腰上懸掛的乾枯橘皮和一小串粽米，喃喃道：「這位金總管瘋得也很奇怪……」

花如雪仔細看了他一眼，突然道：「李蓮花？」

李蓮花連忙道：「正是。」

花如雪古怪地看了他一眼，繼續方才的話題：「所以，定要查明五日之前元寶山莊到底發生了什麼事。」

「但金老闆的屍體已經壞了，」關河夢走過去細看那具屍體，「想知道究竟因何而死，只怕有些麻煩。」

花如雪冷冷地道：「董羚的屍體我已看過，臉上表情和金滿堂一模一樣，隨身之物在這裡。」

「啪」的一聲，他拋出一個灰色布包。關河夢打開布包，只見裡面有董羚的金羚劍，雨傘一把，換洗的衣服幾件，錢袋一個，梳子一把，此外別無他物。

幾人的目光剎那間都集中在那梳子上，只見那梳子是玉質的，光潤晶瑩，雖然斷了兩根梳齒，看起來仍然價值不菲，尤其梳身刻有幾道凹槽，更與其他梳子不同，實在不像董羚這等江湖行客所有。

李蓮花尚在董羚的遺物之中張望，公羊無門卻已走向金滿堂的屍體，和關河夢一道下手翻動，過了片刻，公羊無門突然道：「李蓮花，你以為如何？」

方多病正站在公羊無門身後探頭探腦，聞言向李蓮花望去，臉上掛著古怪的笑容。只見李蓮花呆了呆，慢慢走過來，瞄了金滿堂的屍體一眼：「啊……」

公羊無門老眼半睜半閉：「依你之見？」

李蓮花慢吞吞地道：「依我之見……」

方多病在肚裡爆笑，卻也有些擔心，畢竟驗看金滿堂死因並非兒戲，李蓮花若是在此刻被揭穿是個騙子，可大大地不好玩。

只聽李蓮花慢吞吞地繼續道：「金老闆並非為人所殺。」

方多病心下大奇：「什麼？」

卻見公羊無門老眼一睜：「李蓮花不愧是李蓮花。」

關河夢也是點頭：「依在下看來，金滿堂渾身無傷，雙目大睜，表情驚恐，面部紫黑，雙手緊抓胸口，經銀針試探並非中毒，應是驚嚇而死。」

方多病斜眼看著李蓮花，分明看到他鬆了口氣，卻微笑道：「金老闆豈是容易被人所害的？只是不知令他驚恐萬分、突然暴斃的究竟是何事何物？」

關河夢搖了搖頭：「若是真如花捕頭所言，董羚的死狀和金滿堂一模一樣，莫不也是驚嚇而死？金滿堂年過五十武功不高，尚有病痛纏身，受驚嚇而死情有可原，可要是說『金羚劍』董羚會被嚇死，那著實令人難以置信。」

公羊無門哼了一聲，以驚人的嗓子道：「若是見了畫皮的女鬼，嚇死幾個年輕人也不奇怪。」

關河夢恭恭敬敬地賠笑臉：「畫皮之說，終是故事而已……」

公羊無門雙眼翻天，卻是不願看他，這位老頭脾氣古怪，竟是十分重名氣，只願和李蓮花說話，視「乳燕神針」為草芥，不屑與之交談。

花如雪陰惻惻地道：「我只說董羚臨死的表情和金滿堂一模一樣，公羊大夫驗過屍體，說是被吊死的，屍體還在隔壁。」

「金老闆就是死在這裡？」方多病問。

花如雪道：「金滿堂就死在臥室之中，據說撲倒在窗下，可能是自窗口看到了什麼古怪東西。」

李蓮花插口問：「那董羚呢？」

花如雪道：「董羚倒在窗外花園裡。」

方多病忍不住道：「難道他們同時見了鬼，同時被嚇死？」

花如雪陰惻惻地道：「也有可能。」

李蓮花瞪了方多病一眼，他一不怕窮二不怕髒，最怕的就是鬼。

方多病卻從鼻子裡哼了一聲：「我看這事必定就是元寶山莊裡有個可怖的怪物，把金滿堂嚇死，吊死董羚，又把金元寶嚇瘋，只要我們抓到那個怪物，事情立刻水落石出。」

關河夢和公羊無門都皺起眉頭，花如雪沒有半分高興之色，陰森森地道：「如果是畫皮的女鬼，你捉得到嗎？」

方多病瞪回去：「你怎知我捉不到？」花如雪橫眉冷笑。

李蓮花慢吞吞道：「即使是畫皮女鬼、白骨精、狐狸精，方大公子也是一捉便到，絕無二話。」

關河夢臉現微笑。

方多病悻悻道：「你又客氣了。」

李蓮花正色道：「不敢、不敢，應該的。」

二 玉梳子

幾人把金滿堂的屍體分分寸寸都驗看了一遍，除了更肯定他並非為人所殺之外，並沒有什麼新的發現，便到隔壁查看董羚的屍體。董羚的屍體公羊無門早已看過，他頸上一道麻繩勒痕十分明顯，頸骨已斷，臉色紅潤，表情驚駭，身上也無其他傷痕，倒似自己上吊自盡，衣裳一塵不染，看不出掙扎痕跡。

走出房門之後，花如雪把金滿堂的臥室鎖上，領著幾人來到窗外花園之中。元寶山莊的庭院開滿鮮花，樹木十分茂密高大，一看便知花費許多心血。方多病剛才進來的時候就已在肚子裡嘀咕，如今越發嘀咕。金滿堂的庭院裡種的都是奇花異草，他竟半株也不認識。方氏在江湖上也算是一方富豪，和金滿堂相比，奢華程度竟仍然差距甚遠。

庭院中除了種滿方多病不認識的花草樹木之外，尚有以崑崙子玉鋪墊的鵝卵小白玉路一條，兩側生長著如女子髮絲般的碧綠青草，柔嫩多汁，有一尺五寸多高，顯得十分風雅。

在這青青翠翠、風雅馥郁的庭院之中，花如雪卻以劍鞘在庭院草皮上畫了一個長條形的框框。

方多病看了兩眼，本要嘲笑花如雪大驚小怪，卻越看越奇：「這是什麼東西？」

花如雪雙手抱胸站在方框旁邊，充耳不聞，倒是關河夢驚嘆了一聲：「這……可是足跡？」

原來碧綠茂盛的草地上留著兩道古怪的擦痕，像被什麼東西犁過一般，卻只是折了草莖，沒有掀起泥土，而且有些較為生嫩的草莖是從中折斷，並非因踐踏或者重壓而委頓。這兩條擦痕既不像人行走踩的，也不像車輪輾過的，倒像是什麼東西從草上掠過，由淺而深擦過一片草地。單看這擦痕，卻又不像飛鳥或者蝙蝠所為，必是比飛鳥沉重許多的事物，方能在掠過草叢的瞬間，留下這樣的擦痕。

「不是足跡。」公羊無門道，「說不定是『草上飛』？」

幾人眼睛一亮。一種在草叢上借力掠過的輕功身法，說不定會造成這樣的擦痕。

關河夢聞言拔身而起，施展「草上飛」掠過一片草叢，落在庭院另外一邊，衣裳上擦出了一片汙痕：「如何？」

花如雪首先搖頭，冷冷道：「我已試過，你自己看看。」

關河夢回頭一看，「草上飛」雖然能令一片草莖折斷，留下的卻是一道擦痕，且擦痕比花如雪框起來的那兩道寬得多。那兩道古怪的擦痕筆直如用墨尺所量，自己留下的痕跡卻有所偏離，且深淺不一，果然並不相似。

「看來這擦痕也不是『草上飛』留下的。」方多病道，「果然有點奇怪。」

花如雪哼了一聲：「廢話！」

李蓮花對著兩種擦痕看了一會兒，又順著痕跡往前走，痕跡消失在庭院草地中間。他抬起頭，面前二丈方圓內除了鮮花和青草，什麼也沒有，回過頭，亦只有那幢死了人的房間，最多門前還有棵大樹，除此之外仍是什麼也沒有。

幾人在庭院中搜索，找不到比那兩道古怪擦痕更加古怪之處。於是在元寶山莊內繞了幾圈後，眾人又回到大廳坐下，將董羚的遺物擺在桌上，圍桌而坐。

「那個……我始終覺得……這個梳子……有點奇怪。」李蓮花對著那玉梳子看了很久，「這梳子是玉做的，似乎是質地很好的玉……」

關河夢文質彬彬地提醒他：「李神醫，這是翡翠玉梳，而且這塊翡翠質地透明碧綠，十分罕見。」

李蓮花茫然地「啊」了一聲：「翡翠很硬吧……」

方多病聳了聳肩：「不錯。」他腰上就懸掛著一塊翡翠玉佩。人說玉有五德，君子必佩玉，所以方大公子向來玉不離身，翡翠的確是硬逾鐵石。

李蓮花繼續道：「難道梳頭能把翡翠梳子梳斷好幾根梳齒？」

花如雪冷冷道：「若是摔在地上，也難保翡翠梳子不會斷去好幾根梳齒。」

李蓮花指了指那把玉梳子：「那個……不像……」

方多病一把搶起玉梳子細看，卻見斷裂的兩根梳齒一根斷紋向左，一根斷紋向右，並非整齊斷去：「這倒像是扭斷的。」

李蓮花漫不經心地「嗯」了一聲：「所以說這把梳子很奇怪……」

關河夢聰明雅達，聞言問道：「莫非李神醫以為，這翡翠梳子曾經插入孔隙，且被內家高手貫注內力扭斷了梳齒？」

李蓮花搖了搖頭，慢吞吞道：「不是。」

關河夢一愣，只見李蓮花突然露齒一笑道：「我是說這梳子說不定不是把梳子，而是把鑰匙。」

圍坐的幾人臉色一變，李蓮花從方多病手中接過那把玉梳，輕輕摸了摸梳子上的凹槽，做了個插入的動作，而後扭動，幾人頓時領悟：如果這把梳子真是如此斷了梳齒，那麼是何人將它插入何處？為何扭動？這種用法，的確是像把鑰匙。

如果這把翡翠梳子不是梳子而是鑰匙，那它是哪裡的鑰匙？董羚為何會將它帶在身上，他又為何而死？

方多病詫異地看著那也許是「鑰匙」的翡翠梳子，半晌道：「鑰匙……有鑰匙意味著有金銀珠寶、武功祕笈、古玩字畫，說不定還有美女如雲……」

花如雪陰森森地道：「有鑰匙意味著有密室，有門。」

幾人面面相覷，密室？金滿堂元寶山莊之中，真有所謂的「密室」嗎？

半晌之後，方多病「嘿嘿」笑了兩聲：「如果這梳子真是把鑰匙，那當然有密室，換句話說，如果元寶山莊裡沒有密室，這把梳子多半就不是鑰匙，李蓮花就是在胡說八道。」

李蓮花尚未說話，公羊無門已用霹靂般的嗓門道：「找！」

花如雪其實早已把元寶山莊仔細搜了幾遍，聞言微現冷笑之色。這元寶山莊之內並無高手，坐擁眾多財寶，靠的是十分縝密的房屋設計。間間房屋其實都由鋼板所製，地面門窗也是精鋼鑄成，其上有鎖，合攏門窗便即鎖死，因此明知內有珍寶，若無特製鑰匙，即便是火燒水淹也無法打開。鋼板本薄，要在牆中藏有密室而不為人發覺，幾乎是不可能的。而花如雪早已手持金家鑰匙將各個房間打開來看了一遍，並無所獲。

方多病很是興奮，一把拉住李蓮花：「走走走，找密室！」

公羊無門老臉雖然尚無表情，卻顯然對金滿堂家中的「密室」相當感興趣。關河夢目中也大有躍躍欲試之色，搶著出門，他和李蓮花在門口相撞，兩人都是一怔，退開兩步，頓了頓，走向自己感興趣的方向。

李蓮花被方多病拖著直往廚房走去，邊走邊聽他道：「像金滿堂這樣只愛錢，連老婆都不娶的財迷，寶貝一定藏在別人想不到的地方，我想庫房、臥室、書房什麼的一定不會有……」李蓮花卻只注意地上的臺階、磚塊、門檻等，饒是他打起十分精神，還是被方多病拖得踉踉蹌蹌，一路上差點栽了幾個跟頭。好不容易走到廚房，李蓮花卻是腳底一滑，「撲通」一聲在廚房大門口撲了一個狗吃屎，抬起頭來眼冒金星，看著廚房後面的大樹，繼而看著方多病那雙富麗堂皇、價值千金的鞋子，滿臉苦笑。

「你幹麼趴在地上？」方多病知他摔跤，等了半晌卻不見他爬起來，「地上有寶？」

李蓮花嘆了口氣，摸了摸摔痛的手肘膝蓋，慢吞吞地從地上爬起來：「地上沒寶，廚房裡也不會有寶……」

方多病聽他不信自己的神機妙算，不免惱怒：「你怎麼知道廚房裡一定沒有？」

李蓮花苦笑地看著元寶山莊的廚房：「這廚房四四方方，牆壁不過五寸多厚，四面牆壁兩面有窗戶，連窗上的鎖都是壞的，既沒有哪裡多一塊，也沒有哪裡少一塊，你說裡面有密室，是要藏在哪裡……」

他環視著廚房，聲音不知為何越說越小。

方多病瞪眼看著眼前灶臺碗櫃寬敞、油鹽齊備的廚房，心裡悻悻然，嘴上強辯：「誰說密室一定要很大？說不定藏金滿堂寶貝的密室，只有手掌大小，反正只要藏得進金滿堂想藏的寶貝就可以了。」

李蓮花聞言一怔：「只要藏得進寶貝就可以……有誰規定密室一定要大得能藏人……多病你果然聰明得很。」

方多病頓時一樂，眉開眼笑：「我說密室在廚房裡，你偏偏不信！」李蓮花「啊」了一聲：「廚房裡也是有可能的……」

方多病已在廚房裡搬起鍋碗瓢盆，四處翻找「密室」，全然沒聽李蓮花在說什麼，等他翻了半日什麼也沒找到，失望地回過頭，卻發現李蓮花早已不在他身後，不知何時溜了。

關河夢沿著金滿堂的臥室往書房走去，一路上留心細看牆壁、牆角、磚縫和房屋走向，果然很快發現有些樹枝是新近折斷的，其上似有被利刃割過的痕跡。關河夢行走江湖已有三年之久，也曾見過不少奇聞怪事。金滿堂暴斃，以及董羚身上留下的那把斷齒翡翠梳，令他漸漸相信，元寶山莊內，確實有著特異之處。

金滿堂究竟是被什麼東西驚嚇而死？那把翡翠梳子，是董羚帶來的，還是……他不知不覺已走到元寶山莊的偏僻之處，四下花樹茂盛，蝶蜂飛舞，關河夢無心欣賞，站在樹下怔怔出神。

突然間，他嗅到什麼氣息，本能地抬頭一看，卻是白煙。關河夢循煙望去，只見不遠處的樹下，一個人正點起旱煙桿子。那人也轉過頭來，關河夢定睛一看，卻是公羊無門，不禁微微一笑：「公羊前輩，可是尋到了密室？」

公羊無門下垂的眼瞼動了動，有氣無力地道：「沒有尋到，來這裡歇歇，小子你呢？」

關河夢搖頭：「一無所獲，或許那玉梳只是玉梳，並非什麼鑰匙……」

公羊無門嘿嘿一笑。他知道金滿堂有件心愛的寶物，叫做「泊藍人頭」，那是個藍色的頭顱骨，只有貓頭大小，用黃金堵住雙眼和鼻梁，弄成杯子模樣，以那人頭杯飲酒，能治百病，萬毒不侵。二十年來，只有十年前四顧門門主李相夷曾得金滿堂招待，喝過一次人頭酒。此物是醫家珍寶，不過每使用一次，效力便減少一分，十分珍貴。「乳燕神針」關河夢非正人君子不救，這般遠道而來，為金滿堂治病，難道真是為了金滿堂這位臭名昭著的鐵公雞不成？

兩人交談之際，身後房屋內有人驚恐萬分地慘叫一聲，是元寶山莊僕役的聲音。

兩人一怔，回身掠入身後廂房，只見偏僻的廂房內，幽暗空洞的屋梁下，一個人掛在那裡微微搖晃，關河夢脫口驚呼：「金元寶！」

那名發現金元寶的僕役坐在地上瑟瑟發抖，駭然至極，指著梁下的金元寶結結巴巴地道：「總……總管……總管……」

關河夢摸了摸金元寶的腳踝：「此人懸梁不過片刻功夫，快把他放下來看是否有救？」他縱起將金元寶放下，一試鼻息心跳，僥倖未死，頸上纏繞著金元寶自己的腰帶，兩位大夫一陣急救，保住了金元寶一條老命。

公羊無門在金元寶身上摸索了一陣，「咦」了一聲，關河夢臉現詫異之色，「公羊前輩，此人似乎不是因為受到驚嚇而瘋癲，這……這……」他的手指在金元寶腦後觸到一個圓形的細小凸起，在金元寶身上也有多處如這豆子般的凸起，「這似是一種病。」

公羊無門「嘿」了一聲：「寸白蟲！」闞河夢點了點頭。

「寸白蟲」是一種鄉間常見的疾病，得此病者渾身生有蟲卵，狀如黃豆，在血肉之中蠢蠢而動，十分可怖，治療卻不甚難，只需下驅蟲之藥便可。只是若蟲卵隨血而上，入了腦內，便十分麻煩，蟲卵梗於腦中，重則喪命，輕則瘋癲，至於頭痛嘔吐，發熱畏寒，自是少不了。

此病多是因生食得病豬牛之肉而起，金滿堂的管家居然得此病，實在是奇怪得很。闞河夢心裡暗忖：看來金元寶的瘋癲是因為寸白蟲而起，和金滿堂之死毫無關係，他在此時瘋癲不過是巧合，得此病應該很久了。

公羊無門老眼冷冷地看著瑟瑟發抖的那位僕役：「你還不走？」那僕役頓時驚醒，連滾帶爬地衝出房門。

公羊無門語調突又變得氣若游絲：「看來金元寶上吊，不過是瘋癲發作，不是見了什麼畫皮女鬼。」

闞河夢點了點頭，瘋子的行徑，確實不能以常人之心揣測：「不知花捕頭他們找到密室沒有？」

三 密室

花如雪的確找到了密室，不過他找到密室是因為有人招呼他「密室在這裡」，而那個語調認真、面帶微笑的人自然就是李蓮花。

那個所謂的「密室」就在金滿堂臥室之內，其實也沒有什麼稀奇。臥室裡有個櫃子，櫃子上有個抽屜，那抽屜本是用來放鏡奩、梳子、髮油等物品，把那抽屜拔出來，櫃子靠牆的一塊便露了出來。牆壁上有一排細微的小孔，李蓮花將翡翠梳子往牆上一插，大小長短絲毫不差，這便是所謂的「密室」。

花如雪看著李蓮花小心翼翼地拔出抽屜，尋到「密室」，那張老鼠臉上卻沒有什麼驚訝的表情。他和李蓮花不是第一次見面，這位「江湖神醫」醫術如何他不知道，但李蓮花在碧窗有鬼殺人一案中的表現，令他印象深刻。李蓮花是個不怎麼笨的蠢貨，花如雪心裡冷冷判斷。

李蓮花插入翡翠梳子，證實這就是那個「密室」，他鬆了口氣，微笑道：「我猜開鎖的東西如果是梳子，密室應該就在梳子該在的地方，不會離得太遠。」

花如雪斜倚在門口：「打開來看看。」

李蓮花指上用力，那翡翠梳子質地堅硬至極，插入牆壁孔隙雖是剛好，卻無法轉動，卡在牆上。

花如雪冷冷道：「既然那梳齒斷了幾根，證明董羚並不是這般扭法。」

李蓮花也很明白，梳齒斷了幾根，不大可能是這般全部沒入牆中的插法，如果一把梳子全都插入孔隙，扭起來要麼完好無損，要麼全部斷裂，甚至可能梳子從中斷開，不大可能只斷了幾根梳齒。要扭斷幾根梳齒，必定是只有斷裂的幾根梳齒插入孔隙，用力扭動方有可能。但這牆上並無凸起，孔隙也是一排十七個，恰好和梳子相符，根本無法選擇。

這密室究竟要如何開啟？李蓮花想了想，突然把梳子整個壓入牆中，只見那十七個小孔齊齊往下凹陷，牆中發出了輕微的一聲「咯」。

「我真是笨，董羚扭斷梳子，證明他找錯了地方，用錯了方法……」李蓮花喃喃自語，「不過他找到的是什麼地方呢……」

他正想得出神，那抽屜後側的牆壁緩緩推出一個小抽屜來。

花如雪皺眉，那抽屜中只有一塊油光滑亮的黑色綢緞軟墊，墊下似乎襯著棉絮，十分華貴，然而軟墊上凹了一塊，珍藏其中的物品蹤影杳然，早已不翼而飛。

李蓮花也很茫然：「金滿堂在牆壁裡藏塊黑布做什麼？」

花如雪雙眼翻白，陰惻惻地道：「這裡面的東西不是被偷，就是被藏到別的地方了。」

李蓮花漫不經心地應了一聲，仍是看著抽屜發呆。

花如雪抬頭看著屋梁，半晌道：「擦痕、吊死……嚇死……密室……失蹤的東西……」

李蓮花隨他抬起頭來，微微一笑：「啊……唉……」

花如雪緩緩地問：「你『唉』些什麼？」

李蓮花「啊」了一聲：「沒什麼……」

花如雪「嘿」了一聲：「這世上最無聊莫過殺人。」

李蓮花的視線自梁上轉到花如雪臉上，那一瞬間，花如雪突然意識到這是李蓮花第一次正眼看他，眉頭一皺，卻聽這位神醫道：「這世上最簡單的，也莫過於殺人……」

花如雪「嘿」了一聲：「殺人皆因人有欲。」

李蓮花微笑道：「沒有欲望，怎能算人呢？」

說話間，忽聽方多病在外大喊大叫：「李蓮花——李蓮花——」

花如雪冷冷道：「這裡！」

方多病聞聲立刻衝了進來：「金元寶腦子壞了差點上吊自殺我發現廚房裡面的祕密灶門裡面木炭堆裡有……」

李蓮花聽得莫名其妙，茫然道：「金元寶差點要殺你？」

方多病暴跳如雷：「不是！是金元寶要自殺我在廚房……」

李蓮花越發迷茫：「金元寶要在廚房殺你？」

方多病被他氣得差點吐血，咬牙切齒一字一字道：「金元寶剛才上吊自殺，被關河夢和公羊老頭救回來了！他、沒、有、要、殺、我！」

李蓮花唯唯諾諾連連稱是。方多病又道：「我在廚房灶門裡找到這個東西。」說完手掌一攤，花如雪和李蓮花仔細一看，卻是一張被火燒過的殘餘紙片，上面隱約有幾個字。紙張顏色略微發黃，被火燒去大半，熏得焦黃，邊緣卻仍然堅固潔白，歷經灶火而未完全化為灰燼，可見此紙質地奇佳，非尋常白紙。

方多病道：「這是一張溫州蠲啊！」

李蓮花和花如雪臉色都有些微變，溫州蠲紙只產於溫州一地，以堅固耐用、質地潔白緊滑出名，十分昂貴且多為貢品，在元寶山莊附近絕無此紙。金滿堂喜愛華麗，平日使用的是蘇州彩箋，和溫州蠲全不相同。花如雪在朝中掛職，對溫州蠲自是相當熟悉，這確是一張溫州蠲，且保存的時間已經很久了，邊緣之處雖然潔白，卻沒有新紙那層皎潔之色。殘紙上尚留著幾個字，卻潦草得讓人無法分辨，草書不像草書，也不似大篆小篆，看得人一頭霧水。

見到方多病從灶門裡挖出來的這張殘片，李蓮花和花如雪完全把金元寶自盡未死之事拋在腦後，只是看著那張殘紙苦苦思索。這塊殘片應是紙張邊角，從上而下依稀留著四個字，蓋著一個印鑑，難得此紙歷經灶火而留存，上面的字居然認不出來！

方多病手握此紙，他雖然什麼也沒想出來，卻覺得元寶山莊這一連串怪事的關鍵，或許就在他手掌之中。他也看了這四個字很久，實在想不出究竟寫的是什麼，斜眼看花如雪一張老鼠臉黑得不能再黑，心裡一樂，看來這位捕快大人也看不出來。

正高興之際，李蓮花卻喃喃道：「這四個字很是眼熟……一定在哪裡見過。」

花如雪眼睛一亮：「仔細想想！」

李蓮花接過那張殘紙，突然「啊」了一聲：「『此帖為照』！這四個字是『此帖為照』！這是一張……當票。」

當票？方多病瞠目結舌，他家裡從不缺錢，自是不知當票為何物；花如雪雖是見過當票，卻從來沒仔細看過；只有李蓮花這等時常典當財物的窮人，才認得出那四字是當鋪的制式文書「執帖人某某，今因急用將己物當現銀某某兩。奉今出入均用現銀，每月三分行某，期限某個月為滿，過期任鋪變賣，原有鼠咬蟲蛀物主自甘，此帖為照」的最後四字「此帖為照」。

當鋪書寫當票自有行規，字體自成一格，比草書更為潦草，難怪花如雪和方多病認不出。然而，這如果只是一張尋常當票，為何會以溫州蠲書寫？票面上當的究竟是什麼？

「既然這是張當票，」方多病對著那印鑑看了半天，「這是不是『當鋪』兩個字？」

篆刻比手寫字好認得多，花如雪陰沉沉地道：「這是『元寶當鋪』四個字。」

李蓮花嘆了口氣：「聽說金滿堂年輕時做的就是典當生意，開的當鋪就叫『元寶當鋪』。」

方多病「啊」了一聲：「我明白了明白了！」

李蓮花又嘆了口氣：「你明白了什麼？」

方多病嘻嘻一笑：「這是張金滿堂年輕時做生意開出去的當票，現在卻在金滿堂廚房裡燒了，也就是說，要麼他已經收了銀子把東西還給人家，當票已無用處；要麼就是他搶了別人的當票，塞在灶臺裡燒成灰，不肯把當的東西還給人家。」

李蓮花繼續嘆氣：「這些我也明白，我還比你多明白一點。」

方多病一腔得意頓時沉入海底，黑著臉問：「什麼？」

李蓮花道：「最近來元寶山莊的沒有別人，只有董羚，所以或許還可以假設這張當票是董羚帶來的，何況董羚來自溫州……」

方多病恍然大悟：「我知道為什麼董羚會死了！他帶了當票和銀子過來找金滿堂要回當年當掉的什麼寶貝，金滿堂捨不得還給他，於是殺了董羚、奪回當票，塞在灶臺裡燒了！」

李蓮花嘆了第四口氣：「你果然聰明，你明白了，我還是一點都不明白……」

方多病得意揚揚：「本公子已經全都明白了，你有什麼不明白可以問本公子。」

李蓮花順口問，「如果事情真是如此，那麼為什麼金滿堂也死了？」他以很同情的目光看著方多病，「你不要忘記，他也已經死了……」

方多病突然噎住，滿臉得意頓時化為黑氣，如果是金滿堂殺了董羚，為何金滿堂自己也死了？他為什麼會被嚇死？

花如雪淡淡道：「能找到這張當票已是僥倖，方公子的想法縱使不是全對，也對了一大半，只是其中細節，你我還不知道而已。」

方多病心裡大讚花如雪此人雖然面目可憎，卻非真的討人厭：「正是正是。」

「事情的關鍵，就在於金滿堂為何死了……還有這張當票上所當之物，究竟是什麼？」李蓮花喃喃道，「金滿堂是被嚇死的……董羚是被吊死的……屍體又怎會在金滿堂窗外？花捕頭，金滿堂有一件價值連城的寶貝叫做『泊藍人頭』，你可曾聽說過？」

花如雪點了點頭：「那是西域小國進貢前朝皇帝的禮物，而後流落民間，十多年前聽說落到金滿堂手中，不過我在元寶山莊搜查了幾次，並沒有發現『泊藍人頭』的下落。」

李蓮花越發茫然：「『泊藍人頭』果然失蹤了，但也不代表這『密室』裡藏的東西一定就是『泊藍人頭』……」

花如雪「嗯」了一聲：「『泊藍人頭』的事暫且不說，董羚之死很可能和這張當票有關，金滿堂的死或許真是意外，但有一件事我始終想不通。」

方多病好奇地道：「什麼？」

花如雪的目光只盯著李蓮花：「董羚是被吊死的，他是在哪裡被吊死的？吊死他的繩索在何處？」

方多病恍然大悟，連連點頭，李蓮花聚精會神看著那從牆上伸出的暗盒，手指在盒內軟墊上摩挲，嘴裡念念有詞，也不知自言自語些什麼，突然接口道：「董羚之死不但可能和當票有關，或許還和密室有關。」

「密室？」方多病指著那暗盒，「這個密室？」

李蓮花微微一笑：「他身上帶著扭斷的翡翠梳子，說明他曾經用過梳子，只不過也許是找錯了地方，他找到的是什麼地方？為什麼他會以為是密室？說不定那個找錯的密室，和他的死有關。」

花如雪眉頭緊蹙，聲調終於沉了下來：「你說元寶山莊裡有第二個密室，董羚就是在那密室中被人吊死的？」

李蓮花大吃一驚，「我只是說……只是提醒……那個董羚曾經找錯過密室，用錯過鑰匙……」花如雪瞪了他一眼，李蓮花滿臉歉然，「我沒說元寶山莊裡一定有第二個密室……」

方多病哼了一聲，心裡暗罵李蓮花是個徹頭徹尾的奸猾小人：「剛才本公子找你的時候已經把山莊搜了一遍，元寶山莊絕對不可能還有其他密室，何況是殺人密室，絕對不可能！」

花如雪冷冷道：「元寶山莊財寶之名遠揚，莊內門窗都是精鋼所製，若是鎖了起來，間間都是密室。但殺人不一定要密室，金滿堂的武功不及董羚，如果金滿堂要殺董羚，必定用了陰謀詭計。」

李蓮花連連點頭。

方多病突然道：「董羚上吊，金元寶不也上吊了嗎？」

李蓮花睜大眼睛看了方多病一眼，慢吞吞道：「或許元寶山莊裡的人自殺都喜歡上吊……」

花如雪「嘿」了一聲，不置可否。

幾人在金滿堂的臥房裡商議半日，毫無頭緒，便去看金元寶的狀況，卻見他本來只是瘋瘋癲癲，上吊未死竟變得痴呆僵硬如死人，據說咽喉受重創，被公羊無門下了十數根銀針，只怕三兩個月內休想開口說話、十來天內休想自由行動，他仍有一條命在，實屬僥倖。

調查了大半天，事情疑點越來越多：草地上奇怪的擦痕，廚房裡的當票，金元寶上吊，暗盒裡的寶物失蹤。元寶山莊中的怪事似乎沒有因為金滿堂的死而結束，仍舊繼續上演。

幾人從金元寶房間出來，各自回房休息，等候午時用膳。

方多病跟在李蓮花身後，也大步進入李蓮花的房間，見他回房之後先拿了掃把把房間仔仔細細掃了一遍，而後又拿了塊抹布擦桌子。

李蓮花沉浸在其中的模樣，終於讓方多病忍無可忍：「死蓮花！你到底想出來金滿堂是被什麼東西嚇死的沒有？我在這裡待得越久腦袋越大……」

李蓮花慢吞吞道：「你的腦袋本就比我大。」

方多病一怔，正要發火，卻聽李蓮花喃喃道：「但是這次我也一頭霧水，想不明白的事只怕比你還多，還有我……」他頓了頓，擦桌子的手停了下來，輕輕吐出一口氣，坐了下來，伸手支額，看起來有些累。

方多病又是一怔：「你不舒服？」

李蓮花搖了搖頭，突然說：「你說『金羚劍』董羚在江湖上名聲如何？」

方多病見他臉色不好，本有些擔心，李蓮花忽地轉移話題，方多病不免怔了第三次，心裡悻悻，這死蓮花乃是天下第一會整人的渾蛋，於是哼了一聲：「董羚的名聲雖然沒有外面那位『乳燕神針』關俠醫好，卻也是江湖俊彥之一，不錯。」

李蓮花慢吞吞地瞟了他一眼：「據說他還有個女友……」

方多病點頭：「『燕子梭』姜芙蓉，兩人很是要好。」

李蓮花仍是慢吞吞地道：「這樣的人，會上吊自殺嗎？」

方多病立刻搖頭：「不會。」

李蓮花很是滿意方多病的附和，微笑道：「那董羚上吊，必定是別人把他吊上去的。」

方多病這次卻不附和，瞪眼道：「廢話！誰不知道定是別人把他吊上去的……」

李蓮花道：「但是他被人吊上去卻沒有掙扎……」

方多病順口道：「那必定是還沒有吊上去之前已經遭人制服，點了穴道還是下了毒藥什麼的。」

李蓮花搖頭：「他沒有中毒，如是中毒，關河夢和公羊無門必定看得出來。如果說是被人點穴，元寶山莊上上下下十五個人不管活的死的你都見過了，有誰武功比董羚高？」

方多病道：「沒有。」

李蓮花問：「那董羚是如何被制服的？」

方多病道：「不知道。」

李蓮花嘆了口氣：「這是我不明白的第一件事。」

方多病問：「那第二件呢？」

「第二件是金元寶為什麼要上吊？」李蓮花苦笑，「他要是上吊死了，說不定我還更明白一些，他上吊了卻沒死……」

方多病皺眉：「這個……自古以來上吊便是有些人死而有些人不死，也沒什麼奇怪的。」

李蓮花看了他一眼，頗為失望，又嘆了口氣：「我不明白的第三件事是……元寶山莊裡一共十五人，金滿堂死了，金元寶和死了沒什麼兩樣，剩下十三人都是僕役，董羚也死了，換句話說，事發之後元寶山莊裡重要的三個人一瘋二死。假設那當票上的東西真是『泊藍人頭』，那『泊藍人頭』到哪裡去了？」

方多病瞠目結舌：「這個……這個……說不定被山莊裡的僕役婢女什麼的偷走……」

李蓮花苦笑：「除非金滿堂暴斃之際把『泊藍人頭』丟在地上，被僕役撿去，可是你莫忘了，金元寶還沒死，什麼僕役這麼大膽，難道他預知金元寶會發瘋？如果元寶山莊裡有個僕役能神不知鬼不覺地將董羚吊死，嚇死金滿堂，盜走『泊藍人頭』，之後潛伏多日吊起金元寶，且沒有被站在外面的公羊無門和關河夢發現，那只有一種可能，叫做『鬼』……」

方多病全然不服氣：「若是個如李相夷那般的絕頂高手，怎麼不可能？」

李蓮花瞪眼：「他若是如此這般的絕頂高手，何必在元寶山莊做僕役？何況即使是李相夷也萬萬嚇不死金滿堂。就算真有這種奇人，他大可蒙面直接搶走『泊藍人頭』，保證沒人知道他是誰，何必鬼鬼祟祟？」

方多病被他說得啞口無言，怒道：「難道你知道到底是怎麼回事？」

「我不知。」李蓮花頓了頓，「如果事情越說越不通，證明從一開始我們就想錯了。」

方多病問：「一開始？」

「我們一開始假設董羚和金滿堂是被同一人吊死和嚇死的，而後金元寶上吊，我們又假設把金元寶吊在梁上和害死董羚與金滿堂的是同一人，得出的結論是如果元寶山莊裡有人能做到這些，未免太玄，完全無法令人信服。那麼說不定……」李蓮花緩緩道，「是不是需要拆開來看，害死董羚和嚇死金滿堂的是不同的人，而金元寶上吊更是全然不相干的事？說不定他真是瘋病發作，突然自殺？」

方多病皺眉：「你要說這三個人的死是巧合？那和撞見大頭鬼一樣離譜。」

李蓮花搖了搖頭：「我只是想說，說不定在這山莊裡不止一個凶手，而是有兩個，或者三個。」

方多病一震，李蓮花繼續道：「我餓了。」

方多病本等著他說下去，結果卻是「我餓了」，不禁呆了半晌：「什麼？」

李蓮花幽幽道：「我餓了，我要吃飯。」

方多病目瞪口呆，怒道：「說不定山莊裡有兩個或者三個凶手，然後呢？」

李蓮花道：「然後我餓了。」

方多病在肚裡咒罵「李蓮花是個無賴」三十六遍後，被李蓮花拖著走向廚房。廚房正在備料，李蓮花眼見吃飯無望，嘆了口氣，看著廚房後面某棵花樹上結的果子。方多病心裡升起不祥之感，果然見李蓮花慢吞吞地爬上大樹，在樹上東張西望，挑東揀西，最後十分失望地爬了下來，手裡拿著一段鋼絲，上面戳著條青蟲，歉然道：「樹上有蟲……」

方多病對天翻了個白眼，惡狠狠地將此人拉入廚房。廚房師傅正在洗菜，表示要過約莫半個時辰方有飯吃，方多病心中大笑，李蓮花滿臉失望。廚房洗菜的師傅又道他一個人忙得很，如果客人確實餓了，不妨自己先下碗麵條吃。李蓮花欣然同意，方多病不餓，興致勃勃地手持菜刀，看下麵條是否需要切菜。

李蓮花站在灶前，準備起鍋燒水，然而灶裡的火焰卻不甚旺，他彎身撥弄了半天，忽然把灶裡一條燒焦的東西撥了出來。

方多病嚇了一跳，這條東西早晨他翻灶臺的時候也見過，只是沒怎麼注意，見廚房裡點點灰燼亂飄，抱怨道：「你翻什麼鬼東西……」

說完，他接住半空中亂飛的一塊灰燼。

「咦？」李蓮花把灶裡幾條長長的東西拉出來，抬頭問，「你撿到什麼了？」

「當票。」方多病手指一翻，那塊灰燼尚有半面未全部燒毀，上面有潦草的半個「藍」字。

李蓮花從灶裡扯出來的東西是幾段麻繩，方多病瞪著那條麻繩：「你以為這就是吊死董羚的凶器？」

李蓮花茫然道：「這未免太長。」

元寶山莊的灶臺甚大，上有數個鍋爐，這條麻繩纏繞其中，占據了大部分空間，連接起來足有三丈長短，而又不知道被燒去了多少，若是用來懸梁，未免太長。李蓮花環視廚房一圈，這廚房有兩扇窗戶，一扇窗鎖已壞，頭頂上有一個偌大的煙囪，後有畚箕籮筐，鍋爐五個，砧板三個，沒有什麼稀奇之處。

「如果說這是吊死董羚的凶器，被塞在灶臺裡燒也是情理之中……」李蓮花扯了扯那條長繩，那條繩被燒成數段，有一個死結一個活結，要說是用來吊頸的也行，要說是用來提水的也未嘗不可，那麻繩上尚有些地方看得出青苔的痕跡。正當兩人蹲在地上圍著那條繩索議論不休，廚房肖師傅進來了：「那是後井斷了的繩子，沒法用，我就塞進灶裡悶火。」

李蓮花如夢初醒地「啊」了一聲：「師傅，這是你塞進灶裡的？」

肖師傅奇怪地看著他：「莊主節儉，這繩子雖然不能用了，卻還能燒，用來悶火再好不過。」

李蓮花問道：「繩子是什麼時候斷的？」

肖師傅道：「約莫五日前。」

方多病「啊」了一聲，斜眼看了看李蓮花。

李蓮花卻在發呆，呆了半晌，「哦」了一聲。

而後李蓮花心不在焉地燒了一鍋開水，下了碗麵條，撈起來撒了蔥花、鹽巴，把那碗香噴噴的麵條往桌上一放，微微笑道：「你吃吧。」

「啊？」方多病目瞪口呆，「不是你說餓了……喂？不是我餓啊……你快回來……」

只見李蓮花施施然負手走出廚房，悠悠向著關河夢和公羊無門的房間走去。

四 起死回生

關河夢和公羊無門也正在談論這幾日的奇事。公羊無門認為金滿堂可能患有驚悸之症，夜裡突然發作而死，董羚究竟是如何被吊死，又如何被移屍到花園之中，他也想不明白；而金元寶完全是瘋病發作，上吊自盡。關河夢也十分疑惑，關於董羚之死，殺人也就罷了，移屍的舉動實在令人費解。

「兩位……大俠……」關河夢一怔，只見一人面帶微笑從門口走進來，手裡拿著一枝青草，日光和煦溫潤，映在此人身上，竟予人一種錯覺，以為他十分俊美。待到走入房裡，才認出來人是李蓮花。

公羊無門眼角覷著李蓮花手裡拿著的那枝青草：「什麼事？」

李蓮花道：「兩位大俠素知李某能起死回生，這便是起死回生的祕密。」

關河夢和公羊無門俱是一震，待看清楚那青草，關河夢皺眉道：「這……這似乎是狗尾草？」

李蓮花正色道：「這和尋常狗尾草極易混淆，兩位請細看這枝狗……呃……這枝藥，它共有一百三十五粒籽，顏色是青中帶黃，莖上僅有兩片葉，籽上茸毛約有半寸長短，最易區別的是折斷後流出的是鮮紅色汁液，猶如鮮血。」

兩人聽得半信半疑，卻見李蓮花手上那枝「藥草」折斷之處果然流出鮮紅如血的汁液，不免信了三分，只聽李蓮花繼續道：「將此草與鶴頂紅、砒霜、牽機毒、孔雀膽等劇毒混為一碗，以慢火煎到半碗，趁熱灌入喉中……」

他一句話說到一半，公羊無門冷冷打斷：「胡說八道，這幾種毒藥藥性相沖，加炭火一煮，全然失效。」

李蓮花面不改色：「加入這起死回生的藥草，正是關鍵。我於四年前救施文絕時，偶然發現如此奇方，熬煮四味毒藥本想以毒攻毒，化解當年施文絕身上中的掌毒，但應是幾種毒藥經慢火熬過後藥性大減，只餘下所需要的微毒，刺激經絡血氣，已死之人肌肉血氣受毒藥所激，加之奇藥除毒護心，不消三日，就能起死回生……我已試過多次，次次靈驗。」

公羊無門眉頭微微一動。關河夢本想反駁，但李蓮花句句不是藥理，要反駁也不知從何說起，只忍不住說了一句：「只聽聞毒藥見血封喉，微毒能刺激血氣倒是從未聽說。」

公羊無門有氣無力地道：「微毒刺激血氣以救人倒也是有的。」

李蓮花連連點頭：「確是如此，我見金總管傷勢沉重，不如讓他服下此藥，快速痊癒，以查清他為何懸梁。」

關河夢大吃一驚：「這藥……這藥……」不是他存心不信李蓮花，而是這藥太不可信，一根狗尾草加四味劇毒，怎能起死回生？

公羊無門緩緩道：「可以一試。」

李蓮花微笑道：「真的？」

公羊無門道：「李神醫既然說可以，我等豈有不信之理？」

李蓮花正色道：「是嗎？此藥我已在廚房熬了一碗，還請前輩前往金總管房間，為他拔去頸上銀針。」

公羊無門聞言轉身，「啪」的一聲，李蓮花一掌砍在公羊無門頸後，老頭應聲而倒。

關河夢猝不及防，大吃一驚：「你——」

李蓮花舉起手掌對關河夢歉然一笑，關河夢連退兩步：「你——你——難道是你——」

李蓮花豎起一根手指，「噓」了一聲：「你怕我嗎？」

關河夢不知該答些什麼好，李蓮花先是進門說了一大堆起死回生的奇藥如何如何，而後突然打量公羊無門，行事莫名其妙，這人之前糊塗溫和的模樣難道都是假的？見他手掌微舉，滿臉含笑的模樣，關河夢只覺自己頸後一陣發涼，要說不怕，那是騙人的：「你要怎樣？」

李蓮花嘆了口氣：「我也不要怎樣，你去那邊撞個鐘，叫大家到廚房吃飯，然後把金元寶頸上你覺得沒用的銀針拔一些起來，把他也弄到廚房裡，我就請你喝茶。」

關河夢瞠目結舌，呆了好一會兒，李蓮花施施然一手抓住公羊無門的左腳踝，猶如拖一袋米，悠悠然蹭過地面，往廚房而去。

方多病本來端著李蓮花煮的那碗麵，猶豫著方大公子到底適不適合吃這種麵條，才剛勉為其難地喝了一口麵湯，就見李蓮花拖著公羊無門的左腳慢吞吞往廚房而來，「噗」的一聲，一口麵湯全噴在地上：「李蓮花，你殺人了？」

「我殺過的人多過你吃的麵條。」李蓮花皺眉看著滿地麵湯，把公羊無門的左腿丟給方多病，去灶頭尋了塊抹布擦地。

方多病抓著公羊無門的左腳，放也不是，不放也不是，哇哇大叫：「李蓮花，你幹麼把這老小子弄成這樣？」

李蓮花擦完地上的麵湯，滿意地把抹布一丟，微微一笑，笑得很溫和：「等一下你就知道……」

未過多時，關河夢把金元寶帶來了，卻沒有拔掉他頸上的銀針；花如雪和他的幾個衙役也趕到廚房，見方多病手持公羊無門的左腳，大為奇怪。

李蓮花慢吞吞地走到廚房左邊窗戶底下，伸手把窗鎖拆了下來，回頭微笑：「花捕頭，金滿堂之死你可有頭緒？」

花如雪冷冷道：「有。」

方多病大奇，關河夢也十分驚訝，李蓮花微微一笑：「願聞其詳。」

花如雪道：「頭緒太多，尚無結論。」

方多病「噗哧」一聲，笑了。

李蓮花恭恭敬敬地道：「元寶山莊之中處處都是線索，隨便一看就看得出可疑之處，循線去想卻又難以得出結論……」

花如雪道：「廢話。」

李蓮花面不改色，繼續微笑道：「……這是因為，在元寶山莊之中，發生的不是連環謀殺案，而是三起不同的殺人事件。」

花如雪臉色一變，關河夢震驚異常，幾個衙役譁然，只有方多病方才已經聽過，他拉了拉公羊無門的左腳：「真凶之一就是這個老小子？」

李蓮花道：「他是不是凶手之一，我還真不知道……」

方多病怒道：「不知道你打昏他幹什麼？」

「你聽我說，」李蓮花微微一笑，他的視線轉向花如雪，手指從懷中取出方多病自灶臺裡找到的兩塊當票殘片，「這是溫州蠲紙，上面寫的內容應該是當票，所典當之物乃稀世奇珍『泊藍人頭』，也就是金滿堂這件珍寶的來路，還蓋有『元寶當鋪』的印鑑。」

花如雪點了點頭，這張殘片他也見過。

「溫州蠲紙只有溫州一地有，元寶當鋪能以它書寫當票，此店當年應在溫州。『金羚劍』董羚來自溫州，所以他和這張當票之間，必定有些關聯。」李蓮花道，「假設『泊藍人頭』本是溫州董家之物，二十年前典當給金滿堂，二十年後董家有子成器，要贖回家傳之寶，所以攜帶當票來到金府，如此猜測，當在情理之中。」

花如雪頷首，關河夢也點了點頭。

「但『泊藍人頭』乃金滿堂最喜愛的寶物，他當然不肯還給董羚。」李蓮花繼續道，「論武功他不及董羚，又沒有理由不歸還『泊藍人頭』，天下皆知『泊藍人頭』為金滿堂收藏，他想抵賴也抵賴不了。要保全『泊藍人頭』，唯有害死董羚一途，最好做得無聲無息，不動聲色。」

關河夢沉吟：「這倒有些難。」

李蓮花道：「不難。」

方多病奇道：「難道元寶山莊裡真的有殺人密室？」

李蓮花微微一笑：「要說有也有，要說沒有也沒有。」

花如雪淡淡道：「我早說過，元寶山莊門窗都以精鋼打造，只要門窗一鎖，間間都是密室。」

李蓮花「嗯」了一聲。

關河夢插口道：「但是董羚並非死得無聲無息，他倒在窗外，人人都見到了。」

李蓮花嘆了口氣：「他當然不是在窗外大片草地上被憑空吊死的，各位見過董羚的屍體，可有發現一件事很奇怪？」

「什麼事？」方多病問。

關河夢和花如雪卻都點了點頭。關河夢道：「我施展『草上飛』之後便覺得奇怪，董羚的衣著一塵不染，乾淨得出奇，似乎被人換過衣服。」

李蓮花微笑道：「不錯，金滿堂窗外的青草柔嫩異常，又多汁液，董羚撲到地上，怎麼可能衣衫乾乾淨淨連個痕跡都沒有？可見他被人換了衣衫。為何要換衣服？因為這衣服如果不換，他是怎麼被運到花園裡去的，人人一看便知。」

「他是怎麼死的？」方多病瞪眼問。

李蓮花快速道：「董羚是在廚房裡被吊死的。」

「廚房裡吊死的？」方多病張口結舌，居然「噗哧」一聲笑了出來，「李蓮花你瘋了不成，哪有人會在廚房裡上吊？」

李蓮花搖頭：「他是在廚房裡被人制住，然後吊死。」

花如雪沉吟：「廚房？廚房……」

只聽方多病繼續嗤笑：「這廚房窗鎖都是壞的，連窗戶都關不好，怎麼可……」

花如雪突然一震：「窗鎖？」

李蓮花指間窗鎖一晃，微笑著以鎖頭敲了敲桌面，鎖眼裡掉下來兩樣東西，落在地上「叮噹」一聲脆響。

翡翠梳齒！

斷了的翡翠梳齒，居然插在這窗戶的鎖眼裡！

「那……那……」方多病目瞪口呆，「這是怎麼回事？」

李蓮花彎腰拾起那兩根梳齒，輕輕放在桌上：「這證明董羚曾經用翡翠梳子撬過窗鎖，為什麼呢？」

花如雪冷冷道：「因為他被鎖在廚房裡！」

李蓮花笑得很愉快，「要把董羚騙入廚房相當容易，只需告訴他『泊藍人頭』藏在廚房某處，他就會乖乖待在廚房裡。但是為何定要把董羚鎖在廚房之中？」他環視眾人一眼，

「這廚房不大，只有兩扇窗戶，卻有一個大灶，五個鍋爐，只需將門窗關上，廚房便不易透風，上頭雖有煙囪，但底下不透氣，上頭的煙囪距離太遠，沒有太大作用。如果廚房門窗緊閉，灶裡卻點著悶火，關上一兩個時辰，大家以為，將會如何呢？」

關河夢一震，脫口而出：「窒息……」李蓮花微微一笑。

花如雪臉色難看至極：「但董羚如何肯走進門窗緊閉的廚房？他不覺有詐？難道不能從煙囪逃走？」

李蓮花緩緩道：「這需要耍一點伎倆……花捕頭，假設你是董羚，我是金滿堂。我是個有名的鐵公雞，我本該還給你『泊藍人頭』，然後從你手中取得三萬兩銀子，銀貨兩訖，而我卻告訴你，其實『泊藍人頭』藏在廚房裡，你去找，找到了你儘管帶走。你信嗎？」

花如雪略一遲疑：「當然不信！」

李蓮花點了點頭：「如果是金滿堂要騙董羚，董羚當然不信，金滿堂那三萬兩贖金便會落空。所以，指點董羚入廚房和給他翡翠梳子的人，必定不是金滿堂，而是張三李四，是大丫頭小丫頭，也可能是金元寶。」

花如雪點了點頭。李蓮花繼續道：「金滿堂只需授意一個人暗示董羚：金滿堂不願歸還『泊藍人頭』，將之藏了起來。但那本是董家之物，這個僕人由於對董羚的好感或者其他什麼理由，告訴他『泊藍人頭』藏在廚房，又給予價值連城的翡翠梳子。董羚若是心思不細，多半就會相信。」

方多病皺眉：「信了又如何？」

李蓮花很無奈地看了他一眼：「信了之後，他便會在夜裡到廚房尋找機關，多半像你早晨那樣……」

方多病哼哼：「如我早晨那樣又如何？」

李蓮花十分惋惜地看著他，那目光溫柔憐憫得如同屠夫見到一頭豬：「他要找東西，首先要點燈，為了避免暴露行蹤，他就會關窗戶，然後點燈。」

關河夢「啊」了一聲，方多病有些慚愧：「原來如此……」

李蓮花繼續道，「然後這個鎖……很特殊，窗戶一關，『喀嗒』一聲，便再也打不開，除非有元寶山莊特製的鑰匙。所以，並沒有人把董羚鎖住，」他笑得很燦爛，看著方多病，「門窗都是他自己鎖的。」

「而後灶中柴火燒盡空氣，待董羚發覺不對，已經遲了，即使以翡翠梳子撬挖窗鎖，也無法逃生。」花如雪抬頭看著煙囪，冷笑道，「這煙囪可真高，沒有一等一的輕功，絕對上不去。」

李蓮花也瞟了煙囪一眼，悠悠道，「按照金滿堂的戲本，這齣戲應當在董羚窒息昏迷，或者窒息而死之後，就結束了。不過……」他轉過視線，對關河夢一笑，「不過……所謂螳螂捕蟬……『泊藍人頭』號稱可治百病，價值連城，董羚和金滿堂都不願放手，自然還有別人覬覦。」

關河夢心頭一跳，他之所以願意遠道而來，也只是為了看「泊藍人頭」一眼而已。

「金滿堂等待董羚昏迷後，為求殺人於無形，必定要毀屍滅跡。」李蓮花接著說下去，「毀屍滅跡這種事自然是要交託心腹，所以董羚的屍體，交由金元寶處理。」

「金元寶？」幾人喃喃道，均看了金元寶一眼。

李蓮花道：「金元寶跟隨金滿堂幾十年，自然是信得過的心腹，但是金滿堂卻忘記了一件小事。」

「什麼事？」方多病詫異。

李蓮花望向關河夢：「關大俠想必看得很清楚，金元寶患有『寸白蟲』之病，此病雖不是絕症，但『寸白蟲』入腦，令人十分痛苦。」

關河夢頷首：「確是如此。」

「所以金元寶自己也很需要『泊藍人頭』，可是金滿堂對此珍寶十分看重，二十年間他只讓數人飲過杯中人頭酒，自然不肯輕易給金元寶服用。『泊藍人頭』聽說浸過一次酒，效力便減少一分，金滿堂對之珍惜至極，打算用以延年益壽。金元寶身為奴僕，對『泊藍人頭』只可遠觀，但他卻知道『泊藍人頭』藏在哪裡。」李蓮花緩緩道，「這真的很痛苦，看得到卻得不到，所以金滿堂吩咐他處理董羚屍體的時候，他說不定想出了一個主意。」

「什麼主意？」花如雪冷冰冰地問。

「一個能把『泊藍人頭』偷走而自己又能擺脫嫌疑的主意。」李蓮花吐出一口氣，「他把董羚的屍體悄悄運走，對金滿堂說董羚暈而不死，突然醒來，潛伏山莊，盜走『泊藍人頭』。只要他安排妥當，讓董羚『消失』的時候，自己和金滿堂在一起，就能取信於人。」

方多病越聽越奇：「他和金滿堂在一起，卻要令董羚的屍體突然消失？」

李蓮花微微一笑：「不錯，他要讓金滿堂誤以為董羚未死。」

花如雪抬頭看著煙囪，緩緩道：「我明白了……」

關河夢也望著煙囪：「我明白了，但仍是不明白。」

李蓮花很遺憾地看了方多病一眼：「要令廚房裡的屍體『突然』消失，只有一個辦法，就是通過煙囪。」

方多病皺著眉毛：「煙囪？」

李蓮花嘆了口氣，對方多病很是失望。「試想一下，無論你眼力多麼差勁，一個大活……嗯……一個死人從身邊的窗戶被拋出去，不管是什麼人都會察覺。但如果是從上面拉走，就不同了，你莫忘了，董羚是被麻繩吊死的。他窒息昏迷，用菜刀也可殺死，用半缸水也可以淹死，為何要用麻繩吊死？」他一字一字道，「這廚房有五口鍋爐，為了排煙，煙囪很大。元寶山莊裡有許多花木，樹枝十分柔韌，金元寶若是找到兩棵高度相當的花樹，在上頭縛一條長長的鋼絲，將鋼絲緊繃，呈一條直線，然後再於一字鋼絲上打個能滑動的結，套上一條長索，用以吊頸，再將吊頸之索藏在煙囪之中，那便成了。只要金滿堂確認董羚已無力抵抗，或者已死，吩咐金元寶處理，準備離去之際，金元寶拉下繩索縛在董羚頸上，由於吊頸的繩索短，一字鋼絲便會被拉下，鋼絲拉下，帶動兩端的花樹彎曲，便有了一股力，只要金元寶一鬆手，被拉彎的花樹就會把董羚的屍體透過煙囪猛拉出去，吊在樹林之間。黑夜裡元寶山莊人少樹多，想必不易被發覺。」

花如雪皺眉聽著，想了許久：「姑且算是有些可能……如此也可解釋為何董羚的衣裳被人換過，若是經過煙囪，董羚的衣服必定會沾上廚房特有的油汙。」

李蓮花微微一笑：「如此推測，是因為院中花樹尚有摩擦痕跡。金元寶以為一旦董羚失蹤，他便可偷走『泊藍人頭』並推在董羚頭上，不料金滿堂事發後立刻回房，守在『泊藍人頭』旁。金元寶沒有機會下手，就在這時，發生了一件讓金元寶意想不到的事情……」

「董羚復活了？」方多病開玩笑，「屍變？」

李蓮花露齒一笑：「不錯。」

方多病嚇了一跳：「真的屍變？你莫嚇我。」

李蓮花指了指窗外遙遙相對的金滿堂臥室：「這個廚房的煙囪很高，高過廚房煙囪，又能順利拉出董羚屍體的樹木，約在四丈左右。綜觀整個元寶山莊，如此高度的花樹，只有兩棵，一棵就在廚房後面，另一棵在金滿堂臥室前面。金元寶拉的鋼絲橫過一個小院，他無法將鋼絲縛在完全相同的高度，縛在金滿堂房前的那端明顯低了，所以這根鋼絲不是平的，董羚被吊在上面，停留了一段時間之後自然會往比較低的一端滑下……」

說到這裡，聽者無不「啊」的一聲叫了出來，思及那時情景，委實恐怖非常。李蓮花卻越說心情越舒暢：「趕回房間守衛『泊藍人頭』的金滿堂，突然從窗口看見十分可怖的一幕——表情猙獰可怖、吐出舌頭的董羚一身斑斑點點，雙足離地，緩緩向他這邊飄來……」

關河夢心頭怦怦直跳：「若是他本就氣血有病，如此一驚，突然中風而死，亦十分正常。」

李蓮花頷首：「於是金滿堂意外而死，董羚掛在鋼絲之上，雙足在草地上掠過兩道古怪的擦痕。」

方多病長長吐出一口氣：「所以金滿堂也死了……嚇死他的東西居然就是董羚……」

李蓮花繼續道：「金元寶原本在等候盜竊『泊藍人頭』的時機，看到如此情景，只怕也很驚惶，所以他立刻把董羚的屍體放下，拋棄在草叢中，剪斷鋼絲，割斷麻繩，然後盜走『泊藍人頭』，裝作大受刺激而瘋癲的樣子，準備對當夜之事一問三不知。金滿堂暴斃絕非金元寶本意，如果有人追查，說不定就會查到『泊藍人頭』失竊，而且金府財富名揚天下，金滿堂一死，元寶山莊樹倒猢猻散，他定要有些時間做逃離的準備，於是對外宣稱金滿堂未死。然而董羚的屍體已無法隱瞞，何況金滿堂的屍臭也要由董羚掩蓋，所以他把董羚的屍身放在金滿堂隔壁。」

「但在金元寶身上，我並沒有搜查到『泊藍人頭』。」花如雪冷冷道，「這番說詞異想天開，雖然解釋了許多疑點，但卻沒有旁證。」

李蓮花慢吞吞道：「無論我怎樣揣測董羚和金滿堂死亡的經過，『泊藍人頭』都沒有外流，而是在元寶山莊中流轉，它『突然不見了』……方多病。」

他突然叫了一聲方多病的名字，方多病嚇了一跳：「啥？」

李蓮花問：「你如果意外得到長生不老藥，你會把它放在你看不到的地方，比如說，花園的地下、床板底下，還是什麼花盆裡面嗎？」

方多病想也不想：「不會，除非我整天坐在上面。」

李蓮花嘻嘻一笑：「所以，性命攸關的東西，不到不得已，金元寶不會讓它離身，但這樣東西卻不在金元寶身上，不但不在他身上，他還跑去上吊，為什麼呢？」

花如雪陰沉沉地問：「他難道把它吃掉了？」

李蓮花嚇了一跳，苦笑道：「他如果把『泊藍人頭』吃了肯定會噎死。我是說，有別人又把它偷走了，或者搶走了。」

「別人？」方多病好奇道，「還有別人？」

李蓮花伸出一根食指，指了指方多病的鼻子，指了指關河夢的鼻子，指了指花如雪的鼻子，指了指公羊無門的鼻子，再指了指自己的鼻子，微笑道：「有。」

關河夢大吃一驚，驀然失聲道：「你的意思是我們之中有人……」

李蓮花很溫和地道：「我們之中有人看破了金元寶的把戲，奪走了他手上的『泊藍人頭』。」

方多病拉了拉公羊無門的左腳：「你是說這個老頭？」

李蓮花微微一笑：「嗯……」

花如雪突然道：「我也覺得公羊無門十分可疑。」

李蓮花「啊」了一聲。

花如雪冷冷看著關河夢：「我也覺得你十分可疑。」

關河夢又大吃一驚：「我……我……」

花如雪充耳不聞，森然道：「你號稱『乳燕神針』，卻不通醫術……」

方多病「噗」的一聲悶笑，差點被口水嗆死，難道世上不僅李蓮花是個假神醫，連關河夢也是個假神醫？李蓮花卻是臉色溫和，似乎並不意外。

只聽花如雪陰森森地道：「董羚的屍體臉色紅潤，和尋常吊死之人全然不同，他分明死於窒息，你卻不覺得有疑問。」

關河夢臉色發白，花如雪看了李蓮花一眼，李蓮花卻臉露微笑，一副他其實早已認出董羚死於窒息的模樣，方多病倒是滿臉乾笑。

只聽花如雪繼續陰森森地道：「我雖然不精通醫道，可舉凡精通點穴之術的人，無不知曉人頸上並無十數處穴道，公羊無門在金元寶頸上插了十幾根銀針，我覺得頗為奇怪，卻不知你為何不覺奇怪？」

關河夢咬了咬嘴唇：「我……」

花如雪又道：「金元寶上吊時，你和公羊無門都在門外，我委實不明白，以關河夢的武功，居然聽不出身後房屋內有人上吊。」

方多病驚奇地看向關河夢，只見他一張俊美的臉蛋上一陣紅一陣白。

關河夢突然吐出一口氣，跺了跺腳，惱怒道：「好啦……我……人家不是關河夢，人家是……」

李蓮花的表情也很驚訝，卻見「關河夢」瞪著他：「你明明就知道人家……」

李蓮花的微笑十分儒雅溫柔：「我什麼也不知道。」

「關河夢」怔了一怔，緩緩低下頭：「我姓蘇……」

「姓蘇？」花如雪極快地在腦中把所有姓蘇的武林人氏過了一遍，「你是『乳燕神針』

的義妹『雙飛』蘇小慵？」

「關河夢」點了點頭，她確實是關河夢的義妹。關河夢疾惡如仇，不肯為金滿堂治病，她卻好奇那「泊藍人頭」，所以悄悄改裝前來。

方多病噗哧一笑，蘇小慵輕功不錯，內力卻甚差，也不精通點穴之術，無怪乎她聽不到身後幾丈外的動靜，也不知金元寶頸上的銀針太多。

蘇小慵偷眼看著李蓮花，這人和她在門口相撞的時候，分明知道她是女子，為什麼……為什麼真的好像不知道一樣？

李蓮花卻饒有趣味地看著公羊無門的屁股：「關大俠的妹子想必不是逼人上吊的惡棍，其實從一開始，我就覺得這位公羊……大俠前輩有點奇怪。」

「怎麼奇怪？」方多病這回是故意湊趣。

李蓮花也十分滿意地繼續往下說：「金元寶明明是裝瘋，他卻裝作不知；董羚死於窒息，他卻說是上吊。最奇怪的是……」

蘇小慵這回打斷他：「你怎麼知道金元寶裝瘋？他明明有病。」

李蓮花對女子特別有耐心，溫和地道：「他腰間掛著橘皮和粽米，那是防屍毒用的，他又不和董羚的屍體整日在一起，若真的以為金滿堂還活著，何必佩帶此物？」

蘇小慵臉上微微一紅，不說話了。

「最奇怪的是，金元寶上吊的時候，公羊無門和蘇姑娘在外面，蘇姑娘是偶然走到那裡的，公羊無門比蘇姑娘早到，那他在遇到蘇姑娘之前，到底做了什麼？」李蓮花一字一字道，「我們分頭尋找密室，各自都花費了不少時間，公羊無門在這段時間到底做了什麼，無人知道。」

方多病和蘇小慵面面相覷，各自啞然。

李蓮花又緩緩道，「何況關於『泊藍人頭』的去向，它原本應該在府裡，但花捕頭到達元寶山莊之後卻找不到它。他搜查了府內眾人之身，竟然找不到一件貓頭大小的東西……而在花捕頭到達之前，還有一個人來到元寶山莊，那就是公羊無門。」他凝視著花如雪，「你有搜過公羊無門的身嗎？」

花如雪陰沉半晌：「沒有。」

李蓮花長長吐出一口氣：「我不知道金元寶究竟是自己上吊，還是被公羊無門吊上去的，但如果公羊無門因為早到一步而發現了更多金元寶盜取『泊藍人頭』的線索，加上他醫術高超，看穿金元寶裝瘋，從而威脅他交出『泊藍人頭』藏於己身，也毫不奇怪。『泊藍人頭』一旦得手，金元寶便非死不可，否則公羊無門不能安穩地據有『泊藍人頭』。」

蘇小慵幽幽嘆了口氣：「你既然早知道他可疑，為什麼不早早告訴花捕頭，卻要用起死回生之草騙他？」

李蓮花突然笑了：「方多病。」

方多病袖子微揮，興致勃勃地道：「在。」

李蓮花手指一翻，那枝青黃乾癟的狗尾草又在手上，只聽他含笑道：「這是我起死回生的奇藥，和尋常狗尾草極易混淆。兩位請細看這枝藥，它共有一百三十五粒籽，顏色是青中帶黃，莖上僅有兩片葉，籽上茸毛約有半寸長短，最易區別的是折斷之後流出的是鮮紅色汁液，猶如鮮血……」

蘇小慵瞠目結舌地聽他又把那番話說了一遍，末了李蓮花問方多病：「你信嗎？」

方多病破口大罵：「我信你個大頭鬼！這明明就是一根狗尾草，你以為我方大公子沒見過狗尾草嗎？」

李蓮花極認真地道：「它和尋常狗尾草不同，流的是鮮紅色……呃……黑紅色汁液……」他看見草莖折斷處的「汁液」已經變黑，臨時改口。

方多病的臉色比那草莖更黑，嘿嘿地道：「你以為我不知道那是你折草的時候割到了手指？」

李蓮花輕輕晃著手中的狗尾草，斜眼看著蘇小慵，微笑道：「連方多病都不信之事……公羊無門活到八十七歲，是個成了精的老狐狸，怎會相信？他說信了，才是有鬼。誰不知道四種劇毒灌下咽喉必死無疑？何況是趁熱灌下，就算不毒死，燙也燙死他。但我料想他拿不準我是不是在騙他，畢竟我說得天花亂墜，說不定我偶然以毒攻毒治好了一二人，便自以為能起死回生。如果我真要給金元寶灌下這『起死回生藥』，他當然樂見其成；要是我不過在訛詐他，他也要先套出我要訛詐他什麼，還可藉口針灸，扎死金元寶。只不過他沒料到，我講那『奇藥』的妙處，只是想要在他背後打上一掌而已。」李蓮花看了蘇小慵一眼，「倒是蘇姑娘心善，連連阻止我使用那『起死回生藥』。」

蘇小慵臉上又是一紅：「我怎知你……心思彎彎曲曲……那麼多古怪？」

李蓮花溫言道：「妳是小姑娘，不要和我學。」

蘇小慵卻道：「像你這樣，也沒什麼不好，我只恨自己不夠聰明。」

李蓮花微微一笑，不再說話。

方多病心裡一樂，這小姑娘只怕心裡桃花朵朵開，喜歡上李蓮花了。

說話間，花如雪已把公羊無門全身上下都搜了一遍，果然從這貌若公羊的老頭兜裡摸出一個圓球形的東西。

蘇小慵眼睛一亮：「打開來看看！」

方多病也相當好奇，「泊藍人頭」好大名氣，卻不知究竟是什麼東西。花如雪揭開包在上面的錦緞一看，三人都是一怔。

那是一塊淺藍色的透明石頭，光彩照人十分美麗，的確也挖了兩個眼窩、一個鼻梁什麼的，也用黃金堵了起來，做成杯子的形狀，但三人卻萬分失望。

方多病忍不住道：「這就像個藍寶石做的假骷髏……不過是件珠寶。」

蘇小慵皺起眉頭：「這……這雖然漂亮，不過……」不過和她心中所想的詭異可怖的「泊藍人頭」差距甚遠。

花如雪沒什麼表情，只是吩咐衙役貼上字據，列入清單。

「所謂『泊藍人頭』，其實是用『泊藍之石』所刻的人頭。」李蓮花站在一邊，心情很愉快地道，「『泊藍之石』是藍寶石的一種，在光線下不僅可見藍光，偶爾還可見淺綠色光芒，猶如湖泊，所以稱為『泊藍』。喝下人頭酒既不會延年，也不會益壽，『能解百毒』、『能治百病』不過是由於這塊寶石十分巨大，雕刻又很奇特，而自古流傳下來的傳說。李相夷當年喝過人頭酒，如果那酒真能解百毒，他又怎會……」他沒再說下去，只是微笑。

大家都極是詫異唏噓，原來明爭暗鬥，犧牲幾條人命索要的東西，居然盡是虛幻。

方多病卻奇道：「他又怎會如何？」

李蓮花道：「他又怎會掉下海淹死？」

方多病詫異：「你怎知他是因為中毒掉下海淹死的？」

李蓮花歉然道：「我想他既然那麼厲害，如果百毒不侵豈不是更加厲害？這麼厲害的人怎麼會掉下海淹死？肯定是有問題。」

方多病將信將疑，半晌道：「死蓮花，你很奇怪……」

「李蓮花，」蘇小慵很快對「泊藍人頭」失去興趣，轉而對李蓮花道，「下個月武林有件盛事，你知道嗎？」

李蓮花眨了眨眼睛：「什麼盛事？」

蘇小慵露齒一笑，她的牙齒白白的，很是好看：「下個月初八，『紫袍宣天』肖紫衿要娶喬婉娩過門啦！我義兄會去祝賀，我也會去，你去嗎？」

李蓮花微微一怔：「肖紫衿要娶婉娩過門？」

蘇小慵點頭，很是羨慕：「肖大俠十年苦戀，終於贏得佳人芳心，結局真是十分美滿。聽說這位喬大姐當年是『相夷太劍』李相夷的紅顏知己，李相夷墜海失蹤後，喬大姐數度跳海都讓肖大俠救下，而後兩人相伴行走江湖，經過十年漫長歲月，喬大姐終於決定嫁給肖大俠，連我後生晚輩聽說都覺得是神仙般的故事。」

李蓮花嘆了口氣，「是……是嗎？」隨即微笑，「果真是神仙般的故事，若沒有肖大俠相救陪伴，這位喬姑娘早就死了。」

蘇小慵叫道：「正是正是，我最看不得別人說她水性楊花，一女配二夫。李大哥你也去祝賀嗎？」

李蓮花想了想：「我……」

「你當然得去，既然蘇姑娘要去，李大哥豈有不去之理？」方多病笑嘻嘻地看著蘇小慵，大力拍著她的肩，「放心放心，就算死蓮花懶得去，我也會逼他去的。」

蘇小慵大喜，抿起嘴偷偷地笑。

李蓮花嘆了一口氣，又嘆了一口氣，喃喃道：「我覺得下個月需要修房子，買新棉被，做冬衣，冬天快到了……」

與此同時，花如雪拍醒了公羊無門，強迫他拔去金元寶頸上多餘的銀針，把金元寶從鬼門關救了回來。

過了幾日，金元寶頸上傷勢好了大半，說出元寶山莊事件的真相。董羚果然是拿著當票前來索要「泊藍人頭」，不過卻是為了救中毒的女友芙蓉。事情經過和李蓮花所料並無太大出入，只是他沒有上吊，而是公羊無門本打算掐死他，但是聽到蘇小慵的腳步聲，又臨時改以腰帶將他吊起，他本以為自己必死無疑，不料很快被僕役發現，算是萬幸。

金元寶和公羊無門都被關入大牢，花如雪追問公羊無門為何強取「泊藍人頭」，公羊無門說是想要此物已有多年，他想獨占此物，精研「泊藍人頭」能解百毒、治百病的奧祕。

花如雪冷冷問了他一句：「原來你是要先殺人，然後救人？」

公羊無門啞口無言，突然在大牢之中號啕大哭，悔恨至極，他勢必要等到九十高齡，方能出獄救人。如果他有命活到那時，出獄之後，想必會真正成為一個好人。金元寶卻因為

「寸白蟲」之症很快瘋癲而死，誰也不知他那奇特的病症是如何感染上的，關押他的獄卒都私下流傳他喜歡吃腐肉。

五　山外青山樓外樓

「紫袍宣天」肖紫衿和喬婉娩的婚事，在武林中掀起軒然大波，數日之內便成了江湖中人最關切的事。肖紫衿乃是當年四顧門的三門主，李相夷的結拜兄弟，喬婉娩是李相夷的紅顏知己。當年並轡縱橫江湖的女子，如今嫁為兄弟妻，不知李相夷若在世，做何感想？

李蓮花卻在發愁，冬天快要到了，他那吉祥紋蓮花樓四處漏風，得要大修繕了。

第七章

觀音垂淚

一　問蓮根、有絲多少？蓮心知為誰苦？

扁州本是個不大起眼的地方，直到二十年前這裡出了個窮得發瘋、最後殺官上吊了事的窩囊廢才出名，而漸漸興起則是始於六年前「紫袍宣天」肖紫衿帶著紅顏知己喬婉娩到扁州小青峰隱居。

自從這兩位名滿天下的大人物隱居扁州後，扁州突然熱鬧起來，諸如「小喬酒樓」、「紫巾布莊」、「武林客棧」、「仙侶茶館」等店鋪如雨後春筍般冒了出來，而且家家生意興隆。江湖中有不少年輕人喜歡到這裡喝喝酒打打拳，遊山玩水，以期「偶遇」那兩位大人物，結交一下。但肖紫衿和喬婉娩隱居至今，不知是大俠不僅行俠仗義了得，捉迷藏的功夫也高人一等，或者兩人運氣甚佳，隱居六年，竟從未有人發現二人究竟隱居在小青峰何處。

但本月十五，這個祕密將不再是祕密。

苦戀喬婉娩十年之久的肖紫衿肖大俠，終於要在小青峰迎娶喬婉娩，並發下武林帖，邀請武林同道前往祝賀，痛飲喜酒。難怪肖紫衿如此高興，他本是世家子弟，從小喜歡熱鬧排場，任性得很，跟隨李相夷入四顧門後，以一身武功藝壓群雄，身任三門主一職，更是風光絕倫。只是李相夷死後，喬婉娩數度自盡，他也消沉許多，隨著年紀漸長，行事趨於穩重，不復當年任性，如今人到三十有四，方才娶得美嬌娘，無怪他心情歡喜，要大大熱鬧一番。

八月十五，扁州小青峰百草坡，無論是相識的還是不相識的，想去的還是不想去的，大家統統都要給肖紫衿面子，雲集百草坡野霞小築，參加這對神仙眷侶的婚禮。

「叮叮咚咚，叮叮咚咚，叮叮咚咚……」

吉祥紋蓮花樓裡不停傳出敲打聲，李蓮花滿頭木屑，十分專注地把修補好的木牆表面拋光，再上一層清漆。這棟原本很寬敞的木樓裡，此刻滿地木屑、鐵釘、抹布，十分混亂。

窗外有鳥在叫，聲音很是清脆。他看向窗外的鳥，那是一隻太平鳥，稍微停頓一下便振翅飛走了。秋深了，再過不久連鳥雀都罕見。

「李小花，快點快點。」有人搬了他的椅子坐在大門外，興致盎然地吃著一隻烤雞，金黃香嫩的烤雞在深秋日光映照下越發令人垂涎欲滴，何況那人還搬了李蓮花的桌子出來，桌上放著一瓶十分有名的美酒，叫做「葡萄」。這個搬了別人家桌椅出來坐，卻只倒了一杯酒的惡客，當然就是江湖方氏的大公子方多病。莫小看他帶來的這隻烤雞和這瓶「葡萄美酒」，那隻烤雞據說是雪山松雞與蘆花雞的後代，用桑木慢火加蜜以及十數種神祕調料精心烤就，而那瓶美酒則是朝廷贈予方氏的西域貢品。方多病攜帶兩樣美味來看望老友，當然美酒和烤雞都是進了自己的肚子，他不過是來借李蓮花一張桌子和一把椅子而已。

「啊……」李蓮花本在看鳥，聞言轉過頭來，很遺憾地看著那隻已經七零八碎的烤雞，「快要好了。我本餓了，但看見你的雞，突然又不餓了。」

方多病對著雞腿大咬一口，十分享受地問：「怎麼不餓？」

李蓮花嘆了口氣：「你若是帶來一整隻雞，那也罷了，這隻雞搞得跟狗啃過一樣，讓人哪裡有心情……」

方多病這次卻不生氣，笑嘻嘻道：「是嗎？我早就知道，李小花的話萬萬不能信。」

李蓮花又嘆了口氣：「你又變聰明了。」

方多病喝酒喝得嘖嘖有聲：「五天後肖紫衿和喬婉娩大婚，我家收到喜帖，就要本大公子送紅包過去，蓮花你去不去？那個媚眼在你臉上飄來飄去的蘇小姑娘肯定在那裡。我實在想不通，論長相，本公子比你清弱俊美；論氣質，本公子比你溫文爾雅；論風度，本公子一貫翩翩，而且從不裝傻騙人，忠厚老實又誠懇可靠……居然遇見的許多小姑娘都喜歡往你臉上拋媚眼，真是怪哉……」

李蓮花斯文地抖了抖衣袖上的木屑灰塵，微微一笑：「因為我比你有名。」

方多病被一口雞肉噎了一下，瞪起眼睛：「這倒是……你比本公子有名，的確又是一件怪哉的事……死蓮花，李蓮花，五天後的大婚你最好跟我一起去，這是我家老爺的意思，你若不去，我就綁你去。」

李蓮花吃驚地看著他：「你家老爺的意思？」

方多病斜眼看他：「你不明白？」

李蓮花立刻搖頭：「我當然不明白。」方氏的老爺養尊處優，與朝廷達官貴人交往密切，素不過問江湖閒事。

「你忘了？我有個嬌滴滴的小姨，也很喜歡往你臉上拋媚眼……」方多病笑嘻嘻道，「雖然上次你為她看病，害她上吐下瀉了三個月，可她卻沒有怪你。」

李蓮花大吃一驚：「啊……」

方多病悠悠道：「我家老爺覺得小姨年紀不小了，難得她一見鍾情，便有意招你做我小姨丈。這次肖紫衿的婚禮，衝著他的面子我家老爺也會去，要我綁你去讓他仔細瞧瞧。」

李蓮花立刻搖頭：「如此不妥，大大不妥。」

方多病心情十分愉快地繼續喝酒吃肉：「其實我那小姨雖然嬌滴滴，做作又無聊，但的確很美……」

李蓮花又搖了搖頭，突然一笑：「其實肖……大俠的婚禮，我本就會去，只是萬萬不是為了做你姨丈。」

方多病倒是有些意外，放下酒杯：「你會去？」

李蓮花正色道：「不但會去，還要送一份大禮。」

方多病上上下下打量他：「真的？」

李蓮花點頭：「真的。」

方多病道：「我信你才有鬼。」

扁州，百草坡，野霞小築。

時已深秋，小青峰百草坡的草色已近微黃，山風瑟瑟，雖是新婚將近也有幾分喜氣，卻不脫八分蕭索。幾縷黑煙在山風中消散，點點帶著火星的紙燼隨風高飛，蹁躚向天空深處，風中混合著煙火、泥土和草梗的味道，令人一聞便知，有人正在上墳。

天色昏黃，百草坡野霞小築門前不遠有一處石林，石林之中有片不小的水潭，潭水深不可測，水潭旁邊立著一個簡單的石碑，石碑之後是一個土塚。

碑前未燒盡的冥紙仍在飄零，墳前煙火未盡，兩人並肩跪在墳前，默默無語，似是已經跪了很久。那兩人是一男一女，男子身著紫袍，身材挺拔修長，側望面貌英俊，目光炯炯，頗具懾人威勢；女子一襲白衣，身材婀娜，一頭烏髮綰了個髻，未戴金銀飾物，卻在鬢邊插了朵白花。

他們正是五日後將要成親的主角，「紫袍宣天」肖紫衿和李相夷的紅顏知己喬婉娩，所拜之墓是李相夷的衣冠塚。二人並肩跪在衣冠塚前，已有半個時辰之久，都未說話，只是靜靜看著那碑上「摯友李相夷之墓」七字，分外出神。

「真快……已經十年了……」跪了許久，喬婉娩終於緩緩道，「已經十年了。」她的面貌嫻雅端莊，並非十分嬌豔，卻別有溫婉素淨之美，語調聽不出是悲是喜，似是十分茫然。

肖紫衿緩緩從墳前站起身，振了振衣袍：「十年之中，妳我之間，並未對不起他。」

喬婉娩點了點頭，卻仍跪在李相夷墳前，垂眉閉目，不知在想些什麼。

肖紫衿伸手將她扶起，兩人相依相伴，緩步走回野霞小築，慢慢關上大門。肖紫衿和李相夷相識在十二年前，那時候李相夷十六歲，他二十二。彼時笛飛聲尚未組成金鴛盟，江湖安逸，他和李相夷以及後來成為四顧門二門主的單孤刀三人結拜兄弟，時常遊山玩水，飲酒比武，度過一段年少輕狂的歲月。

爾後笛飛聲禍害江湖，李相夷非但武功了得，而且才智過人，在江湖中影響日大，他和單孤刀漸漸成了小兄弟的副手。幾年後，單孤刀在松林一戰戰死，李相夷墜海失蹤，風光一度的四顧門風流雲散，無盡寂寥，箇中滋味，除了他之外，又有誰知道……

他扶著喬婉娩回到野霞小築，屋中布置得喜氣洋洋，張燈結綵，不若門外蕭索。看了一眼喬婉娩黝黑的眼瞳，肖紫衿突然問：「妳還是忘不了他？」

喬婉娩微微一顫，過了好一會兒，才低聲道：「我不知道。」

肖紫衿並不意外，背過身去，負手站在窗前，山風颯颯，吹得他衣髮飄飛，只聽身後喬婉娩靜靜道：「我只知道對不起你。」

「嫁給我吧。」肖紫衿道，「終有一日，妳會忘了他的，妳也沒有對不起他。」

喬婉娩微微一笑：「早已答應嫁給你了。嗯，我們沒有對不起他。」

肖紫衿回過身來：「妳是豁達女子，不必在意旁人說些什麼，五日之後，我要世人都知道，今生今世，妳我白頭偕老，永不分開。」

喬婉娩點了點頭，緩步走到窗前與他並肩，窗外，夕陽西下，樹木秋草皆染為金黃，十分溫暖和諧。

八月十二日。

距離肖紫衿和喬婉娩的婚禮尚有三天，扁州小青峰下已熱鬧非凡，「小喬酒樓」、「武林客棧」、「仙侶茶館」等處早已人滿為患。無處睡覺的武林中人有人掛出條繩子，躺在繩上睡覺，而既然有人橫繩而睡，必定有人大為不服，在橫繩對面的地上橫兩根狼牙棒，躺在棒子上睡覺。

既然有人睡狼牙棒，不免也有人睡梅花樁，有人倒吊著睡，有人睡在筷子般細的樹梢上，有人睡在水面上，有人睡在大石上，第二天醒來大石都被他睡成了碎石子……各種稀奇古怪的睡法隨處可見，其中最聳人聽聞的，是有人睡在蜘蛛網上，還有人把自己的刀倒插在地上，直接睡在刀尖上，也不知是真是假……

李蓮花和方多病是在八月十一日乘方家馬車來的，睡在武林客棧「天字一號」房的床上。那房裡本來有房客，但被方多病一手「立紙如刀」——把薄紙插入木桌——的本事嚇得魂飛魄散，而後拔起插入木桌的那張五十兩銀票，跑得如兔子般快。方多病後來才知道，其實那人並非來參加肖紫衿的婚禮，不過是個路過扁州的客商。

武林客棧最好、最舒適的房間共有四間，都稱「天字一號」。李蓮花住左邊第一間，方多病住在左二，而右邊第一間住的是蘇小慵，右二住的正是赫赫有名「乳燕神針」關河夢關俠醫。方多病和李蓮花是在吃飯時間遇見蘇小慵，而後結識關河夢，雖然住在隔壁，方多病卻覺得這位疾惡如仇的江湖俊彥對李蓮花並無好感，這讓他很是好奇。

四人此時正坐在李蓮花的房間裡一起喝酒，蘇小慵換回女裝之後並不十分嬌美，個子高眺，身材乾癟。方多病私心覺得她還是男裝俊俏得多，無怪假扮男人有模有樣。關河夢英挺秀拔，只是不善言笑，為人十分認真嚴謹，和李蓮花大大不同。「李前輩，我在十五日前收下一個病人。」關河夢與李蓮花結識之後，一開口便討論醫術，方多病十分耐心地聽著，偷眼只見蘇小慵的目光在兩個男人之間轉來轉去，心意不定，不免暗暗好笑。

關河夢道：「該病人血虛體弱，自言日見鬼魅，驚悸怔忡，夜不能寐，而後持刀殺人，十分狂躁。我用黃連、藍汁、麥門冬、茵陳、海金沙、紫參、白頭翁、白薇、白鮮皮、龍膽、大黃、芍藥十二味藥水煎，連服數日，未見效果，以銀針刺穴可暫壓狂躁，卻不能治本，不知李前輩有何看法？」

李蓮花道：「可以嘗試加一味虎掌。」

方多病一口冷酒差點噴出來。虎掌？老虎的腳掌？卻聽蘇小慵「咦」了一聲道：「虎掌有劇毒，下藥須謹慎。」

關河夢搖了搖頭，「壽星丸之說《本草》有載，只是……」他沉吟半晌，「只是那天南星本是藥草，在土坑中倒入三十斤紅熱木炭加五升烈酒悶上一日一夜，那……那豈非成了草木灰……」

李蓮花想了想：「病人若是武林中人，內力不弱的話，不妨將新鮮虎掌直接服下。」

關河夢大吃一驚，和蘇小慵一起瞪著李蓮花，半晌說不出話。

方多病聽得莫名其妙，全然不知所云，他並不知李蓮花所說的「虎掌」和關河夢所說的「天南星」乃是同一種劇毒藥草，又稱「虎掌南星」。虎掌味苦性溫，含劇毒，具化痰消瘀、祛風止痙之效，《本草綱目》中有載，醫治驚悸、狂惑之症，可用「壽星丸」。用虎掌一斤，掘一土坑，以炭火三十斤燒紅，倒入酒五升，滲乾後把天南星放入其中，用盆蓋住。第二日取出研末，加琥珀一兩、朱砂二兩，以生薑汁調麵做成丸子，煎人參、石菖蒲湯送下，稱為「壽星丸」。虎掌大毒，用藥須謹慎，未經炮製輕易不可內服，李蓮花居然要病患將劇毒直接服下，那無疑是以內力修為與劇毒搏一次性命。

酒桌上氣氛僵滯了一會兒，關河夢慢慢道：「李……你這是在殺人……」他本想稱呼「李前輩」，但心裡委實驚怒交加，這「前輩」二字，難以出口。

李蓮花道：「若他是因為中毒瘋癲，將虎掌直接服下，應該能夠清醒。若是內力不足抗毒，可以泡水再服，虎掌雖有劇毒，卻能延遲或者縮短瘋癲發作的時間……」

關河夢和蘇小慵不知李蓮花不通醫術，只是驚疑，方多病卻是大吃一驚，李蓮花對醫術一竅不通，此時居然敢說虎掌可以醫治瘋癲，真的很奇怪……

「你怎知病患是中毒瘋癲？」關河夢沉聲問。

蘇小慵知道關河夢說的「病人」是指他的好友「龍心聖手」張長弓，張長弓被人下了迷魂之毒，已瘋癲數月之久，關河夢醫治半月，始終不見起色。

李蓮花一怔，歉然道：「啊……我隨口說說……」

關河夢臉現慍色：「治病救人，若無十分把握豈可輕言？你可曾如此醫好病患？」

李蓮花張口結舌，關河夢雖不再說話，方多病卻看得出他心下不快至極。關河夢一開始對「吉祥紋蓮花樓主人」尚有幾分敬意，話說到此，他對李蓮花已是大有成見。

忽見關河夢瞄了蘇小慵一眼，方多病猛然醒悟為何這位關俠醫從始至終對李蓮花就不大親熱，他心下大笑，這位俠醫敢情對義妹傾心，所以對李蓮花大為不滿。

見關河夢神色冷淡，李蓮花滿臉歉然地坐在一旁，方多病對他翻了個白眼。蘇小慵卻道：「關大哥你又怎知李……李大哥他不曾以新鮮虎掌醫好病人？李大哥是當世名醫，虎掌雖有劇毒，但說不定正是因為有劇毒，所以才對某幾種瘋癲十分有效呢。」

李蓮花「啊」了一聲，尚未附和，關河夢便冷冷道：「你可能確保病人服下天南星一定能夠痊癒，絕不會死？」

李蓮花苦笑道：「不能。」

關河夢「砰」的一聲拍案而起，大怒道：「那你便是以病患試驗藥物，草菅人命！」

李蓮花和方多病都嚇了一跳，蘇小慵叫了一聲：「關大哥！」

關河夢疾惡如仇，性子耿直，脾氣雖不甚好，對待病患卻極有耐心，她也很少見他如此大怒，但以活人試藥乃極其殘忍惡毒之事，她也隱約明白。

方多病打圓場，賠笑臉：「服下劇毒也無妨，只要有人以至純內力化解，不會有性命之憂，哈哈哈。」

關河夢氣極反笑：「這等功力世上幾人方有？李相夷？笛飛聲？少林元化掌門？」

方多病正要辯說他家方而優方老爺子也有這等功力，關河夢竟敢看不起他家祖宗！李蓮花卻早一步用一杯酒堵住他的嘴，微笑道：「我突然睏了。」

關河夢甩袖便起，怫然道：「告辭！」頭也不回，拂袖而去。

蘇小慵看了李蓮花一眼，頓了頓，欲言又止，終是狠狠瞪了他一眼，追著關河夢出去。

方多病差點被李蓮花那杯酒嗆死，好不容易嚥下，怒道：「你幹什麼！」

李蓮花嘆了口氣：「我怕你再說下去，關少俠要拔劍殺人。」

方多病揉了揉被酒嗆得難受的喉嚨，嘀咕了一聲：「還不是你不懂裝懂胡說八道，讓他暴跳如雷？」

李蓮花喃喃道：「下次定要說李蓮花對醫術半點不懂、一竅不通，無論頭疼腦熱、傷風咳嗽，都萬萬不要來問我……」

方多病忍不住好笑：「你要是說你一竅不通，他必定也要生氣。」

兩人面面相覷，突然大笑起來，又飲了兩杯酒，各自沐浴上床。

一夜好眠。

第二日起床，關河夢早已起身，不知去了何處，蘇小慵一人獨坐客棧樓下一桌，見李蓮花和方多病下來，微微一笑。李蓮花報以十分抱歉的微笑，整了整衣角，和方多病在她桌邊坐下。

「李大哥早。」蘇小慵今日一身淡紫色長裙，略施脂粉，倒是比昨日美貌許多，不知是為誰梳妝。

方多病白衣皎潔，施施然在她身邊一坐：「不問方大哥早？」

蘇小慵規規矩矩地又道了一聲：「方大哥早。」

李蓮花溫言詢問關河夢去何處了，蘇小慵道關河夢正在小青峰下，等候要一同上山道喜的「風塵箭」梁宋、「紫菊女」康惠荷、「白馬鞭」楊垂虹和「吹簫姝」龍賦婕。這四人互不相識，但都曾受過關河夢的救命之恩，此次肖紫衿宴請天下武林參加他的婚禮，這些後生晚輩也遠道而來，關河夢早到幾日，為朋友訂下房間，此時便是去接人。

方多病大讚如關河夢這等俠士古道熱腸，李蓮花連忙買了八個饅頭、倒了八杯茶水，等候關河夢五人歸來。

蘇小慵見李蓮花極認真地擺放饅頭的位置，既覺得好笑，心裡又甚是溫馨。李蓮花人很聰明，又是名震江湖的人物，卻從未自視甚高，看他買饅頭的模樣，如何能相信他是一位醫術通神且才智絕倫的奇人？

「今日已是十三。」方多病道，「再過兩日，就是婚期。」

蘇小慵啜了一口茶水，「喬姐姐真是令人羨慕，能和李相夷這樣的奇人相遇，而後又有肖大俠這樣的痴情男子守護，十年……」她輕輕嘆了口氣，「是多麼漫長的歲月，肖大俠從未離開過喬姐姐身邊。」

方多病奇道：「你認識那兩個人？」

蘇小慵點了點頭：「我和關大哥八月初八就已抵達，上小青峰遊玩的時候遇見他們，他們正在為李相夷的衣冠塚上香。」

李蓮花微微一笑：「斯人已矣，活著的人只要過得好，死者就能安心，倒也不必如此執著。」

蘇小慵卻道，「那不過是李大哥你自己的想法，江湖上還是有不少人說喬姐姐一女配二夫，說她心志不堅，移情別戀，再難聽的我都聽過。」她哼了一聲，「李相夷已經死了十年，憑什麼女人要為男人守活寡一輩子？喬姐姐又沒有嫁給李相夷做妻子。」

方多病插話道：「這罵人的人多半是嫉妒肖紫衿。」

蘇小慵愕然：「嫉妒？」

方多病一本正經地道：「他心想，喬婉娩妳變心怎麼不變到我這裡來，竟變到肖紫衿那裡去？妳若變心嫁給我，便是從良；嫁給肖紫衿，就是蕩婦。」

蘇小慵「噗哧」一聲笑了出來，後又忍住道：「你這話讓肖大俠知道，定要打破你的頭，他無比敬重喬姐姐。」

方多病好奇：「怎麼敬重？」

蘇小慵道：「肖大俠待喬姐姐很溫柔，他雖然不常看她，但喬姐姐無論要做什麼、在想什麼，他都知道。喬姐姐要做任何事他都不反對，再小的事他都會幫她做。我真是羨慕……」

李蓮花聽著，忽然微笑起來，眼神也甚是溫柔。

方多病卻道：「肖大俠也忒英雄氣短，兒女情長，難道他娶了老婆，還要給老婆擦桌掃地、洗碗做飯不成？」說到擦桌掃地，他看了李蓮花一眼，心裡一樂：這死蓮花若是娶了老婆，必定會在家裡擦桌掃地、洗碗做飯。

「這個……喬姐姐想必不至於讓肖大俠如此吧？」蘇小慵皺眉，被方多病一說，她還真不敢說肖紫衿婚後不會在家裡擦桌掃地。

方多病本是胡說，見她當真，心裡暗暗好笑，十分得意。

幾人正閒談間，忽聞門外一陣馬蹄聲，幾個人在武林客棧前下馬，快步走了進來。

蘇小慵叫道：「關大哥。」

當先進來的是關河夢，一身黑色長袍，十分英挺，見李蓮花和方多病與蘇小慵同桌而坐，臉色微沉，卻不失禮數：「兩位早。」

李蓮花連連點頭：「早、早。」

方多病卻往他身後張望，關河夢身後四人，兩男兩女。兩名男子一人做書生打扮，一人身著緊裝。書生打扮的那人，腰上懸掛玉佩的腰帶乃是一條軟鞭，自是「白馬鞭」楊垂虹，據說此人一手「白馬金絡鞭」在天下鞭法可排第五。灰袍緊裝之人是「風塵箭」梁宋，此人武功不怎麼高明，但是為人誠懇勤毅，俠名甚隆。兩名女子，一位嬌美明豔，身著綠色衣裙，是「紫菊女」康惠荷；另一位一襲布裙，不施脂粉，天然一股書卷氣，正是「吹簫姝」龍賦婕。

幾人相互介紹，不住拱手，一陣「久仰久仰」之後，陸續坐了下來，對同桌之人竟是大名鼎鼎的吉祥紋蓮花樓樓主和方氏少主也十分驚訝，尤其李蓮花以神祕聞名，卻居然是如此文雅尋常的一介書生，大家不免心下詫異。略飲了幾杯茶水，幾人攀談起來，方多病才知道這幾位俠少俠女，不僅被關河夢救過性命，也被肖紫衿救過性命。

「風塵箭」梁宋道：「我出生也晚，未曾趕上四顧門和金鴛盟的那場大戰，但有幸在兩年前月支窟一戰與肖大俠有過一面之緣。肖大俠相貌英俊，為人瀟灑，和喬姑娘的確是天生一對。」

康惠荷抿嘴微笑：「肖大俠確是英俊瀟灑，但也未必天下無雙，梁兄武功雖然不及，英雄俠義卻猶有過之。」

這位姑娘容貌美麗，嘴巴很甜，與她同來的「吹簫妹」龍賦婕卻是嫣然一笑：「梁兄英雄俠義猶有過之，也有人英俊瀟灑與英雄俠義都不遜於……」

康惠荷滿臉生暈，嗔道：「龍妹妹！」

龍賦婕似笑非笑地看著關河夢，舉杯喝了口茶，拿起面前的饅頭，悠悠撕了一片，吃了下去。

方多病饒有興致地看著關河夢。李蓮花規規矩矩地喝茶，目不斜視。

梁宋輕咳一聲，他早知康惠荷傾心關河夢，關河夢卻似乎對蘇小慵更為特別，為避免關河夢尷尬，他向楊垂虹道：「楊兄遠道而來，不知帶了什麼賀禮？」

楊垂虹本是翩翩公子，也不小氣，當下從袖中取出一個如摺扇大小的木盒：「這是兄弟的賀禮。」

康惠荷好奇：「這是什麼？」

木盒長約一尺，寬約兩寸，方多病也很是好奇：「這裡面是什麼？筷子？」

楊垂虹一笑，打開木盒，只見木盒中光華閃爍，竟放著一把奇短奇窄的匕首，精鋼匕首必是寒光閃爍，可這把匕首卻煥發著奇異的粉紅光澤，煞是好看。方多病看了一陣，忽道：

「小桃紅！」

楊垂虹點頭，讚道：「方公子果然好眼光，這正是五十六年前『天絲舞蝶』桃夫人的那把『小桃紅』！」

龍賦婕頗為驚訝：「聽說此匕斬金斷玉，鋒銳非常，更為可貴的是，此匕所到之處，神兵之殺氣可令蚊蟲絕跡、猛獸避走，是防身神物。你從何處得來？」

楊垂虹頗有自得之色：「『小桃紅』是兄弟偶然在當鋪見到，重金買下。肖大俠於我有救命之恩，此匕贈予喬姑娘再合適不過。」

眾人紛紛點頭，當下相互詢問賀禮。龍賦婕帶的是一枝鳳釵，明珠為墜、黃金鏤就，十分昂貴，最珍貴之處是短短三寸多長的釵身上，細細刻著陸游的〈釵頭鳳〉，一共六十個字，字字清晰，筆法流暢，確是一件名品。幾人嘖嘖稱奇，心下卻不免覺得新婚之際，這釵上刻的詞未免不吉，但此釵乃是古物，倒也難以苛求。康惠荷的賀禮是一盒胭脂，顏色嬌豔明媚，是西域奇花所製，常用能夠駐顏，又能當作金瘡藥使用，塗在創口上頗有奇效。梁宋帶來一幅字畫，乃是當代書法名家所寫之「郎才女貌」四字。關河夢和蘇小慵未帶賀禮，方多病的賀禮卻庸俗得多，乃是白銀萬兩，以及「葡萄美酒」二十罈、各色綾羅綢緞十匹、異種花卉一百品。

這些賀禮是由方而優方老爺子率眾帶來，方多病代表方氏將於八月十五交予肖紫衿。但若說方多病庸俗，李蓮花便是小氣了，他的賀禮……是一盒喜糖。

方多病目瞪口呆，半晌道：「不然這異種花卉一百品便算是你送的如何？」

其他幾人看著那盒喜糖，心下或是鄙夷，或是詫異，李蓮花卻是不肯，硬要送肖紫衿夫婦一盒喜糖。

眾人皺起眉頭，暗道這人不識時務，肖紫衿和喬婉娩是何等人物，你送去一盒不值一吊錢的糖果，豈不是當面給人難堪？

李蓮花拍了拍他那盒喜糖，小心翼翼地包起來，當作寶貝一般。

方多病心裡悻悻然：原來這就是李蓮花的「大禮」？不過，這李小花是隻鐵公雞，小氣得很，花五個銅板買盒糖果，的確算是「大禮」了。

二 雙花脈脈嬌相向，只是舊家兒女

八月十五，天色清明爽朗，已近傍晚，一縷紫霞斜抹天空，瑰麗動人。

扁州小青峰，野霞小築賓客盈門，人來人往，十分熱鬧。門口高懸紅色燈籠，庭院內張燈結綵，酒席列了數十桌，擠滿整個庭院。桌上各色酒菜，雞鴨魚肉，水果鮮蔬，冷盤涼拌，皆已上齊。入座賓客已有五成，大多滿帶笑容，彼此拱手，「久仰久仰」、「恭喜恭喜」之聲不絕於耳。

喬婉娩對鏡梳妝，銅鏡顏色昏黃、光華暗淡，她緩緩描眉點唇。鏡中人依然如當年那般顏色，即使繪上濃妝亦不見增豔多少，只是容顏依舊，人事已非……嫁給肖紫衿……十年前，縱然是最荒誕離奇的夢，她也從未想過，自己會嫁給肖紫衿。愛紫衿嗎？她問過自己很多次，十年前、八年前、六年前、四年前……一直到昨日深夜，愛紫衿嗎？昨夜夢見他為她流過的血，做過的事，卻未見他為她流淚。醒來以後靜靜回想，真的，她只見過紫衿為自己流血，從未見他為自己流淚，這個男人，一直拚命做著她的撐天之柱，至於其他，從來不說，也不讓她看見。

他和相夷不一樣。愛相夷嗎？愛的，一直都愛。相夷很任性，高強的武功、出群的智慧、輝煌的功業，讓他目空一切。他喜歡命令人、很會命令人，奇怪的是，大家都很服氣，從來不討厭。她也是一直被他命令著、安排著，去哪裡、做什麼事、在哪裡等他……一直一直，聽著相夷的指揮，信著他、等著他，一直等到永遠等不到。但紫衿不同，紫衿永遠不會指揮她做些什麼。

而只要她開口，他可以為她去死。

喬婉娩微微牽動一下嘴角，那抹微笑未免有幾分淒涼之色，她自不會要紫衿為她去死，她絕不會要任何人去死，她痛恨所有拋棄一切輕易去死的人。

愛紫衿嗎？愛的，花費了十年光陰，有今日的婚禮，她真的十分歡喜。

外面賓客進場，入席時先送上賀禮，她也是習武之人，聽見外面的聲息，禮物大多十分名貴。喬婉娩化好妝容，微微一笑，紫衿雖然這幾年更穩重收斂，但想必心裡十分高興，他本就喜歡排場。

「喬姐姐？」門外有人敲門，「我是小慵。」

喬婉娩道：「進來吧。」

蘇小慵推門而入，「啊」了一聲：「喬姐姐今日果然比平時更美。」

喬婉娩噗哧一笑：「小丫頭真是虛偽。」

蘇小慵叫了起來：「喬姐姐本來就是江湖中有名的美人！我哪裡虛偽了？」

喬婉娩微微一笑：「有名不假，美人未必。這般『有名』，不知是幸，還是不幸。」

蘇小慵拾起桌上的梳子輕輕為她梳緊髮髻：「也不知有多少人羨慕妳呢。」

喬婉娩閉起眼睛，不一會兒又睜開眼睛微笑道：「妳沒見過『虞美人』角姑娘，那才是真正的美人兒。」

蘇小慵嘴巴一癟：「我幹麼要看妖女？聽說這女人手下幫徒亂七八糟，姦淫擄掠做什麼的都有，她肯定不是什麼好人。」

喬婉娩覺得有些好笑，正要說話，花轎卻已到了門口。蘇小慵為她戴上鳳冠，理好衣裳，扶她入轎。

大紅花轎在眾轎夫的吆喝聲中緩緩前行，走向中庭，喜筵就設在中庭，喜堂就在中庭之後的大堂。自喬婉娩閨房到大堂，不過穿過一條迴廊，數百步路程。喜樂吹奏，客人紛紛就坐，一時間聲息稍靜，只聽那歡快熱鬧的樂曲似響自四面八方，花轎「吱呀」之聲隱約可聞，賓客在稍靜之後哄然議論，歡笑聲、吆喝聲、敲擊聲和歌唱聲混在一起，熱鬧至極。

喬婉娩坐在轎中，不禁害羞起來，雙頰暈紅，偷偷從花轎簾子縫隙看了一眼，遙遙可見肖紫衿偉岸的背影站在喜堂中。她從未見他穿過紅衣，猛然看見，竟覺得有些好笑，情不自禁地嘴角含笑，心頭竟有些狂跳，彷彿仍是十七八歲的小姑娘，第一次見到意中人一般。

眾多賓客在宴席邊坐了許久，等花轎也等了許久，見花轎自迴廊中轉出，不少人都目不轉睛地看著花轎，只盼在轎上盯出兩個洞來瞧瞧新娘子究竟是何等美貌，令兩個江湖奇男子為她傾倒。

蘇小慵一路跟著花轎，轎邊跟隨著丫鬟和轎夫，路沒走多遠，轎邊又跟了不少年輕莽撞的江湖少年，她忙著阻攔眾人靠近，以免衝撞花轎。正忙碌間，有人輕輕拍了一下她的肩。

「哎？」她回身一笑，「是你，怎麼？有事嗎？」那人點頭，對她招了招手。

蘇小慵略有遲疑，但見花轎已走到門口，這人的脾氣她知道，若不是真有要事，絕不會上前招呼，甚至對她避之猶恐不及。於是便點了點頭，跟著那人往客房走去。

花轎邊萬頭攢動，卻沒有多少人留意到蘇小慵離去，只盼在喬婉娩出轎之時看她一眼。

喜樂吹奏，前頭手持蓑青之人已經掃過喜堂的門檻，喬婉娩並無兄弟，因而也無舅爺轎在前，更無媒人，所以迎親隊中也沒有媒婆轎。前頭拖青之人過後，新娘轎子直接到了門口，吉時一到，新郎就可出迎，牽新娘入內拜堂。喬婉娩的大紅花轎在外一停，賓客便開始起鬨，大家都笑了起來，紛紛吆喝。肖紫衿回身一望，嘴邊也隱約現出笑意。

方多病坐在喜筵正席，身邊是方氏當家老爺子方而優，在自家老爺面前，方多病規規矩矩，謹言慎行。與他同席的是關河夢以及「佛彼白石」中的三人，雲彼丘沒有出席，說是百川院不能無人留守，加之他有病在身，因此不能前來。另有「四虎銀槍」三人，四顧門尚存的友人都前來道賀。

李蓮花坐在第七席，他本想表明自己就是江湖傳說中神祕莫測的吉祥紋蓮花樓樓主，但轉念一想，方而優正等著看何曉鳳的準夫婿，不免有些膽寒，還是不說為妙。坐在他左邊的是「思皮大俠」房克虎，右邊是「雪花仙子」柳寒梅。滿桌皆是「久仰久仰」之聲，半晌後，李蓮花終於忍不住悄悄問身邊的柳寒梅：「那位『思皮大俠』是何方神聖？」

柳寒梅嫣然一笑，在他耳邊悄聲道：「『思皮』是南蠻荒蕪之地的一個小地方，方圓不過二十多里。」

李蓮花「啊」了一聲，十分敬仰地看著房克虎：「二十多里也很大了。」

柳寒梅頓時流露出輕蔑之色：「那也算大俠？」

李蓮花唯唯諾諾，過不多時又低聲問房克虎：「咳咳……『雪花仙子』又是……何處的高人？」

房克虎哈哈大笑：「她是黃河五環刀門下的女弟子，什麼『雪花仙子』我根本沒聽說過，不會是今日臨時自封的吧？」

柳寒梅「砰」的一聲拍桌而起，柳眉倒豎，大怒道：「你說什麼！你枉為江湖中人，居然不知我『雪花仙子』乃是近年來江湖有數的人物？」

李蓮花大吃一驚，連連拱手：「兩位聲名遠揚，在座各位都久仰久仰，息怒息怒，請坐請坐。」

柳寒梅餘怒未消，重重坐下，忽地斜眼看向李蓮花：「你姓甚名誰，報上名號。」

李蓮花一怔：「這個……這個……在下姓李……」

他一句話還沒說完，柳寒梅斜眼看到他手裡抱著一個紅色的喜糖盒子，為之愕然：「這是……你的賀禮？」

李蓮花頷首。

柳寒梅「嘿」了一聲，起身坐往別桌，竟是覺得和他同桌十分屈辱。柳寒梅離席後，第七桌有不少人跟著離開，只餘三兩人仍舊坐著，看來都是來白吃白喝的江湖混混。卻有一人姍姍來遲，坐在第七桌，竟是龍賦婕。她對李蓮花微微一笑，似是對離開之人十分不屑。

方多病坐在正席，斜眼看著第七席的變故，肚裡大笑。這時一位長鬚老者卓然而起，揚聲道：「吉時已到——」

喜筵一陣喧譁，人人回頭，只見肖紫衿一身紅袍，胸掛紅花，緩步走向停在門口的紅轎。喧譁聲漸漸平息，肖紫衿輕輕牽起轎前的紅綢。轎簾晃動，一人頭戴紅蓋頭自轎中慢慢下來，紅衣鮮豔，佳人窈窕，肖紫衿牽動紅綢，紅衣新娘緩步前行，喜筵中的賓客情不自禁地發出一陣歡呼。

李蓮花手持酒杯，目不轉睛地看著肖紫衿。肖紫衿微微一震，他是何等人物，卻在牽起紅綢的剎那，微微顫抖。賓客滿堂，肖紫衿全心全意在喬婉娩一人身上，他牽著新娘子走過喜筵，登上喜堂。

那長鬚老者原來是肖紫衿的叔父，只聽他運氣振聲道，「一拜天地——」肖紫衿和喬婉娩攜手對門口同拜天地。那老者又喊，「二拜高堂——」兩人回身對老者徐徐拜下，「夫妻對拜——」兩人轉過身，彼此深深拜下，攜手而起。

酒宴賓客喊叫起來：「恭喜肖大俠和喬姑娘喜結良緣——」、「恭喜肖大俠喜得佳人！」、「多福多壽——」、「早生貴子——」

宴席中頓時一片哄笑。

肖紫衿終是笑了，牽著新娘步入洞房。

李蓮花手中的喜糖尚未送出，微微一笑後，他將喜糖放置在靠近第七桌旁的收禮盤上。旁人所送的禮物大多名貴，這一盒喜糖倒是十分顯眼。送出喜糖後，他拿起筷子，夾了一筷子蔬菜，吃了下去。同桌之人均覺詫異，這位食客未免太沒禮數。過不多時，正席開始動筷，大家紛紛勸酒，場面熱鬧異常。李蓮花卻只吃了那一筷子蔬菜，便自停筷，他左右無人，過了一會兒便笑著舉杯低唱：「一杯相屬，此夕何夕……」

卻有一人走到他身側，悠悠吟道：「西江碧，江亭夜燕天涯客。天涯客，一杯相屬，此夕何夕？燭殘花懶歌聲急，秦關漢苑無消息。無消息，戍樓吹角，故人難得。」

李蓮花嚇了一跳，抬起頭來，只見來人紅衣烏髮，容顏嬌豔嫵媚，髮髻斜插一枝芙蓉金釵，十分華麗燦爛，竟比新娘還要明豔，卻是何曉鳳。

同桌之人都認得這位「武林第三美人」，見她突然來到，不免十分稀奇。靠近第七席的賓客紛紛回頭，均好奇這位「武林第三美人」究竟所為何事？只見她笑吟吟看著李蓮花，在他身邊柳寒梅的空位坐下：「好久不見，別來無恙？」

李蓮花道：「別來無恙，何姑娘好。」

何曉鳳媚眼在李蓮花臉上拋來拋去：「李樓主何等身分，怎能坐在次席？這肖大俠也太不講道理，你到我那裡坐，來。」

李蓮花溫言道：「我坐這裡很好。」

何曉鳳嫣然一笑：「那麼我坐在這裡陪你。」

同桌幾人頓時心中悻悻，這位「李樓主」不知何方神聖，居然能得江湖中身價最高之佳人青睞，這位佳人年紀雖然大了那麼一點，難伺候了那麼一點，卻也是千嬌百媚。

就在這時，正席響起一陣喧譁，肖紫衿換了身衣裳，出來敬酒。正席上紀漢佛、白江鶉和石水一同起身，舉杯相敬。肖紫衿一杯酒一飲而盡，白江鶉笑道：「肖兄弟多年夙願，終是得償，恭喜恭喜。」

石水卻冷冷道：「門主若在，三門主萬萬娶不到喬姑娘。」

紀漢佛喝了一聲，石水陰陰閉嘴，紀漢佛對肖紫衿道：「恭喜，恭喜。」

肖紫衿不以為忤，突然長長吐出一口氣，「我其實……很慶幸他已經死了。」飲下第二杯酒，他眼中隱有淚光，緩緩道，「你們可以恨我。」

紀漢佛用力拍了拍他的肩頭，淡淡道：「不會。」王忠、何璋和劉如京三人也起身，連道恭喜，肖紫衿連飲七杯酒，面不改色。方多病和方而優也站起敬酒，方多病從未見過這位「肖大俠」，便對他上上下下看了個仔細，只見他面貌英俊，氣度沉穩，身材高大挺拔，的確是自有威儀，和江湖宵小之輩如李蓮花之流大大不同。

肖紫衿敬完首席，又一桌桌輪番敬酒，他內力深厚，又出身名門世家，酒量甚豪，連飲十數桌，臉上毫無酒意。很快他走向何曉鳳這一桌，身側有人替他倒酒，他舉杯走向第七席首座，突然一怔，「砰」的一聲，那杯酒水失手掉落，在地上砸得粉碎。

喜筵中頓時寂靜無聲，人人心裡驚異，自李相夷和笛飛聲死後，肖紫衿的武功縱使稱不上江湖第一，也是「第一」之一，他手上勁道何等穩健，就算抓數百斤重物也不在話下，這小小酒杯竟然會失手掉落，實在是萬分古怪。

只見肖紫衿盯著第七席中的一人，目不轉睛地看著，道：「你……你……」

那人微微一笑，舉杯起身：「李蓮花，恭喜肖大俠和喬姑娘喜結連理，祝兩位白頭到老，不離不棄。」

肖紫衿仍是目不轉睛地看著他：「你……」

李蓮花先行舉杯，一飲而盡，肖紫衿卻愣了好一會兒，才從桌上取了另一只新杯，倒酒飲下。只聽李蓮花溫和地道：「你要待自己好些。」

肖紫衿僵了好一會兒，竟點了點頭。

李蓮花舉杯飲下第二杯酒，再次道：「恭喜。」

肖紫衿又點了點頭，仍道：「你、你……」

李蓮花亮了亮杯底：「李蓮花。」

肖紫衿在他面前站了好一會兒，身旁的人竊竊私語，都道肖大俠醉了，又見他自行倒了一杯酒，一口吞下，「砰」的一聲擲杯於地，大步轉身離去。

他居然沒再向第七席的其他人敬酒。

何曉鳳吃驚地看著肖紫衿大步走過，瞠目結舌地看著李蓮花：「你……真是個怪人。」

李蓮花愕然：「我怎麼奇怪了？」

何曉鳳指著肖紫衿，再指著李蓮花：「你們……你們……很奇怪。」

李蓮花奇道：「他娶老婆我來道喜，有什麼不對？」

何曉鳳愣了半晌：「他沒跟我敬酒。」

李蓮花更奇道：「他不是見了妳失手打碎酒杯嗎？」

何曉鳳張大嘴巴，指著自己的鼻子：「他是見了我打碎酒杯？我怎麼覺得他是見了你……」

李蓮花嘆了口氣：「他自是見了妳，一時失神，打碎酒杯。」

何曉鳳將信將疑，心下卻有絲竊喜：「真的？」

李蓮花正色道：「當然是真的，他不是見了妳失魂落魄，難道是見了我失魂落魄？」

何曉鳳想了想，顏若春花地嫣然一笑：「這倒也是……」

喜筵中不少人議論紛紛，好奇地看著李蓮花，正席上的關河夢卻既未起身敬酒，也不看李蓮花，甚是心不在焉。

方多病留意他許久，忍不住問道：「關兄可是有心事？」

關河夢一怔，眉頭緊蹙：「我在想義妹不知去何處了？」

方多病東張西望，也有些奇怪，果然蘇小慵不見蹤影，她和喬婉娩交情匪淺，不該不坐正席，怎會不在？

「自從去給喬姑娘梳妝，她至今未歸。」關河夢沉聲道。

方多病本想乾笑一聲，但老爺子坐在身邊，只得「溫文爾雅」地微微一笑：「莫非她一直陪著喬姑娘？」心下卻道：莫非她陪新娘陪到洞房裡去了？

「絕不可能。」關河夢搖頭，他目光在喜筵中搜索良久，緩緩道，「她失蹤了。」

方多病道：「這裡是野霞小築，『紫袍宣天』的住所，有誰敢在這裡生事？蘇姑娘想必是走散了，不會出事的，你放心。」

關河夢臉上微現冷笑，慢慢說：「我只怕就因為這裡是肖大俠的居所，所以才有人敢在這裡生事，因為今日此處毫不設防……」

方多病見他冷笑，頭皮有些發麻，勉強笑笑道：「關兄說得也有道理，不過我想不至於這樣……」

此時肖紫衿已敬酒敬了一圈，喜筵也用過大半，忽然門外有人驚叫一聲：「你是什麼人……啊——」

庭院中眾人一怔，只見一樣東西橫空飛來，姿勢怪異地平平落地，卻是野霞小築門前的僕役。那僕役爬起來，東張西望，猶未搞清楚發生了什麼事，甚至不及驚駭。

喜筵中高手眾多，相顧駭然：要將一人擲入院中不難，難的是將人低低拋起，平平墜地，既不塵土飛揚，亦不鼻青臉腫，更不用說被拋之人居然還來不及覺得驚駭，人就已經進來了，那是什麼樣的武功？

肖紫衿至此已經飲下數罈美酒，微有醉意，卻仍然反應敏捷，剎那間已攔在庭院拱門前：「來者何人？」

喜筵中有心與來人一較高低的都紛紛起身，只見站在庭院拱門前的是一位青衣男子，年貌看來不過三十左右，容顏俊雅，手上托著一個木盒，神情冷淡地站在門口，臉上既無祝賀之色，亦無挑釁之相。

眾人目光一齊看向來人，此人容貌陌生，絕非近年來江湖上常見人物。正席上幾人卻渾身一震，臉色大變，同聲叫道：「笛飛聲！」轉眼間，幾人紛紛攔在肖紫衿身前，心想：不管這魔頭因何未死，今日拚得性命不要，也要保肖紫衿和喬婉娩周全。

一時間喜筵上寂靜如死，人人睜大眼睛，看著這位傳說已經死了十年的金鴛盟盟主。笛飛聲「悲風白楊」心法為武林第一等剛猛內力，若此人真是笛飛聲，今日喜筵上眾人坐得如此密集，他一掌之威，便足以立斃場內數位賓客。這位煞星怎會未死？十年間他究竟去了何處？今日來到野霞小築又所為何事？眾人噤若寒蟬，心下一片冰涼，若是他來向肖紫衿尋仇，要大開殺戒，我等今日得冤死在此了。

笛飛聲站在門前，見眾人神情緊張，他卻不放在眼裡，環顧庭院之內，賓客盡皆膽寒，不知他想要如何？

肖紫衿張口欲言，紀漢佛擋在他身前，低聲道：「喬姑娘尚在房內。」一言提醒，肖紫衿本來心裡怒極，不知笛飛聲未死，又不知他前來所為何事，乘著酒意便要拔劍。紀漢佛提及喬婉娩，他心頭一驚，滿腔義憤頓時涼了。

紀漢佛攔在眾人前面，沉聲問道：「笛飛聲？」

笛飛聲手中木盒一拋，「啪啦」一聲，木盒落在紀漢佛身前，但聞他淡淡道：「十年不見，別來無恙？」

紀漢佛不知他心裡做何打算，也淡淡答：「別來無恙，不知笛盟主前來，所為何事？」

笛飛聲卻不理他，上下打量了肖紫衿一陣：「聽說這幾年來，你武功大進，江湖中白道黑道，無不默認你是如今武林第一高手。」

眾人一聽便知來者不善，紀漢佛沉聲道：「武林第一高手云云，乃是江湖朋友過譽，江湖中藏龍臥虎，哪有人真敢自認第一高手？」

笛飛聲「嘿」了一聲，只盯著肖紫衿。

肖紫衿不能在眾多賓客面前做縮頭烏龜，雙眉一振，朗聲道：「肖某絕非武林第一高手，但若笛盟主要仰仗武功，擾我婚宴，莫怪肖某不自量力……」

笛飛聲打斷他的話，淡淡道：「今日你若能接我一掌，這盒中之物便算我贈予你的成婚賀禮。」

肖紫衿一怔，喜筵中眾人大奇，這笛飛聲竟不是來報金鴛盟全軍覆沒之仇，而是來比武的，這地上木盒之中不知放著什麼事物，人人都很好奇。

肖紫衿振了振衣袖，朗朗一笑：「既然笛盟主是為送禮而來，肖某便接你一掌。」

笛飛聲臉色淡漠，緩緩往前踏了一步，肖紫衿身後眾人情不自禁往後退開。旁人不知笛飛聲的武功究竟如何，當年四顧門下卻再清楚不過。紀漢佛低聲囑咐肖紫衿千萬小心，笛飛聲的武功剛強暴戾，雖只一掌，卻是性命交關，若是不敵，萬萬不要勉強，往後避走便是。他和白江鶉站在肖紫衿身後，肖紫衿一旦不敵，便立刻出手救人。

方多病心頭怦怦直跳，他未曾想過今日能看到笛飛聲，以他的武功地位，這等大事自然輪不到他插手，他卻情不自禁瞄了眼李蓮花的座席，不知李蓮花可有化解局面的妙法？卻見李蓮花目不轉睛地看著笛飛聲，彷彿也被這傳說中的魔頭震住，沒有半點反應。

只聽門前地面「咯啦」一聲輕響，卻是笛飛聲踏上一塊稍微翹起的青磚，眾人為之一懍：他面對肖紫衿，踏前兩步，竟然全身放鬆，尚未運勁，比之肖紫衿全神戒備，已是勝出一籌，若非對自己極有信心，絕不能如此。

紀漢佛和白江鶉已將真力運遍全身，一旦發生變故，便當機立斷，決計要保肖紫衿全身而退。

笛飛聲踏前第三步，簡單地揚手揮掌，往前劈出。

坐在方多病身邊的方而優一直沒有說話，此時突然一拍桌面，喝道：「白日銷戰骨！」方多病嚇了一跳，才知這一掌乃是笛飛聲極其出名的一記殺手，掌力熾熱剛猛，若是被此掌所傷，必定高燒七日而死，自有此掌以來，未曾有人能自掌下逃生。

賓客中多有驚呼，肖紫衿卻雙眉聳動，一掌拍出，竟自己迎上笛飛聲那一記「白日銷戰骨」。

方多病心裡佩服，大讚肖紫衿豪勇，只聽「砰」的一聲巨響，既無想像中的土木崩裂、飛沙走石之相，也無血濺三尺、慘烈悲壯之幕，反而是笛飛聲「噔噔噔」連退三步。

眾人大奇，看這兩人對了一掌，竟是肖紫衿勝！紀漢佛和白江鶉甚是不解，肖紫衿自己也十分茫然。

笛飛聲「嘿」了一聲：「這木盒，算是你的賀禮。」言罷，竟調頭大步離去。

眾人面面相覷，均是莫名其妙，渾然不解。

「這魔頭豈會安什麼好心，木盒中不知是什麼東西？」關河夢道。

紀漢佛搖了搖頭：「笛飛聲一代梟雄，雖濫殺無辜，卻向來光明磊落，他既然說是賀禮，便是賀禮，決計不會虛言欺詐。」

關河夢不說話，肖紫衿酒意已醒，對笛飛聲的來意全然摸不著頭腦。他拾起木盒，打開一看，只見盒中放著一個小瓶。瓶子潔白如玉，上有青花小字，寫的是「觀音垂淚」四字。

紀漢佛突然領悟，心中暗道：看來熙陵中的「觀音垂淚」確實是被笛飛聲取走，他失蹤十年，此時方才出現，想必是當年受傷極重，無法復出。如今突然出現，只怕是已經服下靈藥，傷勢痊癒，挑戰肖紫衿是為了試驗他的武功恢復了幾成！方才看似肖紫衿勝了，卻不知這魔頭施展幾成功力，何況他靈藥服下不久，想必功力尚未完全恢復，時日一久，肖紫衿肯定不是他的對手。

此時肖紫衿已將小瓶打開，其中空空如也，什麼也沒有，只是瓶塞拔開之際，覺得清香撲鼻，嗅之可知其中放置過上等靈藥，卻不知笛飛聲將此空瓶當作賀禮送予自己，究竟是何用意？

紀漢佛上前一步，與他低聲解釋「觀音垂淚」的來龍去脈。白江鶉等人退回正席，各自坐下。方多病心裡對笛飛聲的氣質風度倒是頗為欣賞，只覺這位所謂的「魔頭」也不怎麼窮凶極惡。而其他人只知笛飛聲殺人不眨眼，現下實是鬆了口氣，但這頓喜筵說什麼也吃不下去了。

前面喜筵風波忽起，洞房之中也另有奇情。喬婉娩頭戴紅巾靜坐洞房中，忽地一陣微風吹過，她在野霞小築久居，立刻便知窗戶洞開，奇的是這窗戶開得無聲無息，她的武功雖未稱得上一流，卻也在一二流之間，窗戶近在咫尺，竟未聽到絲毫聲息。她當下撩起紅巾，猛地看見窗外有張臉對她笑。黑夜之中那張臉紅紅白白，竟是一張彩繪的鬼臉。

喬婉娩著實吃了一驚，那張鬼臉很快被來人摘下。鬼臉之下的嬌顏令她心頭一跳，世上女子貌美之人眾多，但這窗前女子的容貌竟讓她也怦然心動，實在是美得異乎尋常。何況容貌雖美，僅是有形之相，此女天然一代絕世風華，僅是眼眸微微一動，便讓人覺得如流水桃花，清豔交融，心魂俱醉。

這面戴鬼臉的女子，便是角麗譙。喬婉娩與她十年未見，此女已年逾三十，卻依稀比十年前更美，只見她在窗口招了招手。喬婉娩將紅蓋頭握在手上，心下戒備，角麗譙那張色澤柔美的紅唇在窗口無聲地道：「李、相、夷、還、活、著……」

喬婉娩心頭大震，失聲問道：「他現在何處？」忽覺口中一涼，原來是角麗譙鬼臉之中暗藏細微暗器，她一張口，那暗器由口而入，隨即融化，再吐不出來。喬婉娩頓時眼前一黑，往前栽倒。

窗前女子嫣然一笑，若是有人見她這一笑，非傾倒在她石榴裙下不可，接著她纖指一彈，一封紅色書信自窗口射入，堪堪插在床頭枕下，隨即轉身而去。

偌大的洞房，床椅空空，只有紅衣新娘的衣角和飄落一旁的紅蓋頭，在夜風中輕輕顫動。

三 天已許，甚不教、白頭生死鴛鴦浦

庭院中，眾人雖已沒了喝酒的興致，卻還在談論笛飛聲的來意。關河夢心神不定，方多病也暗暗奇怪：經過笛飛聲這麼一擾，蘇小慵竟然還不回來？難道真的出事了？但在野霞小築能出什麼事？喜筵很快散去，大多數賓客陸續離開，肖紫衿在外送客，未過多時，野霞小築只餘下十來位與他相交較深的好友。方多病忍不住從方而優身邊遠遠逃開，和關河夢一起四處尋覓蘇小慵的下落；方而優卻將李蓮花叫住。

李蓮花本來坐在第七席發呆，忽被方而優叫住，滿臉茫然之色，只聽方而優問道：「你姓甚名誰，是何年何月何日何時出生？」

李蓮花「啊」了一聲：「我姓李，叫蓮花……那個……戊子年，七月初七，子時生。」

方而優「嗯」了一聲，在他身邊坐下：「父母為誰？家裡可有餘產？」

李蓮花歉然道：「家中父母雙亡，有失散多年的同胞兄弟，名叫李蓮蓬。還有髮妻一人……」

方而優眉頭一皺，李蓮花繼續說下去：「以及小妾一人，但因家鄉貧困，瘟疫流行，髮妻和小妾都已過世多年。」

方而優道：「你既是當世神醫，怎會髮妻和妾氏都因瘟疫而死？」

李蓮花正色道：「就因髮妻死於瘟疫，我才奮發圖強，花費十年光陰苦練醫術。」

方而優臉上不見喜怒之色，上下看了李蓮花一陣：「你家住何方？家鄉特產何物？」

李蓮花對答如流：「我家住苗疆思毛山，家鄉特產乃是一種劇毒木薯，生食有劇毒，用清水浸泡之後再烤熟食用，味道卻十分鮮美。」

方而優微微一怔：「你那起死回生的醫術，原來出自苗疆？」

李蓮花連連點頭：「思毛山上有一種異草，果實生滿茸毛，共有一百三十五粒籽，顏色青中帶黃，莖上兩片葉，籽上茸毛約半寸長短，折斷後流出鮮紅色汁液，猶如鮮血……」

方而優沉吟了一陣，他本料定李蓮花滿口胡言，卻越聽越難以斷定虛實，如果李蓮花真是出身苗疆蠻荒之地，又曾有髮妻小妾，無論何曉鳳怎樣中意，方氏也不能和他結親。

正在此時，方多病突然從廂房中快步奔了出來，大叫道：「死蓮花快來，蘇姑娘受了重傷……」

他一句話未說完，肖紫衿橫抱一人自洞房中大步走出，臉上的血色全無，顫聲道：「婉娩她……她被角麗譙下了劇毒……」

方多病一句話梗在咽喉，瞪大眼睛看著昏迷不醒的喬婉娩，心裡驚駭異常。眾人聽聞蘇小慵出事的消息本已吃了一驚，猛地又見肖紫衿把喬婉娩橫抱出來，更是大吃一驚！

有人咬牙切齒道：「我終於明白笛飛聲那惡賊為何突然出現又突然離開，原來是聲東擊西，讓角麗譙這妖女對後房的兩位姑娘下手！真是奸詐險惡，可惡至極！」

稍有頭腦的卻不免奇怪：角麗譙給喬婉娩下毒自是大有道理，卻為何只是傷了蘇小慵？以角麗譙的心性武功，一百個蘇小慵也是順手殺了。

李蓮花也是驚詫萬分，卻見肖紫衿抱著喬婉娩大步向他走來，騰出右手一把抓住他，臉色蒼白異常，沉聲道：「跟我來！」

李蓮花「喂」了一聲，肖紫衿的武功何等了得，他伸手來擒，饒是笛飛聲也未必能輕易避開。李蓮花被他一抓就抓到衣領，肖紫衿比他高大，手臂一抬把他整個人拎了起來，大步走向最靠近的一間廂房。

眾人眼見肖大俠出手搶神醫，目瞪口呆，只聽那廂房的門「砰」一聲重重關上，將李蓮花、肖紫衿和昏迷不醒的喬婉娩關在裡面。

方多病忍不住奔到那房門前，鼻子突然撞上一堵肉牆，他倒退三步，才看見不知什麼時候白江鶉已擋在房門前，不禁臉色有些變化。白江鶉身肥如梨，體型碩大，居然輕功了得，這一掠無聲無息，方多病竟然沒半分警覺，只聽他道：「等一等。」

方多病揉著很痛的鼻子：「可是蘇姑娘那邊也……」

紀漢佛冷冷地截斷：「那裡有關河夢。」

石水目光奇異地看著緊閉的廂房，嘴邊似笑非笑，看不出究竟他是變了臉色，還是幸災樂禍。

廂房之中，肖紫衿抓著李蓮花大步入內，左手輕輕把喬婉娩放在床上，右手卻牢牢地抓著李蓮花，臉色蒼白至極，目中神光暴漲，近乎狠毒地盯著他，一字一字壓低聲音道：「我不管你為什麼會在這裡，你一定要救她！一定要救活她！算我……求你……」

李蓮花目瞪口呆：「你——」

肖紫衿另一隻手掐住他的咽喉，極低沉地道：「相夷……求你……救她……」

李蓮花道：「我不是……」

肖紫衿手上用勁勒住他的喉頭，目中神色痛苦異常：「你不用爭辯，不管你變成什麼樣子，我怎能認不出你？你救她！這世上除了『揚州慢』，誰也……救不了她……」

李蓮花被他勒得臉色蒼白，眼神很是無奈，嘆了口氣：「我不是不救她，紫衿你要先放開我。」

肖紫衿怔了一怔，緩緩鬆開掐住李蓮花脖子的手，突然顫聲道：「我絕非怪你不死……」

李蓮花微微一笑，「我明白。」他拍了拍肖紫衿的肩，「你們今日成婚，我很高興，真的很高興。」

肖紫衿目中流露出複雜至極的痛苦神色，低低一聲如負傷野獸般嚎叫：「你先……救她……」

李蓮花在喬婉娩身邊坐了下來，輕輕掠了掠她的髮絲，肖紫衿從懷裡取出一張揉得不成形的信箋，緩緩放在喬婉娩枕邊。那是一張喜帖，也就是肖喬聯姻所發的紅色喜帖，上面寫著幾個字：「冰中蟬，雪霜寒，解其毒，揚州慢。」

這「冰中蟬」之毒，在天下劇毒之中名列第二十八，因其入口冰寒，容易察覺，所以並不是什麼特別厲害的毒物，也很少有人會中其毒。「冰中蟬」入口，只要口中沒有傷口，及時漱口吐出，並無大礙。但若是口中有傷口，又誤食「冰中蟬」，那劇毒順血而入，直下腸胃，半個時辰之內，內腑便會結成冰，將人活活凍死。解救之法多為驅寒取暖，但往往驅寒藥物尚未生效，身體尚未回溫，病人就已凍死，所以難以救治。唯一比較可行的治療之法，便是尋覓一位內功精純的好手，以至純內力護住內腑，藉之與劇毒相抗，等候「冰中蟬」藥性發作過後，病人不但平安無事，而且自此終生不畏寒冷，可謂因禍得福。而天下內功心法，論至純至和，首推「揚州慢」，這抗寒的內力若是有一絲霸氣，便會傷及因受凍而極其脆弱的腑臟，令病人速死。

喬婉娩的臉色仍然紅潤，新娘的麗妝猶在，她顯得端莊典雅，猶如陷入淺眠之中，只是觸及她的肌膚，便會覺得一絲寒意自肌膚深處滲透出來，接觸得越久，那絲寒意越是讓人難以忍受。

李蓮花看著那紅色喜帖上十二個秀麗的小字，那字跡雖然潦草，卻不知為何有一股風姿搖曳的極美之態，他嘆了一口氣：「角大幫主可謂煞費苦心……」他未接著說下去，肖紫衿突然醒悟：角麗譙給婉娩下毒，只怕便是為了試驗李相夷是否還活著，只要喬婉娩毒傷痊癒，便知李相夷還活著。但就算他還活著，為喬婉娩療傷也必元氣大傷，許久不得復原，萬萬不是笛飛聲的對手。

李蓮花見肖紫衿臉色大變，突然微微一笑：「這十年間我得到一本醫道奇書，上面載明各種傷病的治療方法，這『冰中蟬』的解毒之法，以紅心雞蛋三個、寒冬梅花六十朵、十日之內的落雪三升、蜂蜜一升、五彩公雞一隻、烈酒五升，大火熬製，一碗水服下就好，倒也不必以內力救治。」

肖紫衿沉聲道：「這都是易得之物，我去找。」

李蓮花看他推開房門，身形剎那消失，那輕功身法比起對敵快得多，不免嘆了口氣，心裡有些後悔，早知他武功進步如此，應該說要紅心雙黃雞蛋一斤，寒冬金盞白梅六百六十六朵，天山雪蓮蜜一升，有四條腿的公雞一隻，大內上膳美酒一罈才是。念頭轉完，他扶起喬婉娩，垂眉閉目，「揚州慢」至純至和的內力自她背心透入，瞬息之間遊走她全身經脈，助她抗寒。

他確實是四顧門當年墜海失蹤的李相夷，只不過十年光陰，在這個人身上留下的印記比誰都多，當年……他只是個孩子……如今他身負笛飛聲「摧神」掌傷，兩年之內便會理智全失，變成瘋子，一身武功早已毀去十之七八。若是濫用真力，瘋狂之期便會提早。事到如今，當年紅顏嫁與摯友，悲傷嗎？悲哀嗎……李蓮花微笑，他已不再是個孩子，能看到悲傷，也能看到歡樂，有些事，其實未必如表象那般不好，比之嫁與李相夷，能嫁與肖紫衿，或許是幸運得多。以他目前的功力，若讓肖紫衿在旁邊看著，必定會看出端倪。角麗譙不是要讓他功力減退，她是要他發瘋……那些糟糕的事，實在不該讓今日成親的人知道。李蓮花徐徐運氣，喬婉娩體內的寒毒一分一分減退，屋裡一片寂靜。

在另一間廂房裡，關河夢驚怒交加地看著昏迷不醒的蘇小慵。蘇小慵倒在喬婉娩閨房隔壁的廂房內，廂房四壁都是血跡。顯然蘇小慵和人動手，在房中負傷而戰很久，只是房外喜樂震天，人人都在關注肖喬的婚禮，竟沒人留意到這間房內的動靜。牆上的血跡橫七豎八，蘇小慵身上的傷口也很奇特，有些似是尖銳的器物深深刺入，有些似是被刀刃所傷，有數道傷口深達臟腑，若不是方多病藉口去找蘇小慵，又及時尋到，等到喜筵結束，她早已死了。

關河夢面對蘇小慵奄奄一息的軀體，劍眉緊蹙，雙手微微顫抖，全神思索要如何診治。在他身後到來的白江鶉幾人卻是打量著牆上的血跡，臉色甚是詫異。

這間廂房足有兩丈見方，牆上的血痕道道筆直，或橫或豎，地上有一大灘已經變色的血泊，顯然是蘇小慵所流，此外並無其他血點。每一面牆都有血痕，房內桌椅翻倒，連床上的枕頭都落在地上，被褥委地，不難想像打鬥得非常激烈。

關河夢驗看蘇小慵的傷勢，越看越是心驚，她身上的刀傷刃口雖小，卻是刀刀入肉，銳器刺入也極深，若非這兩樣凶器似乎都有些短，差了毫釐未及心肺，否則她早已死了。最可怖的傷口在胸口和臉頰，胸口被連刺兩下，兩下都刺斷了肋骨，僥倖斷骨未刺入心肺；另一下是刺在臉頰上，那銳器刺透腮幫，從左臉插入咽喉，傷勢十分嚴重。這下手之人十分殘忍狠毒，殺人之心昭然若揭。不知是誰，竟在肖紫衿和喬婉娩舉辦婚禮之際，殘害如此一位年輕女子。蘇小慵年紀輕輕，在江湖上尚未闖出名頭，又有義兄關河夢為靠山，有誰要殺害這樣一名嬌稚純真的小姑娘？

白江鶉人雖肥胖，心卻極細，蘇小慵重傷的情形讓他感覺說不出地彆扭，似是哪裡明明違反了常理卻尚未發現，只是思來想去，還是不明白。

關河夢見他皺眉不語，以為他對蘇小慵毫不關心，心下怒極，暗道這等人高高在上，自不把常人死活看在眼裡，堪堪止住蘇小慵傷口的血，便將她橫抱起來，大步走了出去。

白江鶉尚在思索究竟這房中何處不對，忽見關河夢將蘇小慵抱出房去，不由得一怔。

石水站在他身邊，側身一讓，讓關河夢出去，等他離開，方才陰惻惻地道：「嘿嘿，第一次殺人。」

白江鶉嘻嘻一笑：「蘇姑娘也是第一次被殺。」

石水陰森森地道：「這人是第一次殺人，才會不知道要往何處下手能將人一擊斃命，徒自弄出許多血來。」

白江鶉哈哈一笑：「這人不但是第一次殺人，而且武功相當差勁，實在應當讓老四教他一教才是。」

關河夢將蘇小慵橫抱出來，方才知道原來喬婉娩也身中劇毒，昏迷不醒。眾賓客多已散去，其餘人等多在關心喬婉娩的毒傷，不禁心裡更是憤懣，下手欲殺蘇小慵的人必定就在賓客之中，卻不知究竟是誰，此刻恐怕早已離去。眼見無人關心蘇小慵的死活，他提一口氣，施展輕功，將她穩穩地抱在懷中，竟自揚長而去，奔回武林客棧。

方多病見他出來，本要上前打招呼，卻見他沉著臉突然抱著蘇小慵大步離去，奇怪之餘，不免嘀咕這位江湖少俠跑得太快。

而自肖紫衿出門以後，李蓮花和喬婉娩一直關在房內，眾人都在關心李蓮花這醫術通神的神醫到底能否救活喬婉娩，十數雙眼睛牢牢盯著房門。

過不多時，房門「咯啦」一聲打開，李蓮花走了出來，回身帶上門。

方多病搶先問了一句：「怎麼樣？」

李蓮花「嗯」了一聲，「她身中『冰中蟬』之毒……」眾人等著他的下文，半晌卻沒有聽到什麼下文，反而是他奇怪地看著眾人，「聽說蘇姑娘被人傷了？」

眾人點頭。

李蓮花問道：「她人呢？」眾人搖頭。

方多病叫道：「死蓮花，她被人傷得滿身是血，就在喬大姑娘的閨房旁邊。喬大姑娘呢？她怎麼樣了？」

李蓮花道：「她身中『冰中蟬』之毒……」

方多病不耐煩地道：「我知道她身中『冰中蟬』之毒，然後呢？然後如何？」

李蓮花嘆了口氣，「她身中『冰中蟬』之毒，」方多病又聽到這句簡直要發瘋，幸好他終於接了下去，「除卻尋覓到如李相夷、笛飛聲、少林方丈、武當掌門之類的奇人為她練氣抗毒，唯有與她至親至愛之人洞房花燭，方能解毒。」

眾人一怔，暗道這倒不難，就算她不中劇毒，今夜也是要洞房花燭，只是新郎官到何處去了？

李蓮花說完那「解毒妙法」，對方多病滿臉不信之色只作不見，正色道：「蘇姑娘在何處？傷得如何？」

方多病往山下一指：「我看到關大俠抱她下山去了。」

李蓮花微微一笑：「我下山看看。」

言罷施施然對眾人拱了拱手，轉身逕自下山去了。

方多病追之莫及，心裡大奇：莫非他把喬婉娩醫死了，故作神祕，打算逃跑？李蓮花行事一貫慢如蝸牛，今日這麼快就走，分明有鬼！

正議論紛紛之際，肖紫衿回來了，他身後還跟著幾人，一人手裡抱著半棵梅花樹，一人抓著一隻大公雞，一人提著兩個大圓罈子。肖紫衿一貫寡言少語，行事穩重，眾人見他突然搬運來如此稀奇古怪的東西，鼻中尚聞到一陣酒香，不由得心中各自忖道：莫非他氣急攻心，失心瘋了。卻不知肖紫衿年輕時性情浮躁，喜好奢華，剛愎自用，本不是冷靜的性子，李蓮花滿口胡說八道，他心急如焚下，自然深信不疑。

「咯啦」一聲，肖紫衿推開房門，突然一怔：房中已不見李蓮花的影子，喬婉娩呼吸均勻地躺在床上，被褥蓋得整齊溫暖，不見方才僵冷的模樣。他抬手阻止身後人將花樹、公雞扛進房內，輕輕閉起門扉，走到她床前，試了試她額上溫度——喬婉娩被人點了穴道，一時半刻不會醒來，但觸手溫暖，「冰中蟬」劇毒已解。

肖紫衿此時心中了然，所謂解毒之方的妙用不過是要他暫避一時，只是為什麼李蓮花為她療毒的時候，不願他守在一旁？難道他……難道他其實還是對她……對她……肖紫衿愣愣地站在床頭，拳頭緊握，過了好半晌，目中流露出一絲恨意。

你要是真的死了，那該多好？

李蓮花走在半山腰上，突然打了個噴嚏：「阿嚏……誰在罵我？」他停下腳步，轉身回望遠在山頂的野霞小築，悠悠嘆了口氣。

這時卻有人冷冷道：「不做虧心事，怎會時時擔心有人罵你？」

李蓮花大吃一驚，回過頭來，卻見身後不遠處的草叢中，有一男一女。那女子躺在草地之上，那男子在草叢中尋覓著什麼，正直起腰來，竟是關河夢。

李蓮花歉然道：「不知二位在此，有失遠迎……」

關河夢臉色鐵青：「在下義妹失血過多，恐怕撐不到山下，你可有盛水之物，讓她喝水？」

李蓮花「啊」了一聲：「讓我看看蘇姑娘的傷。」

言罷彎腰穿過樹叢，鑽到草叢後，一看之下，也是一怔——蘇小慵身上奇異的傷勢令人難以理解。他從懷裡摸出一只羊皮水袋：「裡面有水。奇怪，這是什麼器物所傷？」

關河夢接過水袋，扶起蘇小慵，將水袋口湊近她脣邊，讓她喝水，一邊僵硬地道：「似是刀刃和鐵錐。」

李蓮花伸指點了蘇小慵胸口四處穴道：「亦有可能是蛾眉刺。」

關河夢臉色越發陰沉：「關東鴛鴦鐵鞋，鞋頭帶刃，西北雙刃矛頭，都有可能。」

李蓮花乾笑，「若是鴛鴦鐵鞋或者雙刃矛頭，蘇姑娘只怕早就……哈哈……」關河夢一怔，若是鴛鴦鐵鞋或是雙刃矛頭，蘇小慵只怕早已一命嗚呼，絕不可能活到現在，又聽李蓮花道，「那人把蘇姑娘弄成這般模樣，一種可能是因為他的武功不如蘇姑娘；另一種可能是凶手心性特異，故意要將人弄得痛苦萬狀，求生不得，求死不能。」

關河夢一懍，李蓮花繼續道：「對自己有自信的凶手，不會把人殺得滿身是血，卻又不死。」

關河夢心裡一緩：「今夜婚宴，武功不如義妹的人倒是不多。」

李蓮花微微一笑：「今夜究竟來了哪些人，問肖大俠便知。」

此時蘇小慵喝下許多清水，臉色稍微好了一點，李蓮花和關河夢將她抱下小青峰，到武林客棧中療傷。蘇小慵傷勢雖然沉重，所幸凶器刃短，尚未傷及內腑，只是外傷極重，敷上關河夢上好的金瘡藥，經過一番急救，終是撿回了一條命。只待她醒來，就知道是什麼人將她傷成這般模樣，關河夢心裡雖然焦急，卻比方才安定了些。

李蓮花大半個晚上都在幫關河夢搧火熬藥，收拾廢棄的繃帶針藥，擦桌掃地，關河夢只看著昏迷不醒的蘇小慵發怔，眼角眉梢全是憔悴之色，他對義妹的心意已是十分明顯。

這一夜無眠。

第二日早晨，康惠荷、梁宋、龍賦婕、楊垂虹等人從野霞小築下來，不住議論昨日喬婉娩中毒之事，聯想到蘇小慵同時為人所傷，這事多半是同一夥人所為，要知道究竟是誰想要對喬婉娩和肖紫衿不利，只需蘇小慵醒來，說出與她搏鬥之人是誰，就能一清二楚。

然而蘇小慵卻一直高熱，昏迷不醒。關河夢日日為她煎藥，日日皆是酉時煎煮，戌時服下，從不稍差半分，如此過了數日。

四 夕陽無語

方多病在李蓮花走後沒多久就找藉口溜了。李蓮花那日尚在半山腰施捨水袋，方多病已回到武林客棧，還因四處尋不到關河夢、蘇小慵、李蓮花幾人和掌櫃吵了一架。幸好關河夢三人適時回來，才免去掌櫃被方多病屈打成招，承認自己是一個叫做「腳力喬」的同黨。

這日已是喬婉娩嫁與肖紫衿的第四日。聽聞蘇小慵重傷，喬婉娩和肖紫衿也來探望，不知為何，這對新婚的神仙伉儷臉色都有些蒼白，沒有什麼喜氣，倒是行色匆匆，留下許多名貴藥物便走，好似懷著十分沉重的心事。

方多病心下納悶，但左鄰關河夢因為義妹之傷憔悴如死，心情憤懣；右舍李蓮花這幾日卻說人不舒服，整日躲在房中睡覺。他無聊得要死，只得在楊垂虹房中玩耍，他本想找人賭錢，楊垂虹卻說要聯句，方多病憋了半天，硬生生說了句「好」。這幾日他便呵欠連天地和兩位文武全才的江湖俊彥聯句，什麼「一朵梅花開，開完又要開」，什麼「暖玉溫香抱滿懷，銷魂暗解輕羅衫」，什麼「紅顏未老恩先斷，從此蕭郎是路人」，如此這般的絕妙好詞層出不窮，直聯得他頭昏眼花，心裡大叫救命，而那兩人卻詩興大發，佳句連篇，彷彿這一輩子沒有做過詩一般。聯到第三日，好不容易挨到酉時，方多病拱了拱手：「兄弟肚子餓了。」言罷溜出門去，不管身後人如何招呼，他是萬萬不會再回來了。

肖喬聯姻後，如楊垂虹、梁宋這般的江湖少年尚有不少留在扁州，一則因為此地有不少武林大豪未走，二則因為笛飛聲和角麗譙都現身此地，留下來說不定能看到些熱鬧。方多病卻是因為「老爺」方而優先走了，他便在此多留兩日，而且昨夜聯句之後實在無聊，他竟跑去小喬酒店大醉一場，日上三竿方才回來。回來後，李蓮花卻還沒有從他那客房裡出來。

「死蓮花，李小花，吃飯……」他敲了敲李蓮花的房門，李蓮花睡了三天，再不起來就要發霉了。「吱呀」一聲，房門一敲就開，方多病一腳踩進李蓮花的房間。

「李小——」他突然怔住，「李蓮花？喂？李蓮花？」

李蓮花擁被坐在床上，一雙眼睛黑而無神，茫然地看著門口。方多病不是沒見過李蓮花兩眼茫然的模樣，但……不是這樣。

不是這種空洞得像死人眼睛的眼神。

方多病一觸及那目光，倒抽一口氣，竟覺全身都寒了起來，那分明是一個很熟悉的人，但怎會有這樣的眼神——就像李蓮花的身體裡進去了一隻吃人的惡鬼，那隻鬼透過李蓮花的眼睛惡狠狠地瞪著他。

「喂？李蓮花！」他頓了頓，全身冒出冷汗。

李蓮花卻毫無反應，仍是眼睛眨也不眨，陰森森地盯著門口。

方多病終於按捺不住，大步走過去搖晃他一下：「李蓮花？」

「啊……」李蓮花全身一震，終於轉過目光看了他一眼，「你……你……」他眨了好幾下眼睛，微微一笑，「是你啊。」

方多病全身雞皮疙瘩未消，仍覺得李蓮花方才根本沒有認出他：「你怎麼了？」

李蓮花道：「沒什麼。」

方多病半信半疑：「真的沒什麼？」

李蓮花道：「沒什麼。蘇姑娘怎麼樣了？」

方多病道：「也沒怎麼樣，大概今晚就會醒了。」

李蓮花問道：「關大俠呢？」

方多病道：「不知道，你若是關心，不如去看看，在這房間裡睡了三天，也不嫌悶？」

李蓮花歉然道，「這倒也是。」言罷鑽進被窩，換好了衣裳，又慢吞吞從被裡鑽出來，「我們去看看蘇姑娘。」

蘇小慵的房間在關河夢隔壁，兩人從關河夢房門口經過，李蓮花足底一滑，抬起腳來，只見那鞋底染了一塊黑紅色的汙漬，他猶自呆呆道：「這是什麼……」

方多病卻越看越眼熟：「這好像是……豬血……血？」

李蓮花大吃一驚，兩人相視一眼，齊齊伸出手，猛地推開關河夢的房門。

血跡從床下蜿蜒而出，地上丟著一把匕首，血跡順著匕首刃尖緩緩流向門口，從門檻縫隙滲了出去。血跡早已乾涸，兩人目光上移，只見床上一片狼藉，被褥凌亂，被下依稀是一個人形，被褥上十數個刃孔，被下之人一隻手臂垂於床側，鮮血便是順著手臂和手指流了滿地。最駭人的是床上尚插著一枝長箭，直穿被褥床鋪，箭尖透出床板，箭尖下的地面卻無多少血跡。

落在地上的匕首，短小精亮，泛著淡淡的粉紅色光澤，赫然正是「小桃紅」！而穿過被褥的長箭箭身比尋常箭身長且尾羽更短，竟是「風塵箭」！

方多病心頭怦怦直跳，遲疑良久，他走過去輕輕揭開蓋在床上人臉上的被褥——不出所料，被亂刀戳刺，而後遭長箭貫穿胸口的人，是蘇小慵，並非關河夢。

李蓮花站在門口，文雅溫和的眉眼瞬間泛起一層憤怒之色。

方多病狠狠一跺腳，低聲道：「這……這是怎麼回事？有誰要她死？她不過是一個什麼也不懂的……」

李蓮花按住額頭，半倚在門框上，長長吸了口氣，而後慢慢吐出：「是我的錯，昨夜我居然沒有聽到半點聲響。」

方多病眉頭一皺，方才李蓮花那模樣猛地浮上心頭：「你這幾天真是生病？」

李蓮花靜了半晌，點了點頭。

方多病也長長呼出一口氣：「那我明白了，以你那樣子，就算隔壁敲鑼打鼓你也不會聽到……怪不得你。」

李蓮花臉色蒼白，苦笑一聲。

方多病道：「重要的是——誰要殺蘇小慵？誰和她有深仇大恨，竟忍心把一個十七八歲的小姑娘亂刀刺死？這兇手委實殘忍狠毒，泯滅人性！」

李蓮花搖頭，聲音微微有些沙啞：「重要的是關河夢。」

方多病一怔：「關河夢？」

李蓮花慢慢道：「這裡是關河夢的房間，蘇小慵為何在他床上？蘇小慵為人所殺，關河夢在何處？」

方多病悚然一驚，不錯，這裡是關河夢的房間，關河夢在何處？

蘇小慵面容痛苦地閉目躺在床上，衣著整齊，穿著鞋子，她沒有睜眼，左頰的傷口讓她整個容貌都扭曲了，渾身浴血，看起來十分可怖。

李蓮花握住蘇小慵身上那枝「風塵箭」，用力一拔，奈何那枝箭本有倒鉤，牢牢鉤住床底板，拔之不起，只得嘆了口氣。

方多病忍不住道：「那是梁宋的……難道他……」

李蓮花苦笑：「若是他，他把自己成名兵器留下做什麼？唯恐天下不知蘇小慵是他所殺？何況梁宋俠名昭著，料想不會做這種事，又何況……」

方多病問道：「又何況什麼？」

李蓮花道：「又何況梁宋要殺蘇小慵，一掌便震死她了，何必殺成這樣？」

方多病乾笑，「那倒也是……這裡還有『小桃紅』，不對啊！」他驀地想起，「這把匕首不是送給肖紫衿做新婚賀禮了嗎？怎麼會在這裡？」

李蓮花嘆了口氣：「只怕在小青峰上將她刺成重傷的凶器，就是這柄『小桃紅』！」

方多病毛骨悚然：「那……難道凶手是楊垂虹？」

李蓮花嘆道：「楊垂虹要殺蘇小慵，何嘗不是一殺便死？他又有什麼理由要殺蘇小慵呢？這個小姑娘明明什麼也不懂。」

方多病瞪眼道：「你莫忘了她是關河夢的義妹，她雖然什麼也不懂，未必有什麼仇人，但關河夢出道三年，行俠仗義，得罪的人不可謂不多，他既然喜歡他這義妹，有人要殺蘇小慵有什麼稀奇？」

李蓮花漫不經心地道，「也有些道理……」他抬起頭四下張望，屋裡其餘事物都擺放得有條有理，看不出有人動過的痕跡，「若在小青峰上將蘇小慵刺成重傷的人，也是將她殺死的人，那就是說……他從山上跟了下來，就在我們身邊。既然他能用『風塵箭』和『小桃紅』殺人，說不定也住在這家客棧裡……」

方多病大皺其眉：「你要說這凶手武功不高，他卻能拿走『風塵箭』和『小桃紅』；你要說他武功很高，他殺蘇小慵卻殺了兩次，又殺得滿身是血，花費許多手腳，實在是過於奇怪。」

李蓮花嘆了口氣：「你真的想不明白？」

方多病搖頭，突又瞪眼：「難道你就明白？」

李蓮花道：「要拿走『風塵箭』，武功不一定要很高，只要見過梁宋，是借是偷是搶都能拿到；至於『小桃紅』，那日婚宴人來人往，從禮品盤裡拿走一樣什麼，也不困難，難的是他知道禮品中有這麼一件殺人利器。」

方多病打了一個寒顫：「你是說……凶手就是梁宋、楊垂虹甚至蘇小慵身邊的人？」

李蓮花又嘆氣：「梁宋和楊垂虹也很可疑……」

方多病忍不住反駁他：「不是你說他們不會把自己的兵器丟在殺人現場，何況他們要殺蘇小慵也不必如此麻煩嗎？」

李蓮花瞪眼道：「你又怎知他們不會因為猜到我們會這麼想，而故意把兵器留下、故意將人殺得滿身是血？」

方多病目瞪口呆，勃然大怒道：「那你說了半天，等於什麼都沒說……」

李蓮花輕咳一聲：「至少知道一件事。」

方多病本打算不再理睬這個滿口胡言的偽神醫，卻終究還是忍不住問：「什麼事？」

李蓮花微微一笑：「如果真的如你所說，殺蘇小慵的目的是為了關河夢，那麼凶手至少要知道關河夢喜歡他這位義妹才成，那就證明凶手和關河夢很熟。他輕易拿到『風塵箭』和『小桃紅』，也證明他和關河夢的朋友很熟，或者就住在這客棧裡，不是嗎？」

方多病突然醒悟：「你是說，凶手是參加這次婚宴、和關河夢很熟、武功也許不高、知道禮品中會有『小桃紅』、很可能也住在這間客棧裡的人，而且從肖喬成婚那日到昨日一直沒有離開扁州！那就是說……」

李蓮花道：「就是說，凶手是梁宋、楊垂虹、你、我、關河夢、康惠荷、龍賦婕中的一個——也就是那天看見『小桃紅』的其中一人。」

說話間，門口光線微微一暗，有兩個人走來，看見門內奇慘的狀況，其中一人尖叫一聲，全身瑟瑟發抖，另一人居然往前一栽，幾乎昏了過去。

李蓮花和方多病連忙趕去救人，那個幾乎栽倒的人正是關河夢，只見他雙目大睜，呼吸急促，臉色慘白，顯是急痛攻心，驚怒交集，方多病連點了他幾處穴道，心裡甚是同情。另一個人是康惠荷，她被房裡的慘狀嚇得魂飛魄散，連道：「小慵……小慵……天啊……」

李蓮花只得也點了她的穴道，歉然道：「對不住了。」

方多病點完關河夢幾處穴道，抓住他搖了搖：「你到哪裡去了？昨晚你在什麼地方？為什麼蘇小慵會在你房間裡？」

只聽「啪」的一聲，關河夢懷裡掉下一包東西，方多病拾起一看，卻是一包金瘡藥，關河夢極力定了定心神，他幾欲發狂，此時勉力鎮定下來，沙啞地道：「我到藥鋪買藥，本想即刻回來，但一味主藥沒了，才趕到鄰鎮去買，一夜未歸……怎會……怎會變得如此？小慵她……她……她怎會在這裡？我……我……她……」

他是大夫，只看一眼便知蘇小慵確實已死，哀慟之下竟呆呆地看著李蓮花，目中流露出極強烈的企盼之色，李蓮花號稱能起死回生，若傳言屬實，世上唯有他能救蘇小慵一命！

李蓮花知他在企盼什麼，此時此刻，要說自己根本不會什麼起死回生術，著實說不出口，頓了頓，嘆了口氣。方多病卻道：「你放心，這位李蓮花，乃天下第一神醫，醫術神奇至極，你遠遠不及，不到十日，定能讓蘇姑娘起死回生，還你一個活蹦亂跳的大美人。」

關河夢心知全是無稽之談，卻渴盼自己能夠相信。此時他渾身乏力，熱淚盈眶，只得閉上眼睛。

康惠荷在一旁看著，突然落淚，掩面而泣。

李蓮花道：「二位請先回去，這裡有我和方公子在，關大俠想必累了，還請康姑娘多加照顧。」

康惠荷點了點頭，關河夢卻不肯離去，只想再將蘇小慵的傷驗看清楚，無奈被方多病點了穴道，康惠荷將他扶走，他也反抗不得。

「如果關河夢昨夜真的不在，究竟是誰把蘇小慵搬到關河夢房間？又是為了什麼？」方多病越發奇怪，「蘇小慵的客房和關河夢的客房一模一樣，也和你我的房間一模一樣，有誰要特地把她搬到隔壁？」

李蓮花道：「啊？」

方多病又道：「我一說你能把她醫活過來，凶手為了自保，定會向你下手，殺人滅口，這時我方大公子一出手，就能將凶手捉住，給蘇姑娘報仇。」

李蓮花道：「嗯……」

方多病得意揚揚：「你放心，有我方大公子在，決計不會有事，我定能抓住凶手。」

李蓮花道：「那凶手若是武功不及蘇小慵，明知你在我身邊，又怎麼敢來殺我？何況李某的武功雖然不怎麼高強，至少也比蘇小慵高強些……」

方多病的笑臉僵住，只見李蓮花很是失望地看著他，繼續喃喃道：「你果然很聰明……」

方多病惡狠狠地瞪著他：「至少我想了條妙計，總比你半點伎倆都想不出來要聰明！」

李蓮花環顧房內，方多病方才說什麼他就當作沒聽到。蘇小慵靜靜躺在床上，凶手殺人的方法瘋狂而簡單，卻幾乎沒有留下痕跡。他將棉被壓在蘇小慵身上，「小桃紅」透過棉被刺入蘇小慵體內，凶手和蘇小慵之間並未接觸，血跡也不會噴濺到身上。「小桃紅」棄之於地，凶手並未帶走，殺人手法讓人看得清清楚楚，卻不知究竟是誰所為……看似無論是誰，都不會做出如此瘋狂之事。

「昨日深夜，大家究竟在做什麼，定要好好問問。」他喃喃道。

小青峰。野霞小築。

喬婉娩和肖紫衿默默對坐。他們成婚已經四天，殊無歡樂之態，喬婉娩心神不定，肖紫衿雙眉之間隱隱約約帶著一層殺氣，兩人靜坐著，卻是各想各的心事，貌合神離。

過了許久，喬婉娩突然道，「我還是不信，『冰中蟬』只有『揚州慢』能救，如果不是他……他還活著，我……我怎能活到今日？什麼洞房花燭就能解毒，那是江湖上的無稽之談，我……我怎會相信？你是不是騙了我？」她低聲重複，「你是不是騙了我？」

肖紫衿緩緩道：「我平生不屑騙人，怎會騙妳？相夷已經死了十年，他墳上青草年年是妳親手拔去，妳怎能不信？」

喬婉娩驀地站起：「那……那墳裡沒有他的屍體！他跌落海裡，我們什麼都找不到……」

肖紫衿雙眉聳動：「不錯！他跌落海裡我們什麼都找不到，他早已死了，屍骨無存，死人——死人是決計不會復活的！」

喬婉娩顫聲道：「可是……可是……」

肖紫衿猛地將她抱入懷中，親了親她的面頰，啞聲道：「他真的已經死了，婉娩，妳可以不信任何人，但是我……我是不會騙妳的。忘了他吧，他當年不曾用心待妳，妳何必為他如此？我會讓妳下半輩子快活無憂，決計不會讓妳傷心難過，妳難道就不為我們往後的日子想一想嗎？」

喬婉娩愣了愣，雙手抱緊自己的身子，閉上眼睛，眼角流下眼淚：「紫衿，那是我上輩子欠他的……欠他的……」

肖紫衿吻去她的眼淚，沙啞地道：「我是這輩子欠妳的。」

他再吻上喬婉娩的紅唇，纏綿了一陣，低聲道：「婉娩，我從不騙妳，他真的死了，他絕對……」

喬婉娩閉著眼睛點了點頭，肖紫衿餘下幾個模糊的字她沒有聽清。

婉娩，我從不騙妳，他真的死了，他絕對……是要死的。

武林客棧。

方多病和李蓮花略微商量了一陣，將尚留在客棧內的幾人分開來詢問。此時尚留在客棧中的人是：梁宋、楊垂虹、龍賦婕、康惠荷、關河夢，以及李蓮花和方多病自己。聽聞蘇小慵被人所殺，眾人都驚駭不已，昨夜客棧中風平浪靜，無人聲稱聽到奇怪的聲響。武林中人，本自刀頭舔血，為人所殺並不奇怪，奇的是並非死於堂堂正正的搏殺，而是無聲無息地被亂刀刺死。蘇小慵的慘狀，未免讓人嗅到絲絲瘋狂的氣息。

「昨日天黑到天亮，梁兄都在做些什麼？」方多病坐在梁宋對面，直截了當地問，「為何梁兄的『風塵箭』會插在蘇姑娘身上？不知梁兄做何解釋？」

梁宋見到那枝「風塵箭」插在蘇小慵屍身上就已滿臉驚駭，被方多病這麼一問，更是神情緊繃：「昨夜我一早就上床睡了。」

方多病大是奇怪，半晌道：「昨夜你明明和我聯句聯到三更半夜，哪裡上床睡了？你昏頭了嗎？」

梁宋一愣：「正是、正是……昨夜我是和楊兄和方公子聯句……」他神思不定，自從見到那枝「風塵箭」後便神情恍惚。

方多病皺眉問道：「難道是你殺了蘇小慵？」

梁宋大吃一驚：「不不，不是我，當然不是我……」

方多病怒道：「你一會兒說在睡覺，一會兒說在聯句，難道昨日聯句之後，你便悄悄去殺了蘇小慵？」

梁宋連連搖頭：「不不不，方公子你可為我作證，昨夜我確實和兩位聯句直至深夜，我和你出門之時都已過了三更，怎有時間去殺人，又怎麼能殺人殺得無聲無息？再說就算有仇人，我也定要按照武林規矩……」

方多病嘿嘿一笑：「不必說了，昨夜你我走的時候是三更過後，距離天亮尚有一個時辰，要殺人綽綽有餘。定是你在婚宴上盜取了『小桃紅』，潛入關河夢的房間將她刺死，然後在她身上裝模作樣地插了自己的『風塵箭』，妄圖證明是有人栽贓嫁禍於你……」

梁宋臉色尷尬：「方公子！」

方多病道：「我說得不對？」

梁宋苦笑，沉吟良久：「蘇姑娘確實不是我所殺，只是……只是……」

方多病問道：「只是什麼？」

「昨夜三更之後，我的確看到了些東西。」梁宋道，「我看見了凶手。」

方多病奇道：「你看到了什麼？」

梁宋沉吟半晌：「昨日夜裡，我從楊兄房間出來後不久，就聽到有夜行人自我房上躍過，身手矯健，武功不弱，手裡尚提著一柄長劍。我覺得來者不善，便開弓射了一箭。」

方多病一怔：「你是說那枝箭是你射出去的？可是怎會插在蘇小慵身上？」

梁宋搖了搖頭：「對此我也十分奇怪，昨夜我射了那一箭後，那夜行人很快隱去，我心裡存疑，在客棧四下走了一圈，沒有發現那夜行人的蹤跡，倒是看見……看見……」

方多病問道：「看見什麼？」

梁宋低聲道：「我看見龍姑娘從關兄的房間出來。」

方多病大奇：「龍姑娘？龍賦婕？」

梁宋點了點頭，臉色甚是尷尬：「昨夜我只當是男女之事，不便多看，於是回房睡下，怎知……怎知蘇姑娘卻死在裡面。」

方多病喃喃自語：「龍賦婕昨夜竟從關河夢房裡出來？難道蘇小慵是她殺的？真是怪哉……豈有此理……」

楊垂虹房中，李蓮花勤勤懇懇地倒了兩杯熱茶，請楊垂虹坐下：「昨夜寅時，楊兄都做了些什麼？」

楊垂虹怫然道：「我做了些什麼何須對你說？不知李兄昨夜又做了些什麼？」

李蓮花歉然道：「我近來傷風咳嗽，接連睡了幾日，對昨夜發生何事全然不知……」

楊垂虹臉現不屑之色，顯然不信。

李蓮花繼續道，「說不定我在睡夢中起身，糊裡糊塗殺了蘇姑娘也未可知。」楊垂虹一怔，李蓮花誠懇道，「蘇姑娘昨夜被殺，人人皆有嫌疑，不只是楊兄如此。」

楊垂虹心裡暗道李蓮花此人倒也誠懇。「昨夜……」他略微沉吟一下，「我和方公子、梁兄在房中聯句飲酒，他們回去之後我便睡了，倒是沒做什麼特別的事。」

李蓮花點了點頭：「你並未聽到什麼奇怪的聲音？」

楊垂虹立刻搖頭：「沒有，昨夜飲得多了，整個人有些迷迷糊糊的，就算是真有什麼奇怪的聲音，我只怕也聽不出來。」

李蓮花「嗯嗯」兩聲：「多謝楊兄。」

方多病問過梁宋，前腳剛走出梁宋房門，便要直奔龍賦婕房門。李蓮花也剛從楊垂虹房中出來，見他一副見了鬼、火燒屁股的模樣，奇道：「怎麼了？」

方多病悄悄道：「乖乖，不得了，梁大俠說他昨晚看見龍賦婕從關河夢房間出來，那時絕對已過寅時，蘇小慵十有八九已經死了，她居然裝作不知。」

李蓮花嚇了一跳：「當真？」

方多病指指龍賦婕的房門：「我這就去問問，康惠荷那裡就看你的了。」

李蓮花點點頭，兩人交錯而過，各自詢問下一個目標。

「龍姑娘，」方多病一腳踏進龍賦婕的房間，拉過一把椅子坐在門口，劈頭就道，「有人昨夜看見妳從關河夢房間出來，半夜三更，龍姑娘一個年輕女子，進入關河夢的房間，究竟所為何事？那時蘇小慵應該已經死了吧？妳為何不說？」

他本以為這番話定能讓龍賦婕大吃一驚，嚇得魂飛魄散，立刻承認自己是殺害蘇小慵的凶手，不料房內正自梳頭的素衣女子淡淡道：「昨夜我的確去過關大俠的房間。」

方多病一怔，氣焰頓時收斂：「當時房內情況如何？」

龍賦婕不答，安靜了一會兒，答非所問：「我看見了殺害蘇姑娘的凶手。」

方多病大吃一驚：「什麼？」

龍賦婕緩緩道：「我每天三更過後練氣打坐，昨夜也不例外，正當氣通百竅、神志清明之際，聽到有人從我房頂掠過，並有弓弦之聲，非同尋常。」

方多病心裡一震：這是第二個人說見到夜行人，看來夜行人之說，並非虛妄。

只聽龍賦婕繼續道：「我恰好坐息完畢，就悄悄跟了出去，結果看見有人從關大俠房間的窗口躍入，給了床上人一箭。我很吃驚，所以即刻跟著進入關大俠的房間。」

方多病不由得緊張起來：「那殺死蘇小慵的人，究竟是誰？」

龍賦婕冷冷道：「那人給了床上人一箭，隨即從對面窗戶翻出，我沒有看清面目。」

方多病皺眉：「妳剛才說妳看見了凶手？」

龍賦婕閉上眼睛：「我雖然沒有看清面目，但是那人對床上偷襲的那一箭我卻看得清清楚楚，那是『落葉盤沙』，『白馬金絡鞭』二十四式中唯一可以化為劍招施展的招式。」

方多病張大嘴巴，目瞪口呆：「妳的意思是——殺死蘇小慵的是楊垂虹？那妳為何不早說？」

龍賦婕冷冷道：「我說了，我只看見劍招，沒有看見人臉，世上以『白馬金絡鞭』出名的人只有楊垂虹，但是能施展『落葉盤沙』一式的人何止千百，我怎知就是楊公子？」

方多病覺得她蠻不講理，世上能施展「落葉盤沙」之人明明只有楊垂虹一人。他在心裡狠狠罵了兩聲「女人」後悻悻然閉嘴，心裡暗想：不知李蓮花問楊垂虹問得如何？

李蓮花這會兒正在康惠荷房中喝茶。康惠荷相貌嬌美，衣飾華麗，客房中也裝飾得十分精緻，一隻綠色鸚鵡在窗前梳理羽毛，神態如她一般嫵媚嬌慵。李蓮花手中端著的那杯清茶香撲鼻，茶杯瓷質細膩通透，十分精秀，他尚未開口，康惠荷幽幽嘆了口氣，先開口道：「我知道很難取信於人，畢竟除了方公子和李樓主，我距離關大俠的房間最近，但昨夜……昨夜我的確什麼也沒有聽見，一早就睡了。」

李蓮花問道：「一早睡下了，可有旁人為證？」

康惠荷一怔，俏臉上泛起一陣怒色：「我一個年輕女子，一早睡下了怎會有旁證？

你……你當我是……當我是什麼人？」

李蓮花歉然道：「對不住，我沒有想到……」

康惠荷滿臉慍色：「李樓主若沒有其他要問的，就請回吧。」

李蓮花連連道歉，很快從康惠荷房中退了出來。

方多病尚在龍賦婕房裡，李蓮花在走廊上緩緩地踱了一圈，再次踏進關河夢房中。此時已近深夜，自門口看去，蘇小慵的容貌隱沒於窗影黑暗之中，不見可怖的容色。他點起蠟燭，俯下身細細查看蘇小慵，想了想，伸手翻開她一角衣襟。衣下醜陋的傷口映入眼簾，一處薄細的刃傷，傷口周圍一圈紅腫，肌膚顏色蒼白，微微帶了一層淡紫色，那是瘀血之色。李蓮花按了按她的屍身，身體已完全僵硬，冰冷至極。數日之前的割傷和刺創尚未癒合，仍舊猙獰可怖，這位豆蔻少女遍體鱗傷，十分慘烈可憐。她胸口箭傷倒是十分乾淨，顏色蒼白，似乎血液已隨著那貫胸一箭流光。

李蓮花皺了皺眉頭，轉而細看床底箭頭。那箭頭上設有倒鉤，牢牢鉤在床底杉木板上，無怪拔不出來，可箭上並無多少血跡。

他的目光移到地上，突然看到地上有一點淡淡的白色痕跡，像是被什麼東西撞擊造成的，在燈光下閃著光澤，煞是漂亮，那是什麼？李蓮花抬起頭，窗臺上的一個痕跡方才就已看見，是半隻血鞋印，鞋印清晰至極，連鞋底棉布的紋路都一清二楚，能看出是一隻男鞋，不過只有後足跟短短的一截——那又是誰的鞋印？李蓮花想了很久，突然打開大門，走進隔壁蘇小慵的房間。她房裡藥味濃郁，床上被褥掀開，桌上一個空碗，門並未上鎖，地上碎了一個銅鏡。他看了一陣子，嘆了口氣，關起了門。

「死蓮花！」方多病從龍賦婕房中十分迷惑地走出來，「事情真是越來越古怪，龍賦婕昨日半夜竟然真的去過關河夢房中。」

李蓮花奇道：「她真的去過？」

方多病苦笑：「她非但去過，還看見了凶手，凶手居然施展了一招『落葉盤沙』，只是她沒看清楚究竟是誰。你說古怪不古怪？這小妞的話可信嗎？」

李蓮花道，「可能……可能可信吧？」他喃喃自語，「無頭命案多半是連凶手的影子都摸不著，昨夜竟有兩個人看到『凶手』……總而言之，昨夜寅時過後，梁宋、龍賦婕和楊垂虹都到過關河夢房中，至少到過房外……」

方多病不耐煩地道：「這些我都知道，死蓮花，你到底想出誰殺了蘇小慵沒有？說不定殺蘇小慵的人就是角麗譙……」

李蓮花瞟了他幾眼，突然嘆了口氣，十分認真地道，「如你這般聰明……實不該處處問我。」他整了整衣裳，居然擺出一副教書先生的面孔，一本正經地踱了兩步方步，指了指關河夢窗口的血鞋印，「看見了嗎？」

方多病被他弄得丈二金剛摸不著頭腦，皺眉道：「你當本公子是瞎子？當然看見了，早就看見……這當然是兇手的鞋印。」

李蓮花搖了搖頭，眼神很是遺憾，打開房門，兩人走了進去，他指著地上那一點淡淡的白色痕跡：「看見了嗎？」

方多病道：「沒看見……現在看見了……李蓮花你瘋了嗎？」

「我日後要是真的瘋了，如你這般愚笨，實在是讓人放心不下。」李蓮花嘆氣道，「我定要將你教得聰明一些……」

方多病被他氣得七竅生煙，怒道：「李蓮花！你竟敢戲弄本公子！」

李蓮花又搖了搖頭，低聲嘆氣，「孺子不可教也……方大公子。」他站在房門口，反指輕輕敲了敲房門，「昨夜究竟發生了什麼事，龍、楊、梁、康四人都說了些什麼，倘若大家說的都是實話，那麼昨日寅時在這房門口發生的事便是：關河夢出去買藥之後，有夜行人掠過梁、龍二人房頂，來到關河夢房中殺死了躺在床上的蘇姑娘。梁大俠和龍姑娘聽到聲息，追了出來，龍姑娘先到一步，她看到殺人兇手施展『落葉盤沙』刺死蘇姑娘，而後她從窗口追入，那夜行人從對窗逃出，龍姑娘從大門出來，卻被梁大俠看見……對不對？」

方多病點頭：「楊垂虹和康惠荷你問得如何？」

李蓮花道：「他們都在睡覺。」

方多病哼了一聲：「不盡不實。」

李蓮花微微一笑：「那麼單憑這些，你想得出誰比較可疑？」

「龍賦婕！」方多病斬釘截鐵道，「她既然看到人行凶，怎會從窗口追入，卻從大門出來？她幹麼不追到底？為何不出聲叫人？何況半夜三更這小妞不睡覺，本就相當可疑。」

李蓮花連連點頭：「還有呢？」

「還有？還有……還有……」方多病一愣，他冥思苦想半晌，惡狠狠地道，「還有那夜行人不知是真是假，梁宋說不定和龍賦婕串通，滿口胡言。」

李蓮花這下連連搖頭：「不是如此、不是如此。」

方多病怒道：「不是如此，那要怎樣？」

李蓮花咳嗽一聲，搖頭晃腦道：「君子坦蕩蕩，小人長戚戚，豈可輕易疑人……」

方多病勃然大怒：「你是君子，我就是小人？」

李蓮花仍是搖頭，正色道：「凶手在當日看到『小桃紅』的幾人之中，那麼關、楊、龍、梁、康五人之中，必定有一個是凶手，也就是說，他們五人所說的昨夜行蹤，必定有一個是假。」

方多病道：「不錯……」

李蓮花又道：「關河夢對蘇小慵情真意切，想必不是凶手，他若要殺蘇小慵，大可在半路上悄悄殺了，何必在小青峰下弄得滿城風雨？所以關俠醫所說前去買藥，大是可信，何況他究竟是不是去買藥一問藥鋪便知，倒也假不了。」

方多病道：「有道理。」

李蓮花繼續道：「如此說來，凶手就在龍、楊、梁、康四人之中。而他們所說的昨夜行蹤，簡單來說便是：龍姑娘說施展『落葉盤沙』的人是凶手，其實也就是指認楊垂虹是凶手；梁宋指認龍姑娘是凶手；楊垂虹和康惠荷都說在睡覺，也就是說自己不是凶手。是不是？」

方多病腦筋乍停，想了半晌，勉強想通：「哦……」

李蓮花微微一笑：「這是一個很簡單的問題，只有一個人說謊，龍姑娘說楊垂虹是凶手，楊垂虹卻說自己不是；梁宋說龍姑娘是凶手，而龍姑娘顯然也不承認；那麼龍姑娘和楊垂虹之間必定有一個人說謊，梁宋和龍姑娘之間也必定有一個人說謊。假設楊垂虹說謊，他就是凶手，但若是如此，梁宋卻說凶手是龍姑娘，豈非梁宋也說謊？這和假設『只有一個人說謊』不合，所以楊垂虹沒有說謊，那麼說謊的便是龍姑娘。假設龍姑娘說謊，那麼楊垂虹和康惠荷自然真的在睡覺，梁宋指認龍姑娘是凶手也沒有錯，所以……」

方多病恍然大悟：「我明白了，所以只有龍賦婕一個人胡說八道，她就是凶手！」他心裡大樂，不管李蓮花說得多麼有道理，他方大公子卻是一早就認定凶手是龍賦婕，他果然比李蓮花聰明多了。

「但是——」李蓮花一臉最溫和、最有耐心的微笑，「你莫忘了，龍姑娘是凶手的前提是『四人之中只有一個人所說有假』，若是四人之中，並非只有一個人說謊，以上所說的就都不成立。」

方多病正想大笑，猛地被他嗆了一下：「咳咳……咳咳咳……不會吧，難道凶手不止一個人？」

李蓮花道：「若凶手有兩個人、三個人，甚至更多，十個蘇小慵也早該被殺了，更不會等到關河夢離開之際再下手殺人。」

方多病勉強同意：「但你方才所說，十分有道理。」

李蓮花慢吞吞道：「如果龍姑娘是凶手，那枝『風塵箭』就是她拿走的，在蘇小慵身上刺上一箭的人自然是她，奇怪的是，她既然用了梁宋的箭，為何要嫁禍楊垂虹？這豈不是很奇怪嗎？她若說她瞧見梁宋在房裡，豈不是比較符合常理？」

方多病又是一愣，李蓮花繼續道：「何況蘇小慵第一次被害是在小青峰上，肖喬聯姻時龍賦婕明明一直坐在第七席……」

方多病「啊」了一聲，突然想起，那時龍賦婕的確一直坐在李蓮花那桌，沒有離開過：「難道凶手不是龍賦婕？」

李蓮花笑了笑：「要問凶手是不是龍姑娘，就要問『四人之中是不是只有一個人所說是假』。如果不止一個人說謊，凶手就可能不是龍姑娘。」

方多病這回大大皺眉：「那我又怎知其中究竟有幾個人說謊？若不是凶手，何必虛言騙人？」

李蓮花慢吞吞說：「不是凶手當然不必騙人，但說不定不是刻意想騙人，而是當事人自己被騙了。」

「啥？」方多病目瞪口呆，腦子裡已是一團糨糊，跟不上李蓮花的思路，「什麼？」

李蓮花非常友好善良且充滿同情地看著方多病：「有時候人不一定想說假話，只不過眼睛所見之事，未必是真而已。」

方多病呆呆地問：「什麼意思？」

李蓮花溫和優雅地道：「也就是說，他們四人中的其他人未必想說謊騙人，但所說之事，未必就是事實。」

「怎麼說？」方多病誠心誠意地請教。

李蓮花走進房中，揭開蘇小慵衣裳一角，方多病跟了過去，李蓮花在他耳邊輕輕說了一番話，方多病猛地「啊」了一聲：「怎會——」

李蓮花從袖中丟了樣東西到他口中，堵住他一聲大叫，差點將他嗆死：「咳咳……死蓮花……」

他尚未罵完，李蓮花揮了揮衣袖，一溜煙鑽出門外：「你慢慢想，我吃飯去了。」方多病急急忙忙把堵在口中的東西拿出來，舌頭一捲，嘗到一股甜味，仔細一看，是一顆喜紙包裹的糖。他奔出門，李蓮花已不見蹤影，不知上哪裡吃飯去了。他跺了跺腳，轉身大步走向身後房門，一腳踢開其中一間的門扉，將房中一人一把抓住：「跟我來。」

房中尚有另外一人掙扎起身，滿面疑惑地看著他：「放手！你要幹什麼？」

方多病冷笑看著他：「我替你義妹擒凶破案，你有意見？」

那人瞠目結舌，滿面驚疑：「凶手……凶手……」

方多病拎起手中被他封了穴道的人：「凶手當然就是她。」

床上臉色蒼白的人是關河夢，而被方多病拎在手中的人則是康惠荷。

半炷香後。

武林客棧庭院中。

梁宋、楊垂虹、龍賦婕等人紛紛到齊，每人臉上都有驚異之色，面面相覷，似是誰也未曾想過，凶手竟是康惠荷。

方多病點了她全身上下十數處穴道，丟在地上。

關河夢因為照顧蘇小慵數日不眠不休，本已十分憔悴，又遭逢蘇小慵為人所殺，大受打擊而發起高熱，卻也搖搖晃晃站在一邊，驚疑不定地看著方多病。

方才康惠荷仍在房中照顧他，這女子美貌溫柔，怎會……怎會殺死小慵？

方多病清了兩聲嗓子，露出李蓮花般慢吞吞的微笑，只是李蓮花笑得謙遜溫和，方多病卻笑得讓人毛骨悚然，只聽他得意揚揚地道：「我已查明，凶手就是康惠荷。」

庭院中的眾人皆露出不信之色，龍賦婕冷冷地看著楊垂虹，楊垂虹滿臉尷尬，梁宋的目光在龍賦婕和康惠荷之間轉來轉去，詫異至極。

方多病一腳踩在庭院中的石椅上：「康惠荷，妳還有什麼話說……妳這殺人凶手……」

被他點中穴道坐倒在地的康惠荷泫然欲泣：「我何曾加害蘇姑娘？昨夜究竟發生何事，我根本不知。方公子縱使家大業大，名滿江湖，也不能血口噴人！何況我……我弱質女子，清白何等重要……」

方多病喝道：「放屁！妳明明在野霞小築婚禮上盜走『小桃紅』，刺殺蘇小慵不成，又留在客棧中等候時機。妳趁著關河夢離開蘇小慵去買藥的時候將她刺死，是不是？」

康惠荷哭道：「你……你……血口噴人……我為何要殺死蘇姑娘？我和她無冤無仇，何必費盡心思殺她？」

方多病為之語塞，頓了頓，連忙話鋒一轉：「蘇小慵身上許多新傷，是被『小桃紅』所傷，『小桃紅』雖然鋒利，但是刃身極短，隔著棉被刺下，雖然刺中多處要害，卻入肉不深。妳對她連刺十數下後丟下凶器逃離，但蘇小慵卻沒有立刻死去，而是流血流了半日之後，方才氣絕身亡。她身上的刺傷都已紅腫，證明受傷之後她還活著，也證明那些刺傷發生更早。而龍姑娘看到有人在蘇小慵胸口刺入長箭，已是寅時，箭傷十分整齊，傷口非但沒有紅腫，連震動的痕跡都沒有，證明長箭刺入時，蘇小慵早已死了。所以，以『小桃紅』刺傷蘇小慵致她死亡的人和在她胸口刺入長箭的人，不是同一個。龍姑娘雖然看到有人行凶，那人卻不是凶手，因為他所殺的本是一個死人。」

龍賦婕一怔，下意識對著楊垂虹看了一眼，目光甚是疑惑。

楊垂虹聽方多病說到此處，表情也頗為驚訝，突然道，「不錯，昨夜在已經死去的蘇姑娘胸口刺下一箭的人是我，但殺她的人並不是我。」他看著方多病，「方公子明辨是非，讓楊某十分意外，其實昨夜……」他的目光突然轉到關河夢臉上，「昨夜我要殺的人並非蘇姑娘，而是關大俠。」

眾人都是一驚，關河夢也驚愕異常，卻聽楊垂虹冷冷道，「楊某蒙關大俠救命之恩，本不該對關大俠不敬，但那日楊某和師弟一同前往求醫，關大俠明明有靈藥在手，卻對師弟見死不救。楊某雖然得救，但委實想不明白……」他突然提高聲音，語調淒厲至極，「關大俠明明有解毒奇藥『秋波』在手，為何堅稱缺藥，不肯醫治楊某師弟？難道你空有赫赫俠名，卻捨不得施捨少許『秋波』救人？」

關河夢臉色蒼白：「貴師弟所中之毒，關某從未見過，醫書載明可以『空眼草』醫治，關某並非不救，而是並無此草。」

楊垂虹氣得臉色鐵青：「你有能解百毒的奇藥『秋波』！你……你難道就因為醫書上沒寫『秋波』能解師弟之毒，就任他死去……你可知他不過體質特異，被蜜蜂所傷，因而全身紅疹，就算你不願施捨『秋波』，只要對他稍加簡單救治，說不定他就不會死！庸醫殺人、庸醫殺人啊！」

方多病先是驚訝，而後聽到「庸醫殺人」幾字，差點笑了出來，世上庸醫何其多……

關河夢猛地一拳拍在石桌之上，那石桌「咯啦」一聲崩出裂紋：「醫書上沒有載明之事，我豈敢擅作主張？胡亂用藥，豈不是以病人試藥，草菅人命？」

楊垂虹厲聲道，「你不是不願草菅人命，你是墨守成規，冥頑不靈！你妄稱俠醫，醫書上未寫之事你便不做，我等要你『乳燕神針』又有何用？庸醫、庸醫，我不殺你，愧對枉死你手的英魂、忠魂！」說著「唰」的一聲抽出腰際「白馬金絡鞭」，額暴青筋，「我明知技不如人，卻也請關俠醫劃下道來，報不了師弟之仇，我死在你手上，也不算枉生為人！」

關河夢怒道：「胡說八道！」頓了頓，轉念一想，醫書上未寫之事自己確實從未做過，對楊垂虹的質問難以回答，心頭憤懣異常，當下衣襟一振就待出手。

便在這時，方多病一手搭在楊垂虹左肩，一手搭在關河夢右肩，雙雙往下一按：「要打架等本公子說完再打，本公子絕不阻攔。」

接著他右足一勾，將地上匍匐爬行到一邊的康惠荷勾了回來，對她露齒一笑：「本公子還沒說完，妳怎麼就要走了？」

庭院中眾人微微一震，驚訝未絕，又把目光轉到康惠荷身上，只聽方多病咳嗽一聲，得意之色溢於言表：「昨夜寅時，楊垂虹和本公子聯句之後，換上夜行衣行刺關河夢。楊垂虹武功不及關河夢，因而在客棧中守候數日，等到關河夢照看蘇小慵體力耗盡、元氣大傷之際方才前去偷襲，路過梁宋房頂的時候被梁宋發覺，接了他一枝『風塵箭』。但他卻沒有想到關河夢那日出去買藥，直到寅時還未回來。關河夢房中光線幽暗，他只見床上躺著一人，靈機一動便想嫁禍梁宋，以『風塵箭』刺入床上之人的胸口。他刺下之後，發覺不對，床上人非但不是關河夢，且早已死去。這時龍姑娘追到窗外，他只得匆匆由對窗逃出，心裡覺得古怪至極，還一時不察，在窗口留下一個血鞋印。」楊垂虹方才被他一拍，半身麻痺，心裡驚駭這位少爺公子的武功，點了點頭。

方多病見他點頭，臉上得意之色再也掩蓋不住：「哈哈……然後龍姑娘看到有人行刺，跟著追入房中，卻在地上看見一樣東西，令她沒有聲張殺人之事。」

方多病向龍賦婕看去，龍賦婕臉現驚訝之色，微一猶豫，點了點頭。

「什麼東西？」梁宋更是驚奇。

方多病說得口沫橫飛：「關河夢房中地上有一點淡淡白痕，燈光之下光澤隱隱有七彩，那是珍珠之光。而痕跡如此之大，必是珍珠被踩碎所致。我料龍姑娘定是在房中地上看到了那樣東西……」

龍賦婕又點了點頭。眾人同聲問：「什麼東西？」

方多病不再賣關子：「鳳頭釵！龍姑娘拾起鳳頭釵出門，卻被梁宋看見，只當她是殺人凶手。」

眾人恍然大悟，龍賦婕在殺人現場看見自己贈予肖紫衿成婚的禮物，不免十分驚疑，因此她拾起鳳釵，匆匆離去，對昨夜之事隻字不提。

方多病繼續道：「看到鳳頭釵和『小桃紅』，自然明白蘇小慵是被何物所傷，她在野霞小築，也正是被這兩樣東西刺得遍體鱗傷，幾乎死去。」

梁宋奇道：「可是為何有人要拿這兩樣東西作為殺人之物？」

方多病哼了一聲，對他的問題充耳不聞：「知道肖喬聯姻的賀禮中有『小桃紅』和鳳頭釵的人，自然是各位，因而凶手定在各位之中。」

「但我始終不明，為何蘇姑娘會在關河夢房裡？」楊垂虹眉頭深皺，「毫無道理。」

方多病得意揚揚：「這一點至關重要，因為正是此處說明了凶手是誰。」

眾人「啊」了一聲，面面相覷，茫然不解。

「在蘇小慵房裡，有一碗喝完的藥湯。」方多病道，「關河夢每日的藥湯都是酉時熬製，戌時讓蘇小慵服下，既然湯藥喝完，那麼昨夜戌時，蘇小慵便還活著。房中尚有一面碎去的銅鏡，而且她死時鞋襪穿得十分整齊。可以推測，昨日關河夢為她灌下藥湯後不久，她醒了過來，關河夢卻不在。蘇小慵起身穿好鞋襪，卻從銅鏡中看到自己被毀的容貌，非常害怕，因此走到關河夢房中求助。關河夢既然出門，房間必然上鎖，而除了他和掌櫃以外，能打開他門鎖的人，自然只有和他一道投宿的蘇小慵了，她是自己走進房裡的。」

眾人點頭，方多病索性坐上石桌，居高臨下，繼續侃侃而談，「她既然戌時還活著，寅時卻早已死了，那她必是死在亥時或是子時，而恰好這個時候，楊垂虹、梁宋和我正在聯句，證明人不是楊垂虹和梁宋所殺。如果龍姑娘亥時或者子時殺了蘇小慵，昨夜寅時就萬萬不會出現在房裡，更何況蘇小慵第一次遇襲時，龍姑娘從頭到尾都和李蓮花坐在一起，並沒有分身殺人，所以凶手不是她。既然凶手不是她，」方多病聳了聳肩，「那自然只能是她了。」他瞄了眼地上被他一勾腳封了啞穴的康惠荷，「我等客房的排列是李蓮花、本公子、關河夢、蘇小慵、康惠荷、龍賦婕、梁宋、楊垂虹，昨天夜裡本公子……咳咳……出去喝了點小酒，不在房中，因而寅時不在；李蓮花病倒在床上人事不知，甚至不知道隔壁房間的變故。但有一人，昨天晚上一個大活人從她房頂經過，另一個人對著她房頂射了枝箭，還有三個大活人在她門口走來走去，又是開門又是翻窗，還在床板上狠狠戳了一箭。她也是學武之人，居然說她在睡覺，半點不知，豈不是很奇怪？」

梁宋一愣，楊垂虹鞭法了得，但內力輕功都不見長，他掠過房頂，又被自己射了一箭，的確是把眾人都驚動了。康惠荷雖然武功也不甚高，但她就住在蘇小慵隔壁房間，距離關河夢的房間只有丈許之遙，要說睡得全然不知，的確難以置信。

方多病又道：「何況蘇小慵離開自己房間，走進關河夢房裡，也只有臨近之人方能發覺，諸位都不知情。我猜是因為蘇小慵僥倖未死，不日就要醒來，她一旦醒來，就會說出是誰下手加害。關河夢一直守在她身邊照料，令康惠荷沒有殺人滅口的機會，昨夜關河夢沒有回來，蘇小慵卻走進他的房間，正是她下手的大好時機，因此她帶上從婚宴偷回來的兩樣凶器，猛地把棉被蓋在蘇小慵身上，將她撲倒在床，連刺十數下，然後拋棄凶器，回到房中裝作若無其事。」

龍賦婕脣齒一動：「雖然很有道理，但我始終不明白，她要殺人，盜取『小桃紅』很是合理，可為何連我的鳳頭釵也要一併盜取？鳳頭釵雖能殺人，卻不如『小桃紅』那般鋒銳無比，要來何用？」

這點李蓮花沒說，方多病瞠目結舌，心裡大叫乖乖不得了，本公子要穿幫了！突然他急中生智，一腳踢開康惠荷的穴道，學著李蓮花那愉快而狡猾的笑容：「這點，龍姑娘不如自己問她。」

眾人的目光頓時射向康惠荷，康惠荷啞穴初解，隨即一聲尖叫：「不是我！」

方多病冷笑道：「不是妳，那是誰？」

康惠荷呆了一呆，目光從眾人臉上一一掠過，只見眾人目中皆有鄙夷之色，心裡突然委屈異常，放聲大哭：「昨夜……昨夜刺死蘇小慵的人是我，但……但在小青峰野霞小築，將她刺得滿身是傷的人不是我！」

眾人大奇，方多病大吃一驚：「什麼？」

康惠荷伏地大哭，方多病只得將她攙起，她繼續哭道：「那日肖大俠結婚，我的確……的確偷了『小桃紅』，把蘇小慵叫了出來，她也確實沒有防備，我點了她的穴道。可是……可是……有個紅衣女子跟在我身後，把我也點倒了。不知什麼時候她便跟在我身後，我從賀禮中拿走『小桃紅』，她便拿了鳳頭釵，然後在我面前將蘇小慵刺得……刺得可怕……非常可怕……」

方多病皺眉道：「誰信妳胡說八道？世上哪有這麼奇怪的女人？」

康惠荷尖叫一聲：「她還……還伏在傷口上吸血……妖怪！妖怪！」

眾人面面相覷，皆是不信，康惠荷急急喘了口氣：「她戴了面紗，面紗下是一張鬼臉，個子不高，無論身形舉止，都非常美，美得……像個仙子，像個妖怪！」

方多病心中一動，莫非她遇上角麗譙？世上除了那個女妖，豈有人會做出這等怪事？

康惠荷又道：「她問我這個女人是不是搶走了我的意中人，她說她平生最同情得不到心愛之人的女人，所以……她……她便把蘇小慵弄成……那樣……」

眾人恍然大悟，原來康惠荷痴戀關河夢，關河夢卻深愛蘇小慵，她便起意殺人。

方多病問道：「那戴鬼臉的女人長什麼模樣，妳可有看見？」

康惠荷搖頭，「她這裡……」她指了指頸側，「有一顆顏色很嬌豔、很小的紅痣，就像一滴鮮血。」

梁宋忍不住「啊」了一聲：「這個女子，我在婚宴上的確見過。」

康惠荷臉色淒厲：「我以為蘇小慵死了，不料她卻沒有把蘇小慵刺死。蘇……她被我點了穴道以後就人事不知，醒來後必定會認為是我將她傷成那般模樣，所以我……才……才在昨夜……昨夜將她殺死。」

方多病皺眉：「野霞小築那滿牆的血跡從何而來？」

康惠荷臉現輕蔑之色：「那不過是我用胭脂畫上去的，你妄稱聰明，卻沒有識破？」

方多病摸了摸臉，心裡暗道：那死蓮花根本沒去事發現場看上一眼，否則定能識破，不過他似乎不大喜歡野霞小築，轉身就逃了，現在也不知跑去哪裡吃飯了。他接著說道：「按照江湖規矩，比武打鬥難免死傷，毒害刺殺卻是為人不齒，此時『佛彼白石』幾位當家大概還在小青峰上，我這就去請下來，和妳親近親近。」

五 算謝客煙中，湘妃江上，未是斷腸處

方多病在客棧後院說得眉飛色舞、小人得志之際，李蓮花就坐在武林客棧外面大堂上吃飯，優哉游哉地點了一壺小酒、兩碟豆干和一碗麵條。這頓飯總計八個銅錢，他滿意極了。酒喝到一半，豆干吃了一碟，他本來正在看別桌客人吃些什麼，忽然眼前出現一件紫袍，接著他看到了穿紫袍的人，然後就嗆了一口酒。他急急忙忙喝完了麵碗裡的麵湯，從懷裡摸出塊方帕，仔仔細細擦乾淨嘴巴，放下八個銅錢，站了起來。

那紫袍客人也站了起來，他頭戴斗笠，黑紗蒙面，手中有劍。李蓮花指了指上面，兩人一起走了出去。

小青峰上。顛客崖。

兩條人影靜靜站在顛客崖邊。一人身材高大挺拔，威儀自來；另一人身材略矮，有些瘦削。身材高大之人一身紫袍，面紗斗笠已放在一邊，正是肖紫衿；身材略矮的人灰色布衣，正是李蓮花。

兩人之間默然良久，久得李蓮花終於按捺不住，嘆了口氣：「你吃飯沒有？」

肖紫衿顯然一怔：「吃了。」

李蓮花歉然道：「我本也沒錢請你吃飯。」

肖紫衿又是一怔，僵硬半晌，緩緩道：「十年不見，你變了很多。」

李蓮花道：「是嗎？畢竟十年了……你也變了很多，當年脾氣，收斂不少。」

肖紫衿道：「我為了婉娩，她喜歡什麼樣的人，我就變成什麼樣的人。」

李蓮花微微一笑：「只要你們覺得好，那就是好。」

肖紫衿不答，目不轉睛地看著他。李蓮花在自己身上左看右看，「啊」了一聲，慚愧道：「我不知道袖口破了……」

肖紫衿背脊微微一挺：「你……既然已死，為什麼還要回來……」

李蓮花正手忙腳亂地攏住裂開的袖口，聞言一怔，迷惑道：「回來？」

肖紫衿低聲道：「你難道還不肯放過她嗎？她已被你害了十年，我們十年青春，抵給李相夷之死，難道還不夠嗎？你……你為何要回來？」

李蓮花一臉茫然，「啊……是方多病硬拉我來的，其實……」他的語氣微微一頓，悠悠嘆了口氣，「不過想來看看故人，送份禮，回來什麼的，從來沒有想過……」

肖紫衿臉上微現冷笑之色：「李相夷好大名氣，至今陰魂不散，角麗譙和笛飛聲重現江湖，你不回來怎對得起你那偌大名聲？還有那些死心塌地跟隨你的人……」

李蓮花道：「江山代有才人出，我相信這十年的英雄少年，比之我們當年更加出色。」

肖紫衿冷冷道：「你信，我卻不信。你若回來，婉娩定會變心。」

李蓮花目光奇異地看著他，半晌道：「紫衿，你不信她……」

肖紫衿眉頭驟揚：「我是不信她，你不死，我永遠不信她。」

李蓮花「啊」了一聲，肖紫衿驟然喝道：「跳下去吧！我不想親手殺你。」

顛客崖上山風凜冽，兩人衣襟獵獵飛舞，李蓮花伸出脖子對著顛客崖下看了一眼，連忙縮了回來。

肖紫衿冷冷地看著他：「你還會怕死？」

李蓮花嘆了口氣：「這崖底既無大樹，又無河流，也沒有洞穴裡的絕代高人，跳下去非死不可，我怕得很。」

肖紫衿手中劍微微一抬：「那麼，出手吧。」

李蓮花低聲問道：「你真要殺我？」

肖紫衿拔劍出鞘，「嗆啷」一聲劍鞘落在地上，他手中「破城劍」寒光直映到李蓮花臉上：「當然！你知我平生行事，說得出，做得到！」

李蓮花鬆開那裂開的袖口，負袖轉身，衣袍在山風裡飛揚。

李蓮花默不作聲，肖紫衿心頭微微一寒，李相夷武功如何，他自是清楚不過，雖然十年不見，當年重傷之後勢必功力減退，但見李蓮花在眼前，他居然還是起了三分懼意，隨即劍刃一抖，「嗡」的一聲劍鳴，直刺李蓮花胸口。

野霞小築。

正房客廳。

喬婉娩臨窗而立，肖紫衿陪她吃過晚餐後，說有點事，便一個人下了山。窗外明月如鉤，星光璀璨，草木山巒都如此熟悉，是何年何月何日開始，她已習慣了這樣的日子，不復感到無可依靠……

「喬姑娘。」

有人敲了敲門，她回過頭，是紀漢佛：「紀大哥。」紀漢佛很少和她說話，此刻前來，似是有事。

「喬姑娘身體可已大好？」紀漢佛不論何時，語氣總是淡淡的，即使是從前和相夷說話，也不熱絡。

「多謝紀大哥關心，」她溫顏微笑，「已經大好。」

紀漢佛點了點頭，淡淡道：「前些日子紫衿在，有些話不好說。喬姑娘當日見到角麗譙，那妖女的武功，是不是更高了些？」

喬婉娩頷首：「她將『冰中蟬』射入我口中，我幾乎全無抵抗的餘地，那面具上暗藏暗器機關的技法、手勁、準頭，很像是……」

紀漢佛緩緩道：「很像是彼丘的武功？」

喬婉娩低聲嘆了口氣：「不錯。」

紀漢佛臉色肅穆，沉聲道：「不瞞姑娘，『佛彼白石』之中，必有角麗譙的內奸，百川院座下一百八十八牢，近日已被魚龍牛馬幫開啟三牢，帶走囚犯三十人。一百八十八牢的位址，只有我等四人知曉，若非四人之中有人開口，絕無可能被人連破三牢。」

喬婉娩微微一震：「你懷疑——」

紀漢佛淡淡道：「沒有證據，我不敢懷疑是誰，只想請教姑娘是否能從角麗譙身上得到些許線索。」

「彼丘他……當年痴戀角麗譙……角麗譙學會他的武功技法，也不稀奇。紀大哥，四顧門早已風流雲散，能守住當年魂魄不變的，唯有你們四人，婉娩實在不願聽見你們四人之中有誰叛離初衷。」喬婉娩微微閉上眼睛，幽幽道，「自相夷死後，這份家業，我們誰也沒能守住……只有『佛彼白石』仍是四顧門的驕傲所在。」

紀漢佛負手而立，冷冷看著窗外星月，並不看喬婉娩，忽道：「妳可知百川院地下有一條通道？」

喬婉娩一怔，搖了搖頭。

紀漢佛冷冷道：「若無人相助，誰能，又有誰敢在我院下挖出一條大道？」

喬婉娩無語，目中泫然有淚。

紀漢佛沉默半晌，淡淡道：「如若我等四人真的無人有變，喬姑娘，我勢必比妳更為歡喜。」言罷轉身，大步離開，不再回頭。

喬婉娩眼淚順腮而下，夜風吹來，滿頰冰涼。回首望窗外星月寂寥，她閉上雙眼，相夷、相夷，如你仍在，世事絕不可能變為今日這樣……如你仍在，定能將四顧門一脈熱血延續至今……如你仍在，我……我們……定能像從前一樣，心有所向，無懼無畏。

紀漢佛大步走出喬婉娩房間，客廳卻傳來一陣喧譁，一個骨瘦如柴的白衣少年和石水拉扯在一起，大呼小叫地爭辯著。

「什麼事？」他沉聲問道。

白江鶉嘻嘻一笑：「這小子是方氏的少爺，有個名號叫什麼『多愁公子』，說『紫菊女』康惠荷殺了關河夢的義妹蘇小慵，叫老四去拿人。我們老四生平不抓女人，這小子非要他抓人不可，就這麼吵起來了。」

紀漢佛濃眉微皺：「殺人之事，可是證據確鑿？」

白江鶉點了點頭：「倒是說得頭頭是道，大概不會錯。」

紀漢佛淡淡道：「交給平川。」

白江鶉大笑：「早已交了，只是這小子吵得起勁，不肯放過我們老四。」只聽方多病還在旁邊大談「女人猛於虎也，女人會殺人、會放火、會色誘、會騙人、會生孩子……」紀漢佛不理他，目光從白江鶉和石水兩人面上掠過，石水臉色冷冷，白江鶉嘻嘻一笑。

「各位前輩，如今江湖大亂未起，卻已處處隱憂，如果四顧門能夠重整旗鼓，東山再起，往北遏制角麗譙魚龍牛馬幫的勢力，在南和赤子觀抗衡，居中壓制笛飛聲重現江湖，定是蒼生之福。」房外突然有人朗聲道，「肖大俠婚後，我等一直未走，除了做做食客，用幾日白食之外，還想向各位前輩進言。自李相夷李前輩去世後，四顧門分崩離析，難得各位到齊，我傅衡陽人微言輕，但如各位願意聽我一言，或許江湖大勢自今以後大大不同。」

房內眾人都是一怔，來人聲音十分年輕，言語雖然客氣，卻不脫年輕氣盛，抱負滿滿，不知是何人？方多病中氣十足，仍在大呼小叫，房中幾人都未聽到來人的腳步聲，可見來人輕功甚佳，並非泛泛之輩。

紀漢佛眉頭微蹙：「進來。」

門外笑聲朗朗，一個身材頎長、秀逸瀟灑的白衣少年施施然站在門外，面目陌生，眾人面面相覷，甚感詫異。

方多病對來人上上下下看了幾眼：「你是誰？」

來人抱拳還禮：「在下傅衡陽，師出無名，乃是無聊之徒，平生別無所長，唯好『狂妄』二字。」

方多病心下一樂，笑了出來：「好一個狂妄小子，你可知道你在和誰說話？」

傅衡陽正色道：「『佛彼白石』大名鼎鼎，我豈會不識？不過是各位不識得我而已。」

方多病大笑，白江鶉也是哈哈一笑，石水陰惻惻地站在一旁，臉上毫無笑意，只有紀漢佛淡淡道：「四顧門東山再起，談何容易？當年盟友，多已……」

傅衡陽打斷他的話：「我已替各位前輩想好，四顧門東山再起，只要各位前輩一句話。」

方多病對這位傅衡陽大有好感，心中暗笑：普天之下，甚少有人敢打斷紀漢佛說話，這年輕人果然狂妄得很啊。

紀漢佛也不生氣：「哦？什麼話？」

傅衡陽頸項微抬，微笑道：「不過一個『好』字。」

紀漢佛淡淡道：「願聞其詳。」

「四顧門要東山再起，一則缺乏門主一人，二則缺乏門徒若干。這『門主』一職在下推薦肖紫衿大俠，想必無人反對，而『門徒』……十年前的四顧門有前輩，十年後的四顧門難道前輩們就不能招募新血，收納十年之後的江湖少年？」傅衡陽瀟灑地一揮衣袖，大門「吱呀」一聲隨之開啟，野霞小築大門外，李相夷衣冠塚旁，有燈火點點，「我等一行，都願為四顧門之重興出謀獻策，流血流汗。」

方多病往外瞄了一眼，突然「哎呀」一聲：「我知道你是誰了，敢情你就是和『乳燕神針』關河夢齊名的那個『少年狂』！」

傅衡陽也是哈哈一笑：「不敢、不敢，傅衡陽從不屑和關河夢同流合汙。」

紀漢佛冷眼看著這位短短數月內便在江湖中聲名鵲起的「少年狂」，重振四顧門之計，確實稱得上「狂妄」二字，只是如今「佛彼白石」貌合神離，笛飛聲和角麗譙有備而來，江湖中處處艱難，又豈是如此容易……

他尚未想定，忽然房內竹簾一撩，一個人影一晃，顫聲道：「好！」

白江鶉和石水吃了一驚，紀漢佛更是一怔，方多病「啊」了一聲：「肖夫人……」

從房裡出來的人正是喬婉娩。

傅衡陽朗聲大笑：「好！各位言出如山，自今日此時起，我等一行七人，任憑四顧門驅使，為江湖大業而死，絕不言悔。」

方多病跟著拍了下桌子，讚道：「好豪氣！四顧門復興，我也算上一份。」

紀漢佛皺起眉頭，喬婉娩胸口起伏，一雙明眸在眾人臉上緩緩掃過，目中不知何故，竟有淒然之色。

頓了頓，白江鶉先嘆了口氣：「重振四顧門，這事我胖子也算一份。」

石水陰森森道：「你幾時退出了？」

白江鶉乾笑兩聲：「掌嘴、掌嘴，我等本就生是門中人，死是門中鬼。」

紀漢佛眉頭皺得更深，沉默良久。

喬婉娩目中忽有淚水滑下，落在她繡花鞋前的塵土上：「紫衿他……想必很樂意，擔任門主一職……」她低聲道，言語之中，已有懇求之意。

妳一意求重振本門，不過追求李相夷的影子。紀漢佛心中清楚，而肖紫衿本來好大喜功，剛愎自用，雖然這幾年來收斂許多，但本性難移，要他擔任門主一職，他自是不會不肯。看喬婉娩滿面淒涼之色，紀漢佛沉默良久，淡淡道：「重振之事，必當從長計議。」

此言一出，眾人皆面露興奮之色，躍躍欲試——那便是說，「佛彼白石」首先贊同了此事。

傅衡陽大喜，仰首一聲長嘯，李相夷衣冠塚後亮起千百盞燈火，竟有數十位少年列隊其後，領頭的六位少年齊聲道：「秉承前輩遺志，我等赴湯蹈火，在所不惜！」六人武功都不弱，提氣長吟，震得滿山迴響，紛至沓來。

喬婉娩看著眼前眾人，卻似看到四顧門初起的樣子，只是當年……相夷比眼前這位少年，更加年輕俊美，更狂妄自負……她嘴角露出微笑，更現淒涼之意，他們口口聲聲稱「前輩」，相夷如果未死，也不過比他們大幾歲，並不是他們想像中的前輩啊……

小青峰上。顛客崖前。

肖紫衿一劍往李蓮花胸口刺去，李蓮花轉身就逃，忽然對面山崖，野霞小築處轟然一聲，有眾人運氣長吟：「秉承前輩遺志，我等赴湯蹈火，在所不惜！」聲音洪亮，震得山谷回嗚。

兩人俱是一愣，肖紫衿那一劍從李蓮花頸側刺了個空。李蓮花「撲通」一聲，跌了個四腳朝天。

只見對面山坡上燈火點點，竟排出「重振四顧門」五個大字。

肖紫衿和李蓮花面面相覷。李蓮花滿臉茫然，見肖紫衿露出懷疑之色，李蓮花連連搖手：「不是我做的。」

肖紫衿收劍回鞘，又見對面燈火閃耀，人影攢動，似乎是出了大事。他擔心喬婉娩的安危，縱身而起，倒入樹叢小徑：「你若再見婉娩，我必殺你。」

李蓮花方才是真的嚇了一跳，在地上摔了個結結實實，腰痠背痛，一時爬不起來，看向對面山坡半晌，喃喃道：「豈有此理……」

然而對面山坡燈火閃閃，不是他眼花或者幻覺，山坡上的人壯志凌雲，確確實實，懷著少年英雄般的熱血豪情，要做一番轟轟烈烈的事業。

未過幾日，四顧門重現江湖之事已傳遍武林，繼笛飛聲、角麗譙現身之後，江湖餘波未息，再度譁然。只聽說這次四顧門門主乃是「紫袍宣天」肖紫衿，「佛彼白石」四人仍舊執掌刑堂，門中軍師由「少年狂」傅衡陽擔當，其下「百機堂」與「百川院」並列，成員乃是各門各派以智計見長的少年俊彥。「四虎銀槍」只餘三虎，也有二虎回歸。此外少林掌門、武當道長、丐幫幫主紛紛前往道賀，方氏大公子方多病在四顧門中擔任客座一職。至此，四顧門重振一事塵埃落定，確鑿無疑。

四顧門重興，江湖上下，人人拍手叫好，唯一有點不大歡喜的人約莫就是李蓮花了。身為吉祥紋蓮花樓樓主，號稱江湖第一神醫，責無旁貸地被傅衡陽列入四顧門醫師一職，專管救死扶傷。

一時間小青峰上，人人見面皆是點頭，拱手都道久仰久仰，談笑有同道，往來俱大俠，熱鬧無雙。

六 香奩夢，好在靈芝瑞露

四顧門宣稱重興後，「佛彼白石」三人並未在小青峰久留，而是趕回百川院，處理一百八十八牢被破三牢之事。傅衡陽著手處理千頭萬緒的事務，一如當年四顧門的規矩，調整人手，訓練新手，所招納的新人分屬何院何人手下也要釐清，忙得他焦頭爛額。方多病一則不會分配人手，二則胸無大志，雖然對重興之事滿懷熱情，卻不過提供銀兩以供所需，這幾日無所事事，在小青峰悶得發慌。

但小青峰上還有人比他更無聊、更閒得發慌，那就是神醫李蓮花。小青峰上一無病人，二無死人，三來就算有病人或者死人他也不會醫，所以李蓮花這幾日都躺在傅衡陽為他安排的房間裡，手抱一卷《本草綱目》睡覺。

「……聽說新四顧門裡誰都能得罪，就是方多病千萬不可招惹……」

李蓮花這日正巧沒睡，拿著拂塵撣房間裡的灰塵，突然聽到門外有人悄悄說話，他本無意偷聽，但那聲音卻不斷鑽進他耳裡。

「那個女人殺另一個女人，就是被方多病看破，抓了起來，以後我等千萬不要做壞事……」李蓮花把拂塵仔細收起來，換了塊抹布擦櫥櫃，門口「吱呀」一聲，說話的幾人走了進來，「李樓主在哪裡？」

「啊……」李蓮花轉過身，進來的是三個「百機院」的弟子，一個高鼻小眼，一個長嘴齙牙，一個眼大如蛙，他識得這幾個都是白雲派司馬玉的高徒，前天投入四顧門的新人。

「李蓮花不在？喂，掃地的，大爺被蚊子咬得滿身是包，你給點藥，看李蓮花有什麼好藥好水，快拿來擦擦。」開口的是長嘴齙牙的那位，一伸腿，果然那腿上都是被山上蚊子叮咬的紅斑。

李蓮花又「啊」了一聲，那高鼻小眼的怒道：「啊什麼啊？快給大爺拿藥來！」李蓮花尚未說話，眼大如蛙的人笑道：「大家……何何何必那麼大大大聲，人人人家又又又沒說不不不不給……」

李蓮花歉然道：「治蚊子咬的藥我沒有……」

長嘴鮑牙的那位撓著紅斑怒道：「怎會沒有？傅衡陽說李蓮花善治天下頑疾，死人都能治活，何況只是幾隻蚊子？」

李蓮花慚愧地道：「沒有……」

那人勃然大怒：「我不信這山上住的幾百人，人人不用蚊蟲叮咬的藥膏。你走開，大爺自己找！」

李蓮花道：「我桌子還沒擦完，請各位稍等我打掃乾淨，再找不遲……」

他一句話沒說完，長嘴鮑牙之人已經一手抓住他的衣領，將他提了起來，其餘二人打開抽屜一陣亂翻，除卻一些《金石緣》、《繡鞋記》、《天豹圖》之類的傳奇小說，便是些抹布、拂塵，此外衣裳兩件，鞋子一雙，雖有藥瓶不少，其中卻沒有藥物。

長嘴鮑牙之人不免覺得被蚊子咬過之處越發癢了：「藥在何處？」

李蓮花道：「本門中人武功高強，氣行百竅，發於肌膚，衣裳如鐵，那小小蚊蟲如何咬得進去……」

三人變色，正要動手痛打，驀地長嘴鮑牙之人「哎呀」一聲，臉色一變，雙眼翻白，跌倒在地，口吐白沫。其餘二人大吃一驚，齊聲叫道：「那女鬼說的竟然是真的！」

李蓮花也吃了一驚，急忙將那人扶起，只見片刻間，那人身上的紅色斑塊已遍布全身，觸手灼熱：「他撞見了什麼女鬼？」

剩餘二人你一言我一語地道：「咱哥仨在小青峰下逛街吃飯，有個戴著奇奇怪怪面具的女人上來問我們是不是白雲派的弟子，我等自然說是。那女人又說白雲派沒有什麼本事，只是一群膿包。我等自然十分生氣，大哥齙牙便說我白雲派雖然武功很差，人長得也醜，但有一樣本事天下無雙——我白雲派的內功心法看似沒什麼用處，卻可令人十日十夜不睡，也不至於發睏。聽說我派前輩當年是幹那梁上勾當的，所以練了這門內功，後來傳給我師父，又傳到我兄弟三人，這世上只有白雲派弟子是最不容易睡覺的人。那女人聽了嘲笑大哥，說不睡覺也算本事？齙牙大哥又告訴她我等三人是江湖中炙手可熱的看門高手，無論何門何派都以請到我等兄弟看門或者看牢為榮。那女人又說，那你們三人不去看門，到小青峰來做什麼？我等自然說是聽聞四顧門大名，特地前來替它看門。那女人又問我等到底看了什麼？齙牙大哥自然又告訴她我們看的是前幾天在肖紫衿婚禮上行凶的那個女人，叫做康惠荷。那女人又問說，那個女人現在哪裡？我等自然說因為肚子餓了，要出來吃飯，把那個女人捆起來，放在師父床底，暫時放一會兒不要緊，我等兄弟很快便回去了。那女人聽完就走了，從她衣袖裡飛出幾隻黑蚊子，我兄弟一人拍死了一隻，結果就起了一身紅斑。那女人又回頭說，看我們兄弟忠厚老實，毒死我們了事。我們只當她胡說八道，被蚊子叮一口會死，那被螞蟻咬一口也會死，被小雞啄一口也會死，被跳蚤咬一口也會死……哈哈哈，她當我們沒被蚊子叮過嗎？」

李蓮花連連點頭：「像幾位英雄這樣的驚世奇才，自是知道被蚊子咬是萬萬不會死的。齙牙大哥，你還聽得到我說話嗎？」

那口吐白沫的齙牙微微點頭，表情痛苦異常。那高鼻小眼的叫做高壁，眼大如蛙的叫做嚴塔。三人一起看著李蓮花，只見他面露微笑，手指點了齙牙胸口「期門」、頸後「曲池」、足趾「足竅陰」和手指「中渚」四穴。

「是不是不怎麼痛了？」

齙牙點了點頭。李蓮花的手指帶著一股古怪的溫熱，點上四穴，他身上的劇烈痛楚就減輕許多。李蓮花微笑道：「只要三位英雄每日像這樣在自己身上按幾下，最好每日內息都在這四穴走一走，那便無事了。」

高壁大喜，湊上來：「掃地的，你也幫我按幾下。」

李蓮花在他身上也點了四下，他這四指點下，高壁雖然不覺得怎樣，但若脫了衣服便可見一個顏色鮮明的紅印。李蓮花指上帶有「揚州慢」之力，又豈是尋常手指能夠比擬？替三人逐一點過四穴，那三人一聽不必塗抹藥膏、服用藥物，自己身上的癢痛又已大好，便歡天喜地地走了。

「李樓主號稱神醫，果然名不虛傳。」窗外有人笑道，「這『黑珍珠』之毒，殺人無數，能不用藥物，舉手治好，實是神乎其技。」

李蓮花「啊」了一聲：「不敢、不敢，不知傅軍師前來，有失遠迎……」

從門口輕彈白衣、帶著瀟灑笑意走入的少年自是傅衡陽，只聽他朗朗道：「這三個活寶將康惠荷塞入司馬玉床下，若不是我去換了地方，想必康惠荷真被角麗譙劫去。本來還擔心他們身上中毒難治，李樓主卻不但醫好劇毒，還教授了一手療毒心法給這三個活寶，只是如此苦心，他們能否領會，還很難說。」

李蓮花對他凝視半晌，微笑道：「傅軍師英雄少年，足智多謀，李蓮花佩服萬分。」

傅衡陽既然號稱「狂妄」，對這等讚美之詞自是從不客氣：「李樓主，小青峰上如今兩百二十八人，有兩百二十五人我自信瞭若指掌，只有三人，我尚無信心。」

李蓮花誠心誠意請教：「不知是哪三人？」

傅衡陽牢牢盯著他，答非所問：「我不是看不透，是『沒有信心』說我已看透……李樓主，這三個人，一個是李蓮花，一個是李相夷，一個是我自己。」

李蓮花嚇了一跳：「李相夷？他也在小青峰上？」

傅衡陽仰首一聲長笑：「他既然把屍身葬在山上，自也算上一份。李相夷少年行事任性至極，平生最不喜假話，卻又喜歡別人對他吹牛拍馬，待人苛刻冷漠，自視極高，這分明是年少輕狂，心性未定所致。我曾花費一年時間精研李相夷平生所為，此人當得上一個『傲』字，若是活到如今，成就決計遠超當年。只是他所行之事，眾多矛盾，心性既然未定，我自也不敢說看透。」

李蓮花苦笑：「你很了解他。」

傅衡陽又道：「而李樓主你——我平生不信起死回生之事，世上卻有一人能倚仗這四字名揚江湖，而且近年來，江湖上數起隱密殺人案件，凶手被擒都和你有關。如此人物，上山數日都在睡覺，不得不讓人想到諸葛蟄伏，只盼有人三入茅廬。」

只盼有人三入茅廬？李蓮花乾笑一聲：「其實是最近天氣很好，那張椅子躺上去又十分舒服，所以……」

傅衡陽打斷他的話：「李樓主深藏不露，我不敢說看透。」

李蓮花聽他口氣，雖是「不敢說看透」，語氣卻是肯定無比，估計也難以反駁，只得勉勉強強認了自己是「深藏不露，諸葛蟄伏，只盼有人三入茅廬」，嘆了口氣：「那為何連自己也看不透？」

傅衡陽毫不諱言：「我本狂妄之輩，如今為四顧門百機院之首，四顧門若日益發展壯大，難說數年之後，我為江湖謀福之心，會否仍如今日般純粹。」

李蓮花微微一笑：「那你可會學笛飛聲，想要稱霸天下？」

傅衡陽搖了搖頭，突然一聲大笑：「我不知道，所以說，連我自己都看不透自己……哈哈哈哈……」

李蓮花也跟著胡亂笑了幾聲：「哈哈哈哈……」

傅衡陽的笑聲戛然而止，目光犀利地盯著李蓮花：「你絕非泛泛之輩，瞞不過我的眼睛。在這小青峰上，既是四顧門重興之地，便絕不容有人放肆，無論你懷有何等心計，所作所為如有違反四顧門門規之處，都請李樓主想及——還有我傅衡陽在。」

李蓮花聽得連連點頭，認真道：「極是、極是……」

傅衡陽袖子一振：「還有，李樓主若覺得自己是千里良駒未遇明主，因此不願大展才華，傅衡陽願做君之伯樂。四顧門百廢待興，正是用人之際，李樓主身懷絕技，必能夠大展拳腳，為江湖立百世不忘之豐碑。」

李蓮花連聲應道：「多謝、多謝，豈敢、豈敢……」

傅衡陽一笑而去：「言盡於此。」

李蓮花連忙道：「慢走，不送。」

待傅衡陽遠去，他才長長吐出一口氣，這位傅軍師確實聰明過人，才華橫溢，只是料事不大準……

窗外陽光仍舊和煦溫暖，他躺回那張大椅上，不知不覺又有些睏了，便將《本草綱目》再次蓋在臉上，打了個大大的呵欠。

七 人間俯仰今古，海枯石爛情緣在，幽恨不埋黃土

康惠荷被傅衡陽另藏他處，交託給霍平川帶回百川院，並未被角麗譙帶走。但司馬玉房間周圍卻有十數人被角麗譙毒死，司馬玉被擒，角麗譙撂下狠話，說一命換一命，如果十日之內肖紫衿、傅衡陽不把康惠荷交出來，她就把司馬玉砍成十塊送回來。

江湖上不免又是一陣軒然大波，紛紛猜測為何角麗譙要對康惠荷如此之好。傅衡陽卻知角麗譙不過是藉機挑釁，她索要的是張三或是李四毫無分別，只不過四顧門剛剛重興，她必要打壓而已。何況康惠荷是四顧門階下囚，一旦被劫，更顯四顧門顏面無光。她要劫走康惠荷不成，已算是傅衡陽小勝一場，但角麗譙以一己之身在小青峰上肆意縱橫，要來就來，要走就走，竟無人奈何得了她，也顯得四顧門無能。如此算來，雙方半斤八兩，都未占上風。

司馬玉被劫，傅衡陽好一陣忙碌，肖紫衿全心全意只在喬婉娩身上，萬般事務皆不理，然而未過幾日，傅衡陽竟把司馬玉救了回來，大家都有些意外，江湖上對重興的四顧門另眼相看，也令肖紫衿吃了一驚。

方多病越發熱衷於新四顧門，而李蓮花卻在傅衡陽指派給他的「藥房」裡種了兩盆杜鵑花，日日澆花散步，讀書睡覺，日子過得甚是愜意。

此時距離野霞小築婚筵，已一月有餘。

夫婿名揚天下，待己盡心盡力、溫柔體貼，喬婉娩漸漸忘卻有關李相夷的種種往事，日益溫柔，過起平淡從容的日子。

這日午後，蝶飛燕舞。小青峰上雖然雲集數百武林同道，卻無一人打攪她的平靜生活，喬婉娩紅衣披髮，一身新浴，緩緩走到李相夷墳前。那墳上月餘未經整理，居然開滿小花，色澤淡紫，開作五瓣，淡雅清秀。

我終是負了你。

她站在墳前，從前站在墳前心情就不平靜，如今更甚。曾經以為自己可以守住一份感情，一生一世、甚至幾生幾世都不變，結果不過幾年……她微微垂下頭，幾年呢？五年？十年……不，未到十年，她就已經變了。嫁給紫衿，她以為自己一定會後悔，結果竟很幸福。

相夷啊相夷，我終是負了你，你若未死，必定會恨我吧？她長長吸了口氣，緩緩吐了出來，以他的性子，必定會恨的，而且恨得天翻地覆，至死方休吧？

或者……會殺了她，或者殺了紫衿……

但他早已死在東海之中，誰也殺不了，因此，即使背叛了他，也不怕他，即使負罪，也不會很不安。她目不轉睛地看著「摯友李相夷之墓」的墓碑，雖然很幸福，可心底深處，她卻始終感到蒼涼、不滿足。嫁給紫衿，究竟應該讚揚自己，還是應該懲罰自己？究竟是該笑，還是該哭？

李相夷衣冠塚後有人。她在墳前站了一會兒，才注意到墳後不遠處，有人彎腰在草叢中拾掇著什麼東西。她怔怔看了好一會兒，才醒悟那人在整理那日傅衡陽手下那群少年人插在地上的蠟燭，心裡一陣恍惚，世上竟有如此心情平和、脾性溫柔之人啊……

李蓮花這日午睡過後，澆了那兩盆被方多病嘲笑過無數次庸俗至極的杜鵑花，便決定出外走走。繞著小青峰逛了一圈，他喜歡打掃的脾氣發作，便見一個蠟燭拔去一個，以免引起山火，又礙了花樹生長。

「花有重開日，人無再少年。不須長富貴，安樂是神仙……」那人哼著最近頗風行的曲子，將拔出來的蠟燭堆在一處，看似準備過會兒找個籮筐背走。

喬婉娩不知不覺凝視那個拔蠟燭的人許久，她自己心境煩亂，聽了許久，方才聽出他唱的是一齣《竇娥冤》，不免啞然，輕輕嘆了口氣。她拍了拍李相夷的墓碑，打算轉身離去，忽然墳後那人回過身來，似是聽到聲息，站直了身子。

剎那間，她手指僵硬，緊緊抓住墓碑，臉色蒼白，呼吸急促，雙目直直盯著那人——她從不信有鬼，從不信……

那人也是一怔，隨後拍了拍衣裳，對她微微一笑，笑容溫和真摯，別無半分勉強。她在那裡站了很久，她本想狂呼大叫、本想昏去、本想是見了鬼，但她牢牢盯了他半晌後，嘴角抽動，叫出一聲：「相夷……」相夷……

至此她再說不出任何話，心頭一片空白，就似自萬丈雲巔，一下子摔了下來，一種錯覺在眼前浮動，讓她剎那間以為，其實他一直都沒有死，這十年來，死的是她。

站在李相夷墳後的人聽了那一聲「相夷」，嘴角微勾，微笑更加平和，點了點頭。

她突然全身顫抖，跌坐在地上，牙齒咯咯打顫。她不是害怕，她只是不知所措，是太不知所措了，以至於無法控制自己。

他沒有過來扶她，也沒有走近，仍遠遠地站在墳後，帶著平靜且愉快的微笑，突然道：「那日跌下海以後……」

喬婉娩終於能夠動彈，驟地用僵硬的雙手抱住頭：「不必說了！」

他微微一頓，仍舊說下去，「……我掛在笛飛聲的船樓上，沒有沉下海。漂上岸以後，病了四年……」四年中事，他沒有再說，停了一陣，「四年之後，江湖早已大變，妳隨紫衿到苗疆大戰蠱王，四顧門風流雲散，我……」他再度停住，過了很久，他露出微笑，「突然想通了很多事。」

她搖了搖頭，眼淚流了下來，她沒有哭，是眼淚猝不及防地流了下來，她的牙齒仍在打顫。「你騙了我。」她低聲道，「你騙了我……」

李蓮花搖搖頭：「李相夷真的已經死了，我不騙你，那個頤指氣使、不可一世的……」

她突然尖叫一聲，搶了他的話，「那個頤指氣使、不可一世的孩子！是的，我知道那時他只不過是個孩子！我知道相夷不懂事、不成熟，我知道他會傷人的心，可是……可是我……」她的音調變了，變得荒唐可笑，「可是我已經喜歡了……你怎能騙我說他已經死了……你怎能騙我說他已經死了……」

「妳以為，經過十年之久，李相夷還能從這墳墓裡復生嗎？」李蓮花悠悠嘆了口氣。

「是孩子終究會長大，相夷他——」她再度打斷他的話，背靠著李相夷的墳墓，古怪地看著他，低聲道，「你如果不騙我說他已經死了，我不會嫁給紫衿。」

李蓮花輕輕嘆了口氣：「妳傷心的不是嫁給了紫衿，是妳沒有後悔嫁給紫衿。」

喬婉娩木然看著他，眼淚滑落滿臉，足足過了一炷香時間，她突然笑了起來，猶如負傷的野獸般痛楚：「相夷你……你還是……還是那樣……能用一句話殺死一個人……」

李蓮花眼神溫柔地看著她：「婉娩，我們都會長大，能喜歡紫衿，依靠紫衿，並不是錯。妳愛他，所以妳嫁給了他，不是嗎？」

喬婉娩不答，過了好一會兒才輕聲問：「你恨我嗎？」

「恨過。」他微笑道，「有幾年什麼人都恨。」

她緩緩點了點頭，她明白……只聽他又道：「但現在我只怕肖紫衿和喬婉娩不能『不離不棄，白頭偕老』。」

她聽了半晌，又點了點頭，突然又搖了搖頭：「你不是相夷。」

李蓮花微微一笑：「嗯……」

她抬起頭來怔怔凝視著他，輕聲道：「相夷從不寬恕任何人。」

李蓮花點頭：「他也從不栽花種草。」

喬婉娩脣邊終於微微露出一點笑意：「他從不穿破衣服。」

李蓮花微笑：「他幾乎從來不睡覺。」

她臉上淚痕未乾，輕輕嘆了口氣：「他總有忙不完的事，幾乎從來不睡覺、總是有仇家、很會花錢、老是命令人，把人指使來指使去……卻總能辦成轟轟烈烈的事。」

李蓮花嘆了口氣，喃喃道：「我卻窮得很，只想找個安靜點的地方睡覺，也沒有什麼仇家。對了，我房裡那兩盆杜鵑開得黃黃紅紅，煞是熱鬧，妳可要看看？」

喬婉娩終於微微一笑，此刻她的心似是豁然開朗，牽掛了十年的舊事，那些放不下的東西，全都消散，眼前的男人是一個故人、一個朋友，更是一個達者。

「我想看看。」

李蓮花拍了拍衣袖，歉然道：「等等我。」

喬婉娩舉袖拭淚，拂去身上的塵土，突然覺得方才自己甚是可笑，眼見李蓮花背著籮筐急忙奔進野霞小築後院畚箕處，忍不住好笑，不禁想：若是傅衡陽知曉李相夷花了整整一個下午的時間，把他辛苦安排的重興四顧門的蠟燭清掃乾淨，不知做何感想？一念未畢，眼見李蓮花在前面招手，她便跟了上去。

走進李蓮花房中，她對著那兩盆杜鵑花看了好一陣子。那兩盆花顏色鮮黃，開得十分燦爛富貴，應是受到精心照料，生長得旺盛至極。只是喬婉娩看了半晌，忍不住問道：「這是杜鵑花？」

李蓮花愣了愣：「方多病說是杜鵑花……我從山下挖來的，山下開了一大片。」

喬婉娩輕咳一聲，賢慧且耐心地道：「這是黃花，是山農種來……種來……總之你快點還給人家。」

李蓮花「啊」了一聲，看著自己種了大半個月的「杜鵑花」，歉然道：「我說杜鵑花怎會開得這麼大……」

喬婉娩委實按捺不住，「噗哧」一聲笑了出來。

兩人望著那兩盆「杜鵑花」相視而笑，房外不遠處有人站在樹梢之上，遙遙看著兩人。那人紫袍金邊，身材修偉，俊朗挺拔，只是臉色蒼白至極，怔怔看著房內二人，不知在想些什麼。

房內李蓮花看著自己勤勞種出的黃花，突然極認真地問道：「黃花都開了，天快要涼了，這山上的冬天冷不冷？」

喬婉娩一怔：「冷不冷？」

李蓮花連連點頭：「下不下雪？」

她點了點頭：「下雪。」

他縮了縮脖子：「我怕冷。」

她微笑道：「相夷從來不怕冷。」

李蓮花嘆了口氣：「我不但怕冷，我還怕死。」

八 相思樹，流年度，無端又被西風誤

又過數日。

方多病最近這幾日都在和傅衡陽下棋，那位「少年狂」傅軍師雖然將四顧門種種交易處理得井井有條，卻下得一手臭棋，方多病特別喜歡和他下棋。傅衡陽又自負得很，越輸越下，這幾日不知輸給方多病幾百回了，猶自不服。

這一日贏了傅衡陽三回後，方多病忽然想起，最近有些事很奇怪，不僅大白天看不到李蓮花的影子，傍晚閒逛的時候也沒看到，竟然連吃飯時間也沒看見！那傢伙不會溜了吧？

「李蓮花？」方多病一腳踢開李蓮花的藥房大門，只見房內桌椅書卷擺放得整整齊齊，窗櫺擦得乾乾淨淨，有一扇窗戶還貼了新的窗紙，兩個空陶盆疊放在藥房一角。

「李蓮花？」方多病走入房中東張西望，從桌上拾起一張壓在鎮紙下的白紙，「這傢伙不會寫了三個字『我去也』吧……」

方多病看這房內的樣子，心裡已料中十之七八，李蓮花果然不知道什麼時候溜了。然而舉起白紙一看，眼睛頓時直了，那紙上果然不是「我去也」三個大字，而是密密麻麻的蠅頭小楷。李蓮花竟留下張萬言書，大出方多病意料。

「畫皮、畫皮、畫皮、畫皮……」一張白紙，上萬蠅頭小楷，寫的全是「畫皮」二字。方多病青天白日下看見，拎在手中，眼前一時發綠，竟覺得一陣雞皮疙瘩泛上背脊，倒抽了一口氣，那死蓮花瘋了不成？要溜就溜，花功夫寫這什麼東西……

總而言之，即使四顧門重興這樣的大事也沒能留住死蓮花，他還是溜了，方多病手裡拎著那張「畫皮」，不知何故，心裡一陣發毛。他無端想起那日李蓮花擁被坐在床上那雙茫然的眼睛，就像身體裡什麼也沒有，只有一隻對人間毫不熟悉的惡鬼，透過他的眼睛好奇地看著一切。

死蓮花必定有些祕密，方多病將萬言「畫皮」收入懷裡，第一個念頭卻不是去找傅衡陽，而是去找肖紫衿。

肖紫衿聽聞李蓮花已走，並不怎麼驚訝，倒是展開那張萬字「畫皮」時，顯然一怔，而後淡淡道：「角麗譙所練的內功心法，叫做『畫皮』，她能生得顛倒眾生，也多是因為她修練這等惡毒媚功，定力稍差之人往往難以抵擋她的誘惑。『畫皮妖功』練得功力越深，人長得越美，也越殘忍好殺，會做出許多常人難以想像的事情。」

方多病奇道：「李蓮花怎麼知道角麗譙練的是『畫皮』？」

肖紫衿看了他一眼，不答，只深深吐了口氣：那人是不受角麗譙媚功所惑的第一人，他不知道角麗譙練的是「畫皮」，還有誰知道？李相夷絕世武功……但他終是沒有說出口，這細細碎碎的萬字「畫皮」也帶給他異樣的感受，工整異常的萬字之中，透出一股詭異的不祥之兆……

吉祥紋蓮花樓樓主李蓮花從小青峰上不辭而別，對四顧門的影響並不算大，傅衡陽雖然吃了一驚，但又想到此人對四顧門多半有不利之舉，經他點破後自覺圖謀不成便悄悄離去，就覺得自己真是眼光犀利，當機立斷啊！

千里之外。離州小遠鎮。

一棟雕花精緻的二層木樓，不知何時矗立在小遠鎮亂葬崗上。兩個月前這墳堆裡明明除了野狗刨出來的白骨和餓死的野狗之外，什麼也沒有。但最近去亂葬崗修祖墳的張三蛋回來說，這亂葬崗上不知誰修了棟房子，那屋主莫不是瘋了，竟然就蓋在「窟窿」上。謠言傳開後，小遠鎮百姓紛紛去修祖墳，都在那甚是堂皇華麗的木樓邊轉了幾圈、摸了幾下，確認不假後，回來議論紛紛——這蓋房子的肯定是個外地人，不知咱亂葬崗「窟窿」的厲害……

原來，離州小遠鎮亂葬崗上，有個地方叫「窟窿」。那的確是個窟窿，約莫人頭大小，圓溜溜的，深不見底。平日看起來毫不稀奇，和亂葬崗上野狗挖的洞沒有什麼分別，但一到夜間，這「窟窿」就會發出鬼哭狼嚎，而且還往外吐出煙塵白氣，偶爾走夜路的人經過，還能看見「窟窿」底下似乎有亮光，不知是什麼東西在底下轉來轉去。曾有人白天在「窟窿」周圍瞧見一些古怪的東西，有人拾到銅錢、古幣什麼的，有人見過破衣服，還有人撿到奇怪的小玉器。最可怕的是，有一年夏天，這「窟窿」周圍二十丈內突然荒草死絕，蟲鳥絕跡，十幾隻野狗和兩個走夜路的行客倒斃在「窟窿」旁，猶如從「窟窿」裡冒出來什麼怪物，頃刻間殺人奪命。

而這棟木樓就蓋在「窟窿」上，每日夜間，「窟窿」照舊發出鬼哭狼嚎，那棟木樓也很是古怪，竟絲毫不為所動，主人似乎膽子很大，半點不怕鬼怪之說，偏偏要在「窟窿」上吃飯拉屎。

百姓對木樓好奇至極，經過滿鎮一百二十八人偷窺打探，得知住在木樓裡的是一個窮書生，每日只在樓中讀書打坐，一日三餐雖有到鎮上解決，卻不與人閒話，仍是喃喃讀他的《詩經》、《論語》。這位窮書生每日天尚未全黑就已睡下，鼾聲與「窟窿」發出的聲音不相上下，無怪他對自家地板底下的異狀無甚感覺，每日睡到日上三竿方起，日子倒也瀟灑舒適，不過景色不夠優美，風雅略減一二。

這一日，鎮上又來了一個外地人，灰色儒衫，袖口打了補釘，身材不高不矮，略微有些瘦削，容貌文雅溫和，說話十分和氣。他來到小遠鎮做的第一件事是到雜貨鋪買了兩把掃帚和一吊絲瓜瓤乾，半斤皂豆，兩個饅頭，而後悠悠地往亂葬崗走去。鎮上百姓不免心中暗想：莫非這年輕人的祖宗也葬在咱亂葬崗上？他也要去修墳掃墓？但清明早已過了……

將吉祥紋蓮花樓搬到亂葬崗又住在裡面吃飯拉屎的人正是施文絕，他把李蓮花的「龜殼」從熱熱鬧鬧的揚州搬來，丟在小遠鎮亂葬崗上，然後寫了封信給李蓮花，說是今年上京趕考的時間將近，李蓮花若不回來，他就要把這棟大名鼎鼎、價值千金的木樓丟在亂葬崗，逕自上京趕考。

「學而時習之，不亦說乎……」施文絕捲了本破破爛爛的《論語》搖頭晃腦地吟誦著，門口有人敲門，「篤、篤、篤」三聲。他心裡一樂，長吟道，「有朋自遠方來，不亦樂乎——」他站起身，打開房門，眼前突然一暗，肩頭一沉，一個人往前栽倒，摔在他身上。只聽「啪啦」一陣響聲，那人帶來的東西滾了滿地。施文絕駭然看著地上的掃帚、抹布、饅頭什麼的，愣了愣，將身上的人推了起來，脫口驚呼：「騙子？」

李蓮花雙目緊閉，隨著他一推之勢，倒向木門，又順著木門軟倒於地，一動不動。施文絕大駭，把那本破破爛爛的《論語》往地上一丟，雙手推拿李蓮花胸口大穴：「騙子？騙子？」

待他雙手推拿五六下之後，那「昏厥於地」的李蓮花突然嘆了口氣：「我要吃飯。」

施文絕一怔，人尚未反應過來，雙手仍在推拿。

李蓮花睜開眼睛，歉然道：「有剩飯嗎？」

施文絕目瞪口呆，指著他的鼻子：「你你你……」

李蓮花越發歉然：「我太餓了……」

施文絕哭笑不得，李蓮花嘆氣道：「我餓到腿軟。」

施文絕嘿嘿一笑：「你這屋裡一無米飯二無爐灶，無米無火，哪裡有飯可吃？你若餓死了倒也省事，我將你和這棟破房子一起丟在這亂葬崗便是。」

李蓮花慢吞吞地爬起身，「交友不慎……」東張西望了一陣，「你把我的房子搬到這種地方，有些奇怪。」

施文絕道：「我本要拉去放在貢院門口，日日讀書倒也方便，誰知道那幾頭青牛將你的房子拉到這裡突然死了，我只得委屈委屈，落腳於此。」

李蓮花目視周圍橫七豎八的墓碑、牌坊、墳墓、雜草、白骨和風吹陣起的塵土，喃喃道：「這裡看起來的確風水很差……」

那日午後，施文絕便「上京趕考」去了，三年前他也這麼「上京趕考」，究竟考得如何誰也不知，只知他在京城為了一位號稱「度春風」的青樓女子大鬧一場，差點淪為「捕花二青天」的階下囚，不知今年又去，能高中狀元否？

李蓮花整整花了一個下午，將被施文絕糟蹋得一塌糊塗，遍布廢紙、指印、灰塵、頭髮、茶葉、禿筆等等等的吉祥紋蓮花樓清洗擦拭了一遍，直到戌時方才坐下休息。

明月西升，今夜空中星星寥落，只有一輪明月分外清亮耀眼。李蓮花一人獨坐，為自己沏了一壺清茶，一壺一杯一人，靜靜坐在吉祥紋蓮花樓二樓窗下。有道是「舉杯邀明月，對影成三人」，今夜月下，終是一壺、一杯、一人。

幾年前他也感到淒涼寂寞，甚至有時會刻意避免憶起一些往事。

只是，如今不同了。

在他擊劍寫詩的年代，曾經吟過什麼「人生花敗百年，即興詩中，無限錯落成青眼」。如果人生真如一朵花開，他的花是開過又敗了，或是正在開，誰也說不清楚，只是識得李相夷的人多半會很惋惜吧？

清風徐來，曾有的詩興隨風散去，茶煙飄散在夜裡，窗外雖是亂墳白骨，卻俱是不會非議生人是是非非的善客。李蓮花悠悠舉杯，悠悠喝茶，沒有果品，木桌上空空如也。偶爾他以指甲輕彈桌緣，哼著，「行醫有斟酌，下藥依本草；死的醫不活，活的醫死了……自家姓盧，人道我一手好醫，都叫做賽盧醫。在這山陽縣南門開著生藥局……」過會兒又哼兩句，「妾身姓竇，小字端雲，祖居楚州人氏。我三歲上亡了母親，七歲上離了父親，俺父親將我嫁與蔡婆婆為兒媳婦，改名竇娥。至十七歲與夫成親，不幸丈夫亡化，可早三年光景，我今二十歲也。這南門外有個賽盧醫，他少俺婆婆銀子，本利該二十兩，數次索取不還，今日俺婆婆親自索取去了。竇娥也，妳這命好苦也呵……」這齣最近風行的《竇娥冤》，他在路上見過幾次，那臺上戲子作唱俱佳，相當有意思。

就在這明月清茶，獨自哼曲享樂之際，李蓮花忽覺背後一陣涼風吹來，他回頭一看，尚未看清背後的房門是如何開的，猛地聽地下一陣怪聲大作，狂風驟起，一陣陣如鬼哭、如狼嚎、如慘叫、如哀鳴哭泣的怪聲，似是從蓮花樓樓底湧起，順著樓梯拾級而上，響在每一個房門之後。

他目不轉睛地看著那打開的門扉，門口有一團黑影……饒是他使盡目力也看不清是什麼東西……樓下的怪聲越來越淒厲響亮，似是迴盪在房內每一個可以藏匿的角落。

他平生經歷無數劫難，受過無窮無盡的苦痛，見識過常人難以想像的種種怪事，怨毒過、憤恨過，卻很少害怕過什麼……突然之間，在這亂葬崗上，月明之際，他心頭一陣狂跳，竟然出了一身冷汗，身子微微顫抖——怪聲——是狂風吹過縫隙的聲音，他心裡很清楚，卻無法控制極度恐懼——還有門口的黑影，那是什麼？

他對著門口那團朦朧的影子盯了很久，待到怪聲漸漸停息，他突然發覺那團東西沒有影子……是什麼？鬼怪？這世上真有鬼嗎？李蓮花終於緩緩眨了一下眼睛，那團東西消失了，等他將目光轉向窗外，它又突然出現在窗外，和方才一模一樣，只是無法辨認那是什麼。

它懸浮在空中……

李蓮花眨了眨眼，再眨了眨眼，無論他看向何處，那團東西一直如影隨形，怪聲已停，他心頭極度恐懼、近乎崩潰的感覺卻越來越強烈。四周原本靜謐，此刻卻靜得十分可怖——這裡是亂葬崗——他心裡覺得可笑，他何嘗怕過墳墓，他見過比墳墓可怖百倍的東西。但一念及亂葬崗，他全身綳得更緊，身子顫抖之餘，竟無法移動一下手指，或轉身逃走。

不正常。

不該是這樣的。

夜風吹得人徹骨冰涼，李蓮花突然醒悟，那團黑影並不是真的存在，它不在門口或者窗外，更不在其他地方，它只在他眼裡。換句話說，那是他的幻覺。

恐懼的反應在一個時辰後漸漸退去，他展顏一笑，其實不是什麼怪聲嚇得他魂不守舍，而是……而是笛飛聲那一掌的後患，終於開始發作。

仰起頭，他喝了一口早已冷去的清茶，餘悸未消，豪情突生，他一拍桌子，以杯底一句一和敲擊木桌，長吟道：「大江東去，浪淘盡，千古風流人物。故壘西邊，人道是，三國周郎赤壁。亂石穿空，驚濤拍岸，捲起千堆雪。江山如畫，一時多少豪傑。遙想公瑾當年，小喬初嫁了，雄姿英發。羽扇綸巾，談笑間，檣櫓灰飛煙滅……」

忽地一怔，李蓮花嘆了口氣，停下來，喃喃自語，「哎呀呀，想當年……雄姿英發……談笑間，檣櫓灰飛煙滅……啊……」他臉有歉然之色，似是對著茶杯甚是抱歉，「我把你敲壞了，慚愧、慚愧。」

長夜漫漫，明月皎潔得妖異至極，映得吉祥紋蓮花樓四壁灼灼生輝，條條雕紋流過脈脈月色，在鬼火熒熒的亂葬崗上，遙遙可見朵朵蓮華盛開樓身，似祥瑞雲起，又似鬼氣森森，似仙居鬼府，難以辨認。

第八章

窟窿

一 群屍

「窟窿」就是洞的意思。

離州小遠鎮的百姓對「窟窿」自是相當熟悉，鎮後亂葬崗上的那個洞一直是他們的心頭大患。此地除了傳說曾經出過什麼價值連城的祖母綠寶石，也就亂葬崗上那個洞聞名四方，但據說今天，距離那個亂葬崗「窟窿」發出怪聲二十五年後，終於有位膽大心細的英雄，挖開洞口的浮土，要入洞一探究竟。

聽聞此消息，小遠鎮的百姓們紛紛趕來，一則看熱鬧；二則看那膽子奇大的「英雄」生得什麼模樣，和自家閨女是否有緣；三則看英雄將從洞底下挖出什麼東西。懷抱如此三種心思，故而小遠鎮亂葬崗今日十分熱鬧，活人比死人還多。

阿黃是做胭脂生意的商販，有人要下「窟窿」去一探究竟的消息傳到他這裡，恐怕已是第二十二手了，但不可否認他來得很快，在「窟窿」周圍的人群裡搶了個看熱鬧的好位置。

黃土堆上，那圓溜溜的「窟窿」口已被人用鏟子挖了一個容人進出的開口，底下黑黝黝的，深不見底，那挖開「窟窿」、往外拋土的年輕人，就是傳言裡那位不畏艱險的英雄。只見他身穿灰色儒衫，衣角略微打了一兩個小小的補釘，一面挖土，一面對圍觀的眾人回以疑惑的目光，似乎不甚明白為何他在地上挖坑，村民也要前來看戲——難道他們從來沒見過別人在地上挖洞？

「喂，讀書人，你做什麼？」人群中阿黃看了一陣子，忍不住開口問。

那年輕人咳嗽一聲，溫和地道：「我瞧見這裡有個洞，恰好左右欠一口水井，所以……」

人群中有個黑衣老者，聞言冷笑一聲：「在亂葬崗上鑿井？豈有此理！你是哪裡人？是不是聽見了這洞裡的古怪，特地前來挖寶？」

小遠鎮村民聞言一陣譁然，阿黃心裡奇怪：這人也不是本地人，本地人從來不愛鑿井，喝水都直接去五原河挑水，還有這害死人的「窟窿」裡有什麼「寶物」，他怎麼不知道？

「這洞裡本就有水，只不過井口小了些。」那灰袍書生滿臉茫然地道，「我的水桶下不去……若水下有寶物，我定不會在此鑿井，那水一定不乾淨……」

那黑衣老者嘿嘿冷笑：「敢把『窟窿』當成水井，難道還不敢承認你是為『黃泉府』而來？普天之下，知曉下面有水的，又有幾人？閣下報上名來吧！」

那灰袍書生仍舊滿臉茫然，「這下頭明明有水……」他拾起一塊石子往洞下一擲，只聽「撲通」一聲水響，人人都聽出那下面的的確確是水聲，又聽他歉然道，「其實……是我掉了二錢銀子下去，才發現這下頭有水，恰好左右少個水井……」

阿黃越聽越稀奇，他自小在小遠鎮長大，從來沒有聽過這裡有什麼「黃泉府」，「窟窿」下頭居然有水，他也是第一次聽說，眼看這兩個外地人你一言我一語，牛頭不對馬嘴，他暗暗好笑。

此時那位黑衣老者滿面懷疑之色，上下看了灰袍書生幾眼：「你真是在此鑿井？」

灰袍書生連連點頭。

那黑衣老者又問：「你叫什麼名字？」

灰袍書生道：「我姓李，叫蓮花。」

阿黃見那黑衣老者的雙眼突然睜大，就如看見一隻老母雞剎那變鴨，還變成隻薑母鴨，臉色忽然從冷漠變成極度尷尬，而後胡亂笑了一下：「哈哈，原來是李樓主，在下不知是李樓主大駕光臨，失禮之處，還請見諒，見諒啊！哈哈哈哈哈……」

李蓮花聞言微笑：「不敢……」

「哈哈哈哈哈，我說是誰如此了得，竟比我等早到一步，原來是李樓主。」那黑衣老者繼續打哈哈，「既然李樓主在此，那麼這『窟窿』底下究竟有何祕密，不如你我一同下去看看？」

李蓮花歉然道：「不必了……」

黑衣老者拍胸道：「我『黑蟋蟀』話說出口絕不收回，李樓主若能助我發現『黃泉府』

所在，這底下的寶物你我五五平分，絕無虛言。」

李蓮花道：「啊……其實你獨自拿走就好，我……」

「黑蟋蟀」大聲道：「李樓主若是嫌少，那麼『黃泉府』中所有奇珍異寶我拱手相送，只要你替我尋到《黃泉真經》，無論什麼寶物，『黑蟋蟀』連一根手指都不會沾一下！」

他轉身又對圍觀村民道：「只要你們助我挖開地道，這地下寶物，大家見者有分！」

村民們原本聽得津津有味，心裡暗忖這書生原來是個大人物，忽又聞此一言，面面相覷，有些年輕人便紛紛答應，捲起衣袖。

李蓮花目瞪口呆，不多時，手裡的木鏟已被人奪去。村民們一陣亂挖，那「窟窿」很快變成一個大坑，底下似乎很深，日光一照，下面是不是有水根本看不清楚，只知道那個人頭大小的口子挖開後，底下是一條極深的隧道，潮溼的坑壁上還有一道一道溝渠，像是什麼東西爬行留下的痕跡。

「哈哈，果然在此！」

「黑蟋蟀」大喜，從人群中抓了一人，命他手持火把在前面探路。

阿黃驀地被這黑衣老者抓了起來，心裡大駭，又見他叫自己下洞，更是一萬個不願意，可「黑蟋蟀」腰間有刀，他不敢不從。

只聽「黑蟋蟀」一聲大笑：「李樓主，聽說你在一品墳中頗有所得，若你在這底下一樣好運，就能得到讓人享用十輩子的財物，而我則能得到天下第一武功，哈哈哈……我們下去吧！」

這「黑蟋蟀」本是武林道上的一位綠林好漢，武功不弱，在黑道之中，排名約在十九、二十，但近來在江湖中銷聲匿跡，原來是為了尋找《黃泉真經》。相傳《黃泉真經》是媲美「相夷太劍」和「悲風白楊」的武功祕笈，真經的主人自稱「閻羅王」，據說幾十年前江湖中十大高手神祕死亡便是「閻羅王」下的毒手。但關於「黃泉府」和《黃泉真經》的種種傳聞多是傳說，誰也沒有真正見過那位「閻羅王」。

李蓮花十分勉強地走在最後，阿黃十分勉強地走在前頭——三人緩緩下到「窟窿」裡。那坑壁上的「臺階」非常簡陋，就像是用釘耙隨意挖掘出來的，而坑壁土質和表層的堅硬夯土不同，其中含有不少沙礫，幾人行動之間，沙石簌簌掉落。

坑底距離地面很遠，加之底下有水，非常潮溼，下到距離地面五六丈處，阿黃藉著微弱的火光照映，看見下面坑壁上，依稀凸出來什麼東西。他本能地一揮火把，往下一看，不禁慘叫一聲，頓時癱軟在一旁不住發抖。

從潮溼的坑壁凸出來的，是一個人頭。那人頭長期處在潮溼泥土之中，居然生出一層蠟，依然保持著死前的表情——那是一種既詭異又神祕的微笑，好似他死得其實很愉快。

「黑蟋蟀」也嚇了一跳，李蓮花「哎呀」一聲，喃喃道：「可怕、可怕……」

「黑蟋蟀」拔出佩刀，輕輕往那人頭上刺去，只聽「噗」的一聲悶響，佩刀觸到硬物，他一怔：這「人頭」居然是木質的，上頭塗了一層蠟，幾可亂真，什麼玩意兒！

李蓮花吐了一口長氣，安慰道：「這是個木雕。」

阿黃驚魂未定，李蓮花接過他的火把，與「黑蟋蟀」一起攀在坑壁上仔細端詳那顆假人頭。「黑蟋蟀」佩刀揮舞，將那木雕旁的泥土挖去，木雕人頭突然掉下來，「撲通」一聲入水，原來人頭下是浮土，什麼也沒有，不知是誰將這東西丟在洞裡，嚇得他們半死。

三人緩緩爬下，又下了三丈深淺，才到坑底。坑底果然是一層積水，李蓮花伸出火把，微弱的火光下，水中可見一片森森白骨，竟是許多魚骨。

「黑蟋蟀」不禁「咦」了一聲：「這底下倒有許多魚。」

李蓮花漫不經心地「嗯」了一聲，阿黃瑟瑟躲在他身後，忽然大叫：「鬼啊——」

「黑蟋蟀」猛一抬頭，只見距離坑底三尺多高的地方，有個小洞，洞中有雙明亮的眼睛一閃而過，他心裡大駭，卻聽李蓮花喃喃道：「貓……」

阿黃鬆了一口氣：「這麼深的地方，居然有貓？」

「這裡……有些古怪。」李蓮花仍是喃喃道，「黑……大俠，這裡只怕不是什麼『黃泉府』，不過……」他抬起頭呆呆地看著黑黝黝的坑壁，似乎有些走神，沒再說下去。

「黑蟋蟀」哼了一聲：「不可能，我多方打聽，『黃泉府』必在此地！那《黃泉真經》

必定就在這洞穴之中！」

李蓮花道：「這裡是一個大坑，土質疏鬆，地下有水，似乎不宜建造地下宮殿。」

「黑蟋蟀」一懍，卻道：「方才分明尋到木質人頭，這裡若沒有古怪，怎會有那人頭？」

李蓮花嘆了口氣：「這裡的古怪，和那『黃泉府』只怕不怎麼相干……」

「黑蟋蟀」不信：「除了那假人頭，我什麼也沒瞧見。」

李蓮花睜大眼睛，奇道：「你什麼也沒瞧見？」

「黑蟋蟀」一怔，怒道：「這裡除了你那火把的光，伸手不見五指，能瞧見什麼東西？」

李蓮花喃喃道：「有時候，人瞧不見也是一種福氣……」

「黑蟋蟀」越發惱怒，卻不好發作，陰沉沉問：「有什麼東西好看的？」

李蓮花手中火把驟然往上一抬，那幽暗的火焰不知怎的「呼」一聲火光大盛，剎那間將「窟窿」坑壁照得清清楚楚，只聽「啊」的一聲慘叫，阿黃當場昏倒，饒是「黑蟋蟀」闖蕩綠林，見識過不少大風大浪，也是大吃一驚。

在「窟窿」坑壁之上，正對著那小洞口的地方，懸掛著兩具屍骨。兩具黑黝黝的屍骨被許多鐵環扣在坑壁上，此地雖然土質疏鬆，但兩具屍骨懸掛的地方都有岩石，鐵環牢牢釘在岩石上，自是萬萬逃脫不了。除卻兩具屍骨，那片岩石上依稀生著一些瑩翠色的細小沙石，在火焰下散發著詭異的淡淡綠芒，望之森然可怖，還有不少刀痕、劍痕，甚至插入箭頭的痕跡，也有疑似火烤的焦黑印記，其中一具屍骨還缺了三根肋骨，顯然那兩人在生前受過虐待，說不定便是虐殺。

「黑蟋蟀」驚駭過後，仔細看了看那兩具屍骨的狀況：「這兩人大概已經死了幾十年，這裡到底是什麼地方？」

「有吊豬的鐵環，有死豬，有刀痕。」李蓮花突然一笑，「這裡自然是個屠場，專門殺人的地方。」

「黑蟋蟀」寒毛直豎，如此隱密的「屠場」，究竟被殺的是何人？而殺人的人，又是何人？

只聽李蓮花悄聲在他耳邊道：「說不定殺人的就是你要尋的『閻羅王』。」

一個激靈，「黑蟋蟀」竟冒出一身冷汗，心跳急促。

「村民說，曾在這底下看到光、煙霧，每日夜間還會發出很大聲響。」李蓮花繼續悄聲道，「你信世上有鬼嗎？」

「黑蟋蟀」不由自主地搖了搖頭，李蓮花正色道：「若不是有鬼，自是有人了。」

「黑蟋蟀」顫聲道：「但這裡並無出入口，『窟窿』的開口只有頭顱大小，根本不可能容一個活人出入。」

李蓮花嘆了口氣，「連『黑蟋蟀』也想不明白的事，我更是想不明白……」他忽然往東一指，「那隻貓又回來了。」

「黑蟋蟀」回頭一看，並沒有看到什麼貓，卻見那坑壁的小洞上依稀有些凌亂的古怪痕跡。「咦？」他低低叫了一聲，走過去一看。

有貓出入的洞口很小，離地不過三尺多高，火光照去，裡面依舊黑黝黝的一片。靠近洞口的泥土雖然潮溼，卻有什麼攀爬過的凌亂痕跡，「黑蟋蟀」伸手一摸，臉色略略一變：「夯土！」

李蓮花點了點頭，有夯土，就代表是人為打實的黃土，和「窟窿」裡稀鬆的沙土完全不同。那夯土上的痕跡就像是人或獸的指甲拚命挖掘留下的痕跡，但洞口著實很矮，難道洞中有什麼非取到不可的寶物？

「黑蟋蟀」伸出佩刀往洞口一刺，洞內空空如也，他揮刀一晃，只聽「噹」的一聲，竟是金鐵交鳴之聲！這洞口的另一側有鐵！「黑蟋蟀」和李蓮花面面相覷，莫非此地有門？但「黑蟋蟀」敲敲打打，除了那極小的洞口外有一圈夯土，整面坑壁皆大同小異，依稀是一觸即落的沙土。折騰半天，落下許多沙礫，「黑蟋蟀」興致索然，收刀道：「看來『黃泉府』的確不在此處。此地稀奇古怪，不宜久留……」

他一句話尚未說完，只聽一聲慘叫，阿黃的聲音震得坑中沙土簌簌直落：「死人！死死死人啊……」

李蓮花驀地回頭一看，只見坑底積水因為他們走動而緩緩流動，有些魚骨晃動，露出坑底的一具白骨。看來此地除了吊在牆上的兩具屍骨，尚有第三個死人。阿黃慘叫後，仰頭「撲通」一聲，再次昏倒，栽進水裡。

「黑蟋蟀」將他提了起來，李蓮花目瞪口呆地看著那具白骨，半晌後才道：「半個……」

「黑蟋蟀」仔細一看，那淹沒於水中的白骨，的的確確，只有半截，有頭顱、雙臂，骨骼延伸到腰際、胯下，其餘消失不見，胸處缺了三根肋骨，有些骨骼像是被截斷，有些卻又扭曲成與常人全然不同的樣子。

難道此人天生就只有半截？「黑蟋蟀」心裡暗忖，看這情形，莫非是這個可以自由活動的怪人將兩位死者吊在這土坑裡？但不知何故這怪人也死在坑中，以至於此坑荒廢至今？

正當他胡思亂想之際，李蓮花自言自語道：「我道『牛頭馬面』何等聲威，居然會死在這裡，原來是牛馬分離之故……」

「黑蟋蟀」呆了一呆，脫口問道：「牛頭馬面？」

李蓮花的火把緩緩移向左壁懸吊著的那具屍骨：「喏。」

「黑蟋蟀」的目光定在那屍骨上，看了許久，突而醒悟——那屍骨缺了三根肋骨，和水池中的白骨一模一樣，水中半截的白骨沒有雙腿——難道說這兩具屍身其實是一具？被扣在那左壁上的，是一個雙頭雙身卻僅有一雙腿的怪人？

江湖傳說，黃泉府「閻羅王」座下第一號人物，叫做「牛頭馬面」，窮凶極惡，模仿那地獄使者，殺人如麻，且殺人後必定留下「閻羅要人三更死，豈能留人到五更」的字樣。此人乃是雙頭四臂，兄弟連體，共用一雙腿，一人號稱「牛頭」，一人號稱「馬面」，數十年前在江湖中極負盛名。如此一人雙頭的情形極為罕見，如今二人竟身軀分離，死在「窟窿」坑底，此地四壁徒然，卻散發著一股極度詭異恐怖的氣息。

「『牛頭馬面』居然死在這裡！」臉色大變的「黑蟋蟀」不知是喜是憂，「如此說來，此地當真和『黃泉府』有極大干係！那《黃泉真經》多半真在此處！」

李蓮花的火把慢慢移向右邊懸掛的另一具屍骨，略略一晃，「黑蟋蟀」臉色又變，歡喜之色大減，頓時泛起恐懼之色——若左邊死的是「牛頭馬面」，那右邊死的是誰？

若死的是「閻羅王」，那究竟是誰，能將「牛頭馬面」生生分離，且殺得死當年如日中天、詭祕殘忍的「閻羅王」？若「閻羅王」已死，那本《黃泉真經》還會在這裡嗎？此處究竟發生過什麼？是誰進出「窟窿」毫無痕跡？那個有貓出入的洞口後面，是門嗎？

「這……這……」越想越心驚的「黑蟋蟀」顫聲指著那具屍首，「那真是『閻羅王』

嗎？」

李蓮花搖了搖頭，「黑蟋蟀」喜道：「不是？」

李蓮花歉然道：「我不知道……」

「黑蟋蟀」一怔，怒道：「這也不知，那也不知，枉你偌大名聲，你究竟知道些什麼？」

李蓮花唯唯諾諾：「我只知道一件事……」

「黑蟋蟀」追問：「什麼？」

李蓮花正色道：「貓是不會打洞的，那個洞後面，一定是道門。」

「黑蟋蟀」大怒：「這種事不用你說我也知道！」他惡狠狠地瞪了那扇「門」一眼，雖知必有古怪，卻委實不知如何下手。

正在此時，一陣輕微的簌簌聲傳來，「黑蟋蟀」凝視著那個「洞」，依稀見到有些沙子從坑壁上滾落，那洞口看起來似乎和方才不大一樣……

李蓮花驀地一聲驚呼：「小心——」接著只聞「啪」的一聲，忽覺眼前一黑，尚未意識到發生什麼事，就見依稀有血液在空中噴濺出一道黑色的影子。

二 好死不如賴活

「那後來呢？」

方多病聽說李蓮花「重傷」而千里迢迢從家裡趕來，卻見那重傷之人正在市場裡買菜，還饒有興致地盯著商販籠筐裡的雞鴨，看得人家雞鴨的羽毛全都豎了起來。於是他把正在買菜看雞的李蓮花抓回蓮花樓問話，李蓮花把故事說了一半，卻停了下來。

「後來嘛，」李蓮花慢吞吞地道，「『黑蟋蟀』就死了。」

方多病聽得心急，「閻羅王」和「牛頭馬面」居然被人囚禁而死，這是多麼令人震驚的消息，偏偏這親眼所見的人不講了。

「他是怎麼死的？那個村民阿黃呢？你又是怎麼受傷的？」

李蓮花攤開手掌，只見他白皙的掌心裡略微有一道紅痕。

方多病抓起他的手掌，對著陽光看了半天，問道：「這是什麼？」

李蓮花正色道：「傷啊！」

方多病皺眉，端詳半晌，沉吟道：「這是……燙的？」

李蓮花點頭：「不錯……」

方多病勃然大怒，指著李蓮花的鼻子怒道：「這就是你在信裡說的『不慎負傷，手不能提，望盼來援』？」

李蓮花咳嗽一聲：「事實確是如此……」

方多病重重哼了一聲，惡狠狠地道：「我不想聽！『黑蟋蟀』是怎麼死的？你這點『傷』又是怎麼來的？阿黃呢？」

李蓮花握起拳頭，在方多病面前一晃：「殺死『黑蟋蟀』的，是從那洞口射出的一枝鐵箭。」

方多病「啊」了一聲：「那洞口竟是個機關？」

李蓮花慢吞吞地道，「是不是機關很難說，但奇怪的是，」他又攤開手掌，「那枝鐵箭非常燙，就像在火爐裡烤過一樣。」

方多病恍然大悟：「啊，是你出手救人，抓住鐵箭被燙傷，『黑蟋蟀』卻還是死了。」

李蓮花連連點頭，讚道：「你的確很聰明。」

方多病又哼了一聲，悻悻然道：「功夫太差！」

李蓮花的話，尤其是好話，萬萬信不得。

李蓮花又道：「鐵箭射出的力道十分驚人，不像人力射出，但要說這二十幾年的洞穴裡還有機關能活動，而且時機抓得這麼恰到好處，實在讓人難以置信。」

方多病眼睛微微一亮：「你的意思是？」

李蓮花嘆了口氣：「那底下有人。」

方多病嘖嘖稱奇：「十多丈的土坑底下，兩具幾十年的老骨頭旁邊竟然躲著人，真是件奇事，這麼多年，難道他吃土為生？」

李蓮花喃喃道：「誰知道……」說著他突然「啊」了一聲，方多病嚇一大跳，東張西望：「什麼事？」

李蓮花拎起買的兩塊豆腐：「大熱天的光顧著說話，豆腐都餿了……」

方多病斜眼看著他手裡拎的兩塊豆腐：「我帶你上館子吃飯。」

李蓮花歉然道：「啊……破費了……」

方多病帶著他大步往鎮裡最好的飯館走去，突然回身問了一句：「你真的不是故意讓豆腐餿掉的？」

李蓮花正色道：「自然絕對不是故意的……」

小遠鎮，豆花飯館。

方多病本想點這飯館裡所有的菜色，李蓮花卻說他要吃陽春麵，最後方多病悻悻然地陪李蓮花吃了一碗陽春麵，支付銅錢八個。給了銅錢，方多病要了壺黃酒，嗅了嗅：「對了，阿黃怎麼樣了？」

李蓮花搖了搖頭，方多病詫異道：「什麼意思？」

李蓮花嘆了口氣：「我不知道……」

方多病大叫一聲：「你又不知道？活生生的人後來怎麼樣了你不知道？」

李蓮花歉然道：「『黑蟋蟀』被射之後，我手中的火把被箭風吹滅，等摸到『黑蟋蟀』的屍身，卻怎麼也摸不到阿黃了，我把『黑蟋蟀』背出『窟窿』後再下去找，還是找不到，他就此失蹤。」

方多病道：「可疑至極！說不定這小遠鎮的胭脂販子阿黃，就是射死『黑蟋蟀』的凶手！」

李蓮花又搖了搖頭：「這倒決計不是。」

方多病滿腹狐疑，上下打量李蓮花，半晌問道：「如此說來，對這檔事，你是一點頭緒也沒有？」

李蓮花嘆了口氣，又嘆了口氣，卻不回答。

二人吃麵喝酒之際，隔壁桌忽然「哐啷」一聲，木桌被掀，酒菜潑了一地，一位衣衫汙穢的老者被人推倒在地，一名胸口生滿黑毛的彪形大漢一隻腳踩在老者胸口，破口大罵，「死老頭！不用再說了，我知道你家裡藏的是金銀珠寶，你欠我那一百兩銀子今天非還不可！」他將老者一把從地上拎起來，高高舉起，「拿你家裡那些珍珠翡翠來換你這條老命！」

滿身汙穢的老者啞聲道：「我根本沒有什麼珍珠翡翠……」

大漢獰笑道：「誰不知道嚴家幾十年前是鎮裡第一大富？就算你那女人帶走了你大部分家產，難道你就沒有替自己留一點？我才不信世上有這樣的傻子！你打壞我高達韓的殺豬刀，那把刀是我祖傳的，拿一百兩銀子來賠！不然我把你告到官府，官老爺可是我堂哥家的親戚……」

方多病皺眉看著那大漢：「這是什麼人？」

李蓮花道：「這是鎮裡殺豬的屠夫，聽說幾年前做過沒本錢的買賣，不知在道上受了誰的折辱，便回鄉下殺豬了。」

方多病喃喃道：「這明明幹的還是老本行，做的還是沒本錢的買賣，看樣子橫行霸道很久了，竟然沒人管管？」

李蓮花慢吞吞地瞟了他一眼：「那是因為世上鋤強扶弱的英雄少年多半喜歡去江南，很少來這等地方。」

說話間，高達韓將那姓嚴的老者重重摔出。方多病眼見形勢不好，一躍而起，將人接住：「到此為止！朋友你欺人太甚，讓人看不下去。」

那高達韓見他一躍而起的身手，臉色一變，雖不知是何方高人，卻知自己萬萬敵不過，於是哼了一聲，調頭就走。

方多病衣袖一揚，施施然走回李蓮花身旁，徐徐端坐，華麗白衣略略一提，隱約可見腰間溫玉短笛，一舉一動，俊朗瀟灑，富麗無雙，若面前放的不是陽春麵的空碗，定會引來許多傾慕的眼光。

那幾乎摔倒的老者站了起來，只見他面上滿布皺紋，還生著許多斑點，樣貌十分難看。

李蓮花連忙將他扶穩，溫言道：「老人家這邊坐，可有受傷？」

那老人重重喘了一口氣，聲音沙啞：「半輩子沒遇見過好人了，兩位大恩大德……咳咳咳……」

李蓮花斟好一杯黃酒遞上，那老人雙手顫抖著接過，喝了一口，不住喘氣。

方多病好奇問道：「老人家怎麼會和他結下梁子？」

那老人嘆了口氣，卻不說話。

李蓮花問道：「老人家可是鐵匠？」

那老人點了點頭，沙啞道：「那高達韓拿他的殺豬刀到我店裡，說要在殺豬刀上順個槽，刀入肉裡放血的那種槽，我年紀大了眼睛不好，一不小心把他的刀給弄壞了。他一直找我賠一百兩銀子，我哪有這麼多銀子賠給他？這年頭，都是拳頭說了算，也沒人敢管，我一個孤老頭活命不容易啊。」

方多病十分同情，連連點頭：「這人的確可惡至極，待我晚上去將他打一頓出氣。」

李蓮花卻問：「那高達韓為何定要訛詐你的錢財？」

那老人道：「嚴家在這鎮上本是富豪之家，幾十年前，因為莊主夫人惹上了官司，全家出走，只留下我一個孤老頭……咳咳咳……鎮裡不少人都以為我還有私藏銀兩，其實我若真有銀子，怎會落到這步田地？咳咳咳……」

方多病越發同情起來，李蓮花又為那姓嚴的老頭斟了酒，那老頭卻不喝了，擺擺手，顫巍巍地起身，搖搖晃晃離去。

「這惡霸，真是四處都有。」方多病大為不平，盤算著晚上究竟要如何將那高達韓揍上一頓。

李蓮花對店小二招了招手，斯斯文文地指了指方多病，輕咳一聲：「這位爺要請你喝酒，麻煩上兩個菜。」

方多病正在喝酒，聞言嗆了一下：「咳咳……」

那店小二玲瓏剔透，眼睛一亮，立刻叫廚房上兩個最貴的菜，人一下竄了過來，滿臉堆笑：「兩位爺可是想聽那嚴老頭家裡的事？」

方多病心道：誰想聽那打鐵匠家的陳年舊事？

李蓮花卻道：「正是正是，我家公子對那老頭很是同情，此番巡查……不不，此番遊歷，正是要探訪民間許多冤情，還人間以正道，還百姓以安寧。」

猛聽這麼一句話，方多病嗆在咽喉裡的酒澈底噴了出來：「咳咳……咳咳……」

那店小二的眼睛驟然發亮，悄悄道：「原來是二位大人微服私訪，那嚴老頭遇到貴人啦。這位爺，您雖是微服私訪，但穿這麼一身衣衫故意吃那陽春麵也太寒酸，不如你這伴當有模有樣，真是尊貴慣了……我一見就知道二位絕非等閒之輩。」

李蓮花面帶微笑，靜靜坐在一旁，頗有恭敬順從之態，方多病卻坐立不安，心裡將李小花死蓮花破口大罵個十萬八千遍，竟敢栽贓他假冒巡案！可表面上卻不得不勉強端著架子，淡淡地應了一聲，順道在桌下重重踢了李蓮花一腳。

「我們公子自是尊貴慣了。」李蓮花受此一腳，巋然不動，滿臉溫和地道，「你我此番談話切莫告訴別人。」

那店小二悄聲說：「爺們放心，過會兒我就拿塊狗皮膏藥把自己嘴巴貼了。」

李蓮花壓低聲音：「那嚴家究竟……」

「嚴家是三十幾年前搬來的，那時我還沒出生，聽我爹說，那會兒可威風了，幾十個人高馬大的家丁，嚴家夫人美得像個仙女，嚴家的小兒子我親眼見過，也漂亮極了，像仙童一樣。這嚴老頭當年是嚴家的管家，有幾年說話都是算數的。」店小二悄聲道，「後來，也就二三十年前，有人一大早起來，見嚴家夫人的馬車往鎮外跑去，從此再也沒有回來。嚴家只剩下那個孤老頭，因為只出去了一輛馬車，大夥兒都猜測那家裡的金銀珠寶還在老頭手上，誰都想敲他一筆。」

李蓮花好奇地問：「為何嚴家夫人突然離家出走？」

店小二聲音壓得更低：「據說——是因為那嚴老頭，勾搭嚴家夫人。這事千真萬確，鎮上許多人都知道。」

方多病「啊」了一聲，正要說這老頭如今這般模樣，年輕時想必也好不到哪裡去，居然能勾搭上人家貌若天仙的老婆？突然腳上一痛，竟是李蓮花踩了他一腳，只得又淡淡道：「一一招來。」

「聽說嚴家老爺和夫人夫妻不合，嚴福趁機介入，取得夫人芳心。」店小二神祕兮兮地道，「有一天夜裡，月黑風高，烏雲密布，真的是飛沙走石，伸手不見五指啊……」

李蓮花道：「那天夜裡如何？」

店小二得人捧場，精神一振：「嚴家夫人手持利刀，砍了嚴老爺的頭。」

方多病吃了一驚：「殺夫？」

店小二道：「大家都這麼說，可不是我造謠。嚴夫人殺了嚴老爺，抱著孩子駕馬車逃走，嚴福留下來看管家業，但那女人從此沒再回來，估計是水性楊花，另嫁他人了。」

方多病眉頭大皺：「胡說！這女人就算和嚴福私通，也不必害死夫君啊！殺了嚴老爺，她匆匆逃走，豈非和嚴福永遠分離了？」

店小二駭然：「這個……這個……鎮上人人都是這麼說的。」

「嚴老爺的屍體呢？」方多病問。

「官府追查嚴夫人沒有結果，死人的頭也被他們弄丟了，就把嚴老爺的無頭屍體擺在義莊。之後義莊換了幾個守夜的，那屍體也就不知哪裡去了，多半是被野狗吃了。」店小二道，「兩位爺，我可是實話實說，沒半句假話，您大可以去問別人……」

李蓮花道：「原來如此，我家公子明察秋毫，自會斟酌。」

店小二不住點頭。方多病草草結了帳，在李蓮花「護衛」之下快步離開飯館。那店小二起身眨了眨眼，不過片刻，那微服私訪的官大爺已經走出去七八丈，不免有些迷茫——這官大爺竟然跑得比賴帳的還快？

「死蓮花！」方多病大步走出十丈後，咬牙切齒地看著李蓮花，「你好大的膽子！竟然敢讓我假冒巡案？若是被人發現，你叫我犯欺君之罪嗎？」

李蓮花咳嗽一聲：「我幾時要你假冒巡案？」

方多病一怔，李蓮花十分溫和地接下去：「微服私訪只不過是百姓善意的幻想……」

方多病「呸」了一聲，「遇見你，真是前世造孽，倒了大霉。」頓了頓，他問道，「你問那嚴家的事做什麼？和『窟窿』有關嗎？」

「有沒有關係，我怎麼知道？」李蓮花微微一笑，「不過這世上只要有故事，我都想聽聽。」

方多病道：「我倒覺得嚴家的故事十分蹊蹺。」

李蓮花道：「哦？」

方多病道：「嚴家來歷不明，嚴夫人殺死夫君，隨後逃逸，嚴家管家卻又不逃，留守此地幾十年，嚴家財產不翼而飛，本來就處處蹊蹺，什麼都古怪至極，這家裡一定有祕密！」

李蓮花歪頭看了他一會兒，慢吞吞道：「你的確非常聰明……」

此言耳熟，方多病悻悻然看著李蓮花：「你要說什麼？」

李蓮花嘆了口氣：「我也沒想要說什麼，除了你越來越聰明之外，只想說那店小二說的故事雖然曲折離奇，十分動聽，卻不一定就是真相。」

方多病的眉毛頓時豎了起來，怪叫一聲：「他騙我？」

李蓮花連連搖頭，「不不，他說的多半就是他聽說的，我只是想說故事未必等於真相。」他喃喃自語，「這件事的真相，多半有趣得很……」他突然睜大眼睛，很文雅地抖了抖衣袖，「天氣炎熱，到我樓裡坐吧。」

又過了半炷香時間，遠道而來的方多病總算在李蓮花的茶几邊坐下，喝了一口李蓮花親手泡好的劣茶，那茶雖然難喝，但聊勝於無。吉祥紋蓮花樓位於亂葬崗上，地勢略高，窗戶大開，清風過堂，如果不是景色不怎麼美妙，倒也清爽舒適。

「原來這亂葬崗下還有個水坑。」方多病對著窗外張望，順著遍布墓碑亂石墳堆的山坡往下看，坡下有個很小的池塘，方圓不過二三丈，池邊水色殷紅，卻也不似血色，有些古怪。池塘邊有幾間破舊的房屋，房屋後長著幾株模樣奇怪的樹，樹葉如劍，樹幹挺拔，樹梢上生著幾串金黃色的果實。

「你泡茶的水是從哪裡來的？不會是那水坑裡的臭水吧？」方多病望見水坑，頓時嫌惡地瞪著手中的茶水，「還是那窟窿底下的泡屍水？」

李蓮花正仔細挑揀著茶葉罐中的茶葉梗，聞言「啊」了一聲：「這是水缸裡的水……」方多病「噗」的一聲當場將茶噴出來：「那書呆子一不洗衣裳，二不洗褲衩，三不洗襪子，他弄來的水也可以喝嗎？中毒了，中毒了……」

他從袖中摸出一條雪白的巾帕擦了擦舌頭，李蓮花嘆了口氣：「正因為他如此懶，你當他會燒水做飯、洗衣泡茶嗎？所以這些水多半還是我原先樓裡留下的那缸……」

方多病仍舊齜牙咧嘴，兩人正圍繞著那缸「水」斤斤計較之際，門外突然有人恭恭敬敬地敲了三下：「請問，大人在家嗎？」

李蓮花和方多病一怔，只聽門外有人大聲道：「我家佘大人不知大人巡查到此，有失遠迎，還請大人見諒。」

方多病還在發呆，李蓮花「啊」了一聲，門外又有人道：「下官五原縣縣令佘芒，不知大人巡查到此，有失遠迎，還請大人見諒。」

小遠鎮是五原縣轄內，這個李蓮花自是知道的，門外那位「佘大人」顯然是以為讓師爺發話惹裡面的大人不悅，所以趕忙自己說話。

方多病和李蓮花面面相覷，李蓮花臉上露出謙和斯文的微笑，方多病則在心中破口大罵，卻也無可奈何，只得咳嗽一聲：「進來吧。」

大門被小心翼翼地推開，兩位骨瘦如柴的老學士一穿青袍，一穿灰袍，懷中抱著一大疊文卷，顫巍巍地站在門口。李蓮花大為歉疚，連忙起身，請兩位老人家坐。寒暄之後方知這位青袍瘦老頭姓佘名芒，乃是五原縣令，那位灰袍瘦老頭乃是師爺。聽說有巡案大人到縣內微服私訪，兩人立刻從縣衙趕來。問及這位巡案姓名，李蓮花含含糊糊地道姓花，佘芒暗自點頭忖道：聽說朝中有「捕花二青天」，其中姓花者相貌猥瑣，骨瘦如柴，果不其然啊，只是衣裳未免過於華麗，不似清官所為。

方多病不知佘縣令在心裡對自己評頭論足，問起兩人懷中的文卷，師爺回道，這就是嚴家砍頭殺人一案的文卷，當年也震動一方。既然巡案為此事而來，佘大人自要盡職盡責，和大人一起重辦此案。李蓮花不住頷首，恭敬稱是，方多病心中叫苦連天，卻不得不故作「對嚴家一案十分感興趣」的模樣，不住詢問案情。

原來，三十多年前搬來的這一家姓嚴，主人叫做嚴青田，家中有僕役四十。其妻楊氏，其子嚴松庭，管家嚴福，在小遠鎮買下十里地皮修建房宇，蓋了莊園。莊園的匾額寫著「白水」，又稱「白水園」。三十年前一日清晨，嚴家夫人楊氏攜子駕馬車狂奔離開白水園，嚴青田則身首異處死在家中，家中僕役逃竄一空，管家嚴福對發生之事一問三不知，堅稱應是強盜殺人。此案因楊氏逃逸，嚴福閉口不談，且無旁證、物證及殺人動機，而成為五原縣積案。因此，聽說巡案大人要查此事，佘芒提心吊膽，只得匆匆趕來。

「嚴家之事我已大致了然，想請教佘大人一個問題。」方多病問道，「前些日子鎮上一位叫阿黃的村民失蹤，大人可有消息？」

佘芒一怔：「阿黃？大人說的可是黃菜？」

方多病道：「正是。」

佘芒道：「正巧昨日有人擊鼓，說河中漂起一具男屍，仵作剛剛查驗了屍體，乃是小遠鎮村民黃菜，溺水而死，並無為人殺害的痕跡。大人怎會知曉此人？」

方多病「啊」了一聲，在桌下重重踢了李蓮花一腳，李蓮花溫顏微笑：「大人可知小遠鎮『窟窿』之事？」

佘芒道：「『窟窿』鬧鬼之事早有耳聞，想是村民以訛傳訛，子曰『敬鬼神而遠之』，故下官平日絕口不談此事。」這位老縣令有點迂腐，但做官卻是十分認真，方多病肚裡暗暗好笑。

「前些日子我命人挖開『窟窿』，當時點了阿黃為我開路，又請一名身手不錯的……護衛，以及我這位……李師爺，下洞一探究竟。」

佘芒佩服道：「大人英明，不知結果如何？」

方多病臉色一沉，緩緩道：「我那護衛在洞下被一枝鐵箭射死，李師爺身受重傷，此時阿黃又溺死水中……佘大人，此地是你的治下，怎會有如此可怕之事？」

他疾言厲色，佘芒自然不知這位微服私訪的巡案三句話中有兩句不實，乃滿口胡說八道，頓時嚇得臉色青白，連忙站起：「怎會有這等事？下……下官實在不知……這就……這就前去查明。」

「佘大人且慢，既然今日佘大人登門拜訪，我家公子想請教大人，不知大人覺得，『窟窿』底下發生的怪事，和嚴家當年的血案，可有關聯？」李蓮花道。

佘芒道：「這個……下官不知。」

李蓮花道：「『窟窿』之中尚有兩具無名屍首，觀其死狀，只怕也是死在三十年前，三十年前正是嚴家血案發生之時。」

宗芒滿頭是汗：「尚無證據，下官豈敢輕下斷言？」

李蓮花一笑：「宗大人英明。」

方多病和李蓮花多年默契，插口問道：「不知當年嚴家凶案發生前可有什麼異狀？家中可有出入形狀怪異、形跡可疑之人？」

宗芒為難道：「當年縣令並非下官，依據文卷記載，似乎並無可疑之處。」

「那當年檢驗嚴青田無頭屍首的仵作，可還健在？」李蓮花道。

「那位仵作年歲已高，已於去年過世，嚴青田的屍首也早已失蹤，要查看致命之傷，只怕已是不能。」宗芒苦笑。

李蓮花「啊」了一聲，未再說什麼。

方多病等了半日，不見李蓮花繼續發問，只得自己胡亂杜撰，問道：「嚴家號稱富貴，怎會落到如今嚴福以打鐵為生？難道嚴夫人當真是殺夫後，攜帶所有細軟逃走？沒有留下半點給嚴福？」

宗芒道：「那是因為凶案發生後不久，嚴家著了大火，所有家當都燒了個乾淨，從此不復富貴之名。」

方多病又問：「那火是誰放的？」

佘芒沉吟道：「根據文卷上記載，那日是深夜起火，只聽白水園內轟隆一聲，自嚴青田和嚴夫人的主院噴出一團火焰，很快把嚴家燒得乾乾淨淨，即使是幾個人同時縱火也不可能燒得如此之快，所以應是天火。」

「天火？」方多病問道，「什麼叫做天……」

李蓮花咳嗽一聲：「原來嚴家是遭到天譴，天降霹靂，將嚴家燒毀。」

方多病慚愧地摸了摸臉，原來天火就是霹靂。

佘芒和他的師爺兩人誠惶誠恐，方多病和李蓮花隨聲附和，將案情反覆說了五六遍後，佘芒終於按捺不住，起身拱手道：「時候已晚，下官告辭，大人如有需要，請到五原縣衙調派人手。」

方多病頓時大喜：「一定，一定。佘大人慢走。」

李蓮花歉然道：「兩位大人辛苦。」佘芒連稱不敢，和師爺快步離去。

等兩位老頭離開後，方多病一屁股重重坐回椅子上：「李小花，我看你我還是趕快逃走為妙。」

李蓮花問道：「為何？」

方多病怪叫道：「再坐下去很快皇帝都要上門找巡案了，我哪裡吃得消？此時不走，更待何時？」

李蓮花「啊」了一聲，喃喃道：「皇帝找上門不可怕，可怕的是……」

他之後說了句什麼方多病沒聽清楚，湊在他耳邊問：「什麼？」

「可怕的是──」李蓮花唇角含著一絲溫潤的笑意，悄悄道，「『閻羅王』找上門。」

「什麼？」方多病一時懵了，「什麼『閻羅王』找上門？」

「『閻羅王』，就是『閻王要你三更死，誰敢留人到五更』的那一位。」李蓮花很遺憾地看著方多病搖了搖頭，嘆了口氣，「原來聽了這麼久的故事，你一點也沒有聽懂。」

三 閻羅王

「聽懂什麼？」方多病瞪著李蓮花，「難道你就聽出來射死『黑蟋蟀』的凶手了？難道還能聽出來幾十年前嚴夫人為什麼要殺嚴青田？」他心裡半點也不信，雖說李蓮花的確有那麼一點點小聰明，但是依據佘芒所說的案情，實在過於簡略又撲朔迷離，況且又怎知那文卷裡記載的哪句是千真萬確，哪句是信口開河？

李蓮花攤開手掌，很惋惜地看著手心的「傷痕」：「我什麼也沒聽出來，只聽出來嚴家姓嚴，『閻羅王』也姓閻。」

方多病一愣：「你是說——嚴家白水園就是『黃泉府』？嚴青田就是『閻羅王』？」

李蓮花嘆了口氣：「如果嚴青田就是『閻羅王』，那他應該身負絕世武功，又怎會死在他夫人刀下？難道他夫人的武功比他還高？」

方多病又是一怔：「這個……這個……自古英雄難過美人關……一不小心死在牡丹花下，也是有的。」

「這是疑問一。」李蓮花喃喃道，「撇開嚴青田為何會死在嚴夫人刀下不談，那個『窟窿』裡和『牛頭馬面』死在一起的人，又是誰？」

方多病「嘿」了一聲：「那二人之中，必定有一個是『閻羅王』。」

李蓮花似乎全然沒有聽見方多病的話，繼續喃喃道：「這是疑問二。再撇開嚴青田之死和屍骨的身分之疑，在『窟窿』中失蹤的阿黃又怎會淹死在五原河中？」

方多病哼了一聲：「你又怎知他不是被嚇瘋，自己跑去跳河？」

李蓮花道：「這是疑問三。最後一個疑問，什麼東西在『窟窿』底下射死了『黑蟋蟀』？」

方多病道：「你問我我問誰？這……這些和『閻羅王』有什麼關係？」

李蓮花很遺憾地看著他，一如既往的目光——就像看著一頭豬：「你當真沒有聽見？」

「聽見什麼？」方多病簡直要發瘋，剛才那囉唆的佘芒把嚴家的故事說了五六遍，他當然字字句句都聽見了，卻沒有聽出個屁來。

李蓮花非常惋惜地搖了搖頭：「佘芒說，嚴青田的屍體放在義莊，最後失蹤。」

方多病道：「那又怎麼樣？」

李蓮花慢吞吞道：「你莫忘了，嚴家並非沒人，還有管家嚴福在，何況嚴家是在『凶案』後『不久』，方才被火焚毀，一度還是很有錢的。嚴福身為白水園管家，即使家破人亡、家財敗盡，也要留下看守故土的忠僕，卻沒有將嚴青田的屍身收回下葬，那是為什麼？」

方多病悚然一驚，他方才竟然絲毫沒有聽出有什麼不妥，的確，為何嚴福沒有將嚴青田風光下葬？

李蓮花身子前傾，湊近方多病，看著他震驚的表情，臉上帶著愉快的笑：「為什麼嚴福沒有將嚴青田下葬？有兩個可能：第一，嚴青田有問題；第二，嚴福有問題。」

此言一出，方多病當真大吃一驚，失聲道：「嚴青田有問題？」

李蓮花道：「無論是嚴青田有問題，還是嚴福有問題，你莫忘了，他們都姓嚴。」

方多病驟然起身，臉上變色：「你是什麼意思？你說……你說……」

李蓮花嘆了口氣，喃喃道：「所以我說，我怕『閻羅王』找上門來，你卻不懂。」

方多病重重坐下，心裡的震驚尚未退去，正要表示不相信李蓮花的推測，突然門外傳來「篤」的一聲輕響，有人輕敲了大門一下。正巧李蓮花說到「我怕『閻羅王』找上門來」，方多病聽聞這一記敲門聲，竟冒出一身冷汗。

「請問……青……青天大老爺……在家嗎？」一個非常微弱、怯生生的女子聲音在門外響起。

方多病和李蓮花面面相覷，李蓮花一聲輕咳，溫和地道：「姑娘請進。」

大門被緩緩推開，門外站著一個衣衫襤褸、面有菜色的年輕女子。她手裡提著一個竹籃，竹籃裡有一隻母雞：「青天大老爺，請大老爺為我家阿黃申冤，我家阿黃死得好冤啊！」

方多病看著那隻小母雞，心中一股不妙的感覺油然升起，那女子看著方多病華麗的衣裳，目中驚惶畏懼之色更盛，忽然「撲通」一聲跪下：「民婦……麗華沒有什麼東西可以孝敬青天大老爺，阿黃留下的銀錢只夠買隻雞……請青天大老爺為我相公申冤、申冤啊！」她趴在地上不住磕頭，那隻母雞自竹籃中跳出，昂首挺胸地在方多病和李蓮花腳前走來走去，顧盼之餘尚撒下雞屎若干。

李蓮花和方多病面面相覷，李蓮花語氣溫柔，極有耐心地道：「黃夫人請起。妳說阿黃乃是冤死，不知究竟發生何事？」他對女子一貫特別溫柔體貼，方多病卻只瞪著那隻小母雞，心中盤算著如何將牠趕出去。

那位衣衫襤褸的年輕女子正是胭脂販子阿黃的妻子，姓陳名麗華，剛從店小二大白那裡聽說有大官微服私訪，便提了隻母雞過來喊冤：「冤枉啊，佘大人說阿黃是溺死水中，但他分明臉色青青紫紫，還七竅流血，用銀針刺下，針都黑了，他定是被人毒死的！我家阿黃水性好，誰都知道，他不可能溺死！青天大老爺明察！要抓住凶手，讓我家阿黃瞑目啊！」

方多病奇道：「阿黃是被人毒死的？」

陳麗華連連點頭。

李蓮花溫言道：「原來阿黃竟是被人毒死的，屍體卻浮在五原河中。啊，這可能是凶手殺人棄屍。黃夫人且莫傷心，我家公子定會替阿黃查明凶手，妳先起身，把雞帶回去吧。」

陳麗華聞言鬆一口氣，這兩位青天大老爺沒有她想像的那麼威嚴可怕，看來世上還是有清官的，不禁大為感激：「不不，這隻雞是孝敬兩位大人的，我怎麼能帶回去？」

方多病道：「那個……本官不善殺雞……」

李蓮花打岔含笑道：「黃夫人，為百姓申冤，還天地正道，是我家公子的職責，天經地義。所謂食君之祿，擔君之憂，食皇糧者，自然要為天下謀福，所以妳這隻母雞，也就不必了。」

方多病淡淡道：「師爺所言不錯。」

陳麗華對方多病磕了八個響頭：「只要大人們為我相公申冤，我來世做牛做馬，也會報答兩位大人。」

李蓮花「啊」了一聲：「我不是什麼大人……」

陳麗華忽然轉了個方向，也對他咚咚磕了八個響頭：「民婦走了。」

她也確實質樸，說走就走，那隻母雞卻是說什麼也不願帶走，李蓮花和方多病相視苦笑。過了一會兒，那隻雞突然鑽入東面櫃子底下，方多病只裝作沒有瞧見。

「阿黃竟是被毒死的？真是怪哉……這件事越來越離奇了。喂？李蓮花！李、蓮、花！」他咬牙切齒地看著俯下身子捉雞的李蓮花，「你能不能不要在我面前捉雞？」

「不能。」李蓮花道。

「明日我送一千隻一模一樣的母雞給你，你現在能不能爬回來和『本官』繼續討論案情？」

「啊……」李蓮花已經把那隻雞從櫃子底下捉出來，他拎著雞翅膀，對著方多病揚了揚，笑得十分愉快，「這是一隻妙不可言的雞，和你吃過的那些全然不同……」

方多病耳朵一動，驟然警覺：「哪裡不同？」

李蓮花抓著母雞道：「不同的是——這隻雞正在拉稀。」

「你想說什麼？」方多病怪叫一聲，「你想說這隻雞得了雞瘟？」

「哎呀，」李蓮花微微一笑，「我只是想說，明天你千萬不要送我一千隻和這隻一模一樣的雞而已。」他在小母雞身上各處按了按，拔去一處羽毛，只見雞皮之上有些淡淡的瘀青，突然「噗」一聲，那隻母雞又拉了一坨雞屎，裡面還帶了些血。

方多病「啊」了一聲：「牠……牠怎麼會這樣？」

李蓮花惋惜地看著那隻似乎正值青春的母雞：「你在小遠鎮買一千隻雞，只怕有九百九十九隻皆是如此，所以你千萬不要在這裡買雞送我，好歹也等我再搬次家……這裡的風水實在不怎麼好……」

「難道那阿黃的老婆居然敢在母雞裡下毒，要謀害巡案大人？」方多病勃然大怒，咬牙切齒，渾然忘記自己其實不是巡案，重重一拍桌子，「這刁民刁婦，委實可惡！」

李蓮花微微一笑：「大人莫氣，這隻雞雖然不大好吃，但也不是得了雞瘟，剛才買菜時，我仔細看過，但凡小遠鎮村民所養之牲畜，大多有些拉稀、模樣不怎麼好看、經常長些斑點之類的毛病，倒也不是阿黃老婆在母雞裡下毒。」

方多病瞪著那坨帶血的雞屎：「你硬要說這隻雞沒有問題，不如你就把牠吃下去如何？」

「吃是可以吃，只要你會殺雞且能把牠煮熟，我吃下去也無妨。」李蓮花漫不經心地道，「你在這裡慢慢殺雞，我出門一下。」

方多病奇道：「你要去哪裡？」

李蓮花望了望天色，正色道：「集市。時候不早了，該去買晚飯的菜了。」

方多病張口結舌，卻又說不出什麼不對，當下重重哼了一聲：「去吧。」

李蓮花面帶微笑走在小遠鎮集市的路上，夏日雖然炎熱，傍晚的風吹在身上卻十分舒適，他並沒有去買菜，而是自集市穿過，散步到集市邊緣的一家店鋪門口，屈指輕輕敲了敲打開的大門。

「客官要買什麼？」店鋪裡傳來一個沙啞的聲音。這是間打鐵鋪，鋪裡深處坐著一位老人，滿牆掛著打造好的刀劍，閃閃發亮，十分鋒銳的模樣。

「不買什麼，只是想問嚴老一個問題。」李蓮花含笑道。

「什麼問題？」嚴福問，「若要問嚴家當年的珍珠翡翠，咳咳……沒有就是沒有……」

李蓮花道：「就是一個……關於解藥的問題……」

嚴福臉色不變，沉默良久，卻不回答。

李蓮花很有耐心地看著他，十分溫和地仔細問了一遍：「你沒有拿到解藥嗎？」

嚴福重重嘆了口氣，沙啞道：「沒有。」

他從打鐵鋪深處慢慢走出來，手扶門框，佝僂著背，看著陽光下的李蓮花。

「三十年來，前來尋找《黃泉真經》的人不少，從無一人看破當年的真相。年輕人，你的確有些不尋常。」他仰起頭怔怔看著門外的夕陽，緩緩問道，「我究竟是哪裡做錯了，讓你看穿真相？」

「我在小遠鎮也住了不少時日，這裡的村民人不錯，雖然亂葬崗風景不美，但也通風涼快，只是有件事不大方便。」李蓮花嘆了口氣，「那就是喝水的問題。」

「這裡的村民好像從來不鑿水井，喝水定要跑到五原河去挑。所以那日我不小心掉了兩錢銀子到『窟窿』裡，發現底下有水，很是高興。」他前進兩步，走進打鐵鋪屋簷底下，和嚴福一樣背靠門框，仰頭看著夕陽。

嚴福「嘿」了一聲：「你想說你挖『窟窿』不是為了《黃泉真經》，而是真要鑿井？」

李蓮花歉然道：「不錯。」

嚴福淡淡道：「那『窟窿』底下，其實也沒什麼好瞧的。」

「『窟窿』底下的屍骨……」李蓮花又嘆了口氣，「既然『窟窿』只有人頭大小的開口，表層的黃土又被人多年踩踏，硬得要命，那當年那些屍骨是如何進入其中的？這是常人都會想到的疑問。但其實答案很簡單，那水中有魚骨，證明『窟窿』裡的水並非天上落下來的雨水，而是與河道相通，否則不會有如此多魚。所以阿黃摔下水中後失蹤，屍體在五原河浮起，一點也不奇怪——他不幸摔入潛流河道，隨水沖了出去。」

嚴福「嘿」了一聲：「說來簡單，但發覺那底下尚有河道的人，你卻是第一個。」

李蓮花面露歉然之色：「然而問題並不在於人如何進去，而在於，人為何沒有出來？」

嚴福目中光彩微微一閃：「哼！」

李蓮花道：「既然人是透過河道進入『窟窿』，那『牛頭馬面』被分出來的半個為何沒有出來？他從兄弟身上被分出來以後，顯然沒有死，非但沒死，他還往上挖掘了一個長長的洞，又在洞內鐵門那裡留下許多抓痕，但他卻沒有從河道逃生，這是為什麼？」

嚴福淡淡反問：「為什麼？」

李蓮花道：「那顯然是因為河道無法通行。」

嚴福不答，目光變得有些古怪，靜靜盯著打鐵鋪門外的石板。如此一個佝僂的老人，流露出這種目光，彷彿在回憶過往。

「河道為何會無法通行？」李蓮花慢慢道，「那就要從阿黃的死說起，阿黃摔入河道，依他夫人所說，阿黃水性甚好，那麼為何會溺死？又為何全身青紫、七竅流血？就算是尋常村婦也知……七竅流血便是中毒。」他側過頭看了嚴福一眼，「『窟窿』底下全是魚骨，『牛頭馬面』死在洞內，阿黃通過河水潛流出來，卻已中毒溺水而死，那很顯然，河水中有毒！」

嚴福也緩緩側過頭看了李蓮花一眼：「不錯，河水中有毒，但……」他沙啞的聲音沉寂了一會兒，沒再說下去。

李蓮花慢慢接口：「但你當年，並不知情。」

嚴福的背似乎彎了下去，他從門內拖出一把凳子，坐在凳子上。

「『窟窿』底下的水為何會有毒？毒是從哪裡來的？」李蓮花看了嚴福一眼，仍舊十分溫和地說下去，「這是『阿黃為何會淹死在五原河中』的答案，但『窟窿』底下的疑問，並非只有阿黃一件。毒從哪裡來，暫且可以放到一邊。有人從潛河道祕密來往於小遠鎮外和這個洞穴之間，顯然有些不尋常，是誰、為什麼、從哪裡潛入這個洞穴？那就要從『窟窿』發出的怪聲說起。」李蓮花伸出手指，在空中慢慢畫了一條曲線，「『窟窿』在亂葬崗上，既然是個『崗』，就是個山丘，而『窟窿』頂上那個開口，正好在山丘迎風的一面，一旦夜間風大，灌入洞內，就會發出鬼哭狼嚎一般的聲音……『窟窿』雖然很深，約有十幾丈深，但因為入口在山崗頂上，所以其實它的底並沒有像人們想像的那麼深入地下，而在這裡……」他的手指慢慢點在他所畫的山丘山腳，「也就是亂葬崗的西面，是一個水塘，因為水塘的緣故，讓人更想不到裡面那個地獄般的洞穴，其實就在水塘旁邊。」

嚴福的臉輕微地抽搐，喑啞地咳嗽了幾聲，只聽李蓮花繼續道：「而水塘旁邊，當年卻不是荒山野嶺，而是小遠鎮一方富豪嚴青田的庭院。」

嚴福臉上的抽搐驟然加劇：「你怎知那裡當年是嚴家庭院？」

「池塘邊有一棵模樣古怪的樹。」李蓮花道，「我曾在苗疆一帶遊歷，這種樹叫『劍葉龍血』，並非中原樹種，既然不是本地原生樹木，定是旁人種在那裡的，而這麼多年以來，自遠方搬來此地居住的外人，不過嚴家而已。」

嚴福突然猛烈咳嗽起來：「咳咳……咳咳……」

李蓮花很是同情地看了他一眼，目光移回自己所畫的那座「山」，語氣平和地繼續道，「既然嚴家庭院就在『窟窿』旁邊，『窟窿』旁邊還有個水塘，我便想到，也許自河道潛泳而來的人最初並非想要進入『窟窿』，而是想進入嚴家水塘，如此，便可神不知鬼不覺地出入嚴家庭院，不被任何人看見。」他悠悠望著夕陽，「嚴老，我說的，可有不對之處？」

嚴福的咳嗽聲停了下來，過了一會兒，他喑啞地道：「沒有。」

李蓮花慢慢道，「而阿黃失蹤之後，那水塘裡泛起的紅色證實了水塘和『窟窿』是相通的。那紅色的東西，是阿黃收在身上尚未賣完的胭脂。」他頓了頓，「如此……『窟窿』裡的屍骨就和嚴家有了干係，而嚴家在數十年前發生了一起離奇的命案。」他的語氣在此時顯得尤為溫柔平靜，就如同對著一個孩子說話，「嚴夫人楊氏持刀砍去嚴青田的頭顱，駕馬車逃走，嚴家家產不翼而飛，嚴家管家卻留在此地數十年，做了一名老鐵匠。」

「不錯。」嚴福不再咳嗽，聲音仍很沙啞，「絲毫不錯。」

李蓮花卻搖了搖頭：「大錯特錯，當年所發生的事，必定不是如此。」

嚴福目中流露出一絲奇光：「你怎知必定不是如此？」

李蓮花道：「在『窟窿』之中，有一具模樣古怪的屍體，雙頭雙身，卻僅有一雙腿，武林中人都知道，那是『牛頭馬面』的屍骨。『牛頭馬面』是『閻羅王』座下第一大將，他死於『窟窿』之中，小遠鎮上卻從未有人見過這位形貌古怪的惡徒，那說明，『牛頭馬面』是潛泳而來，『窟窿』是個死路，那麼他潛泳而來的目的地，應該就是嚴家白水園。」

嚴福道：「那又如何？和當年嚴夫人殺夫毫無關係。」

李蓮花道：「『牛頭馬面』是武林中人，又是『黃泉府』第一號人物，他要找的嚴家自然不是等閒之輩。『黃泉府』姓『閻』，嚴家也姓『嚴』，嚴家的莊園叫做『白水園』，『白水』為『泉』，我自然懷疑，嚴家是否就是當年武林中赫赫有名的『黃泉府』？」

嚴福冷冷一笑：「是又如何？不是又如何？」

「嚴家若就是『黃泉府』，那嚴青田自然就是『閻羅王』，那麼嚴夫人如何能將『閻羅王』砍頭？」李蓮花微微一笑，「難道她的武功，比『閻羅王』還高？」

頓了頓，他繼續道，「嚴家若不是『黃泉府』，而僅是不會武功的尋常商賈，嚴夫人一介女流，又是如何砍斷嚴青田的脖子？你我都很清楚，人頭甚硬，沒有些功力，是剁不下來，也拍不碎……除非她對準脖子砍了很多刀，拚了命非砍斷嚴青田的脖子不可。」看了嚴福一眼，李蓮花慢吞吞道，「那不大可能……所以我想……砍斷『嚴青田』脖子的人，多半不是嚴夫人。」

「她若沒有殺人，為何要逃走？」嚴福坐在凳子上，蒼老的身影十分委頓，言語之間，半點不似當年曾經風光一度的嚴家管家，更似他根本不是嚴家的人。

李蓮花嘆了口氣：「她為何要逃走，你自然最清楚，你是嚴家的管家，大家都說你和夫人之間……那個……關係甚佳……」

嚴福本來委頓地坐在凳子上，突然站起，那張堆滿雞皮、生滿斑點的臉剎那間變得猙獰可怖：「你說什麼！」

李蓮花臉上帶著十分耐心且溫和的微笑：「我說，大家都說，嚴福和嚴夫人之間……關係甚佳……有通姦——」

他一句話還沒說完，本來面色深沉，言語冷漠的嚴福突然向他撲來，十指插向他的咽喉，牙關咬得咯咯作響，彷彿變成一頭野獸。

李蓮花抬手一攔，輕輕一推，只聽「撲通」一聲，嚴福仰天摔倒，他這一跤摔得極重。

李蓮花臉現歉然之色，伸手將他扶起，嚴福不住喘氣，臉上充滿怨毒之色，劇烈地咳嗽起來：「咳咳……咳咳……」

他咳個不停，李蓮花卻繼續說下去：「……之嫌。」

嚴福強吸一口氣，突然震天動地地道：「不要在我面前說起那兩——」

此言一出，他自己驀地一怔。李蓮花已微笑接下去：「哦？不要在你面前提起嚴夫人和嚴福？難道你不是嚴福……你若不是嚴福，那麼你是誰？」

「嚴福」猙獰怨毒的表情一點一點散去，目中泛起深沉的痛苦之色。「咳咳……咳咳……」他佝僂的身子坐直了些，沙啞道，「你既然問得出『解藥』二字，自然早已知道我是誰。罷了罷了，我倒是奇怪，你怎會知道『嚴福』不是嚴福？」

李蓮花自懷中取出一只金瘡藥瓶，抬起「嚴福」的右手，方才他將「嚴福」一下推倒，讓他的右手受了些輕微的皮外傷。他將傷口仔細敷好，方才微笑道：「我不久前曾對人說過，人頭是一種很奇妙的東西，砍了頭，多半你就不知道死的是誰……無頭的『嚴青田』死後，嚴福沒有將他下葬，這很奇怪，可能的原因有二：第一，嚴青田的屍身有假；第二，嚴福徒有忠僕之形，而無忠僕之實。」

「嚴福」陰森森地道：「世上沒有永遠對你忠心耿耿的奴才。」

李蓮花「啊」了一聲，似乎對他此言十分欽佩：「因為嚴青田是無頭屍，且無人下葬，最後失蹤，所以我想這位被砍頭的『嚴青田』，只怕不是『閻羅王』本人。」

「嚴福」哼了一聲，不置可否。

李蓮花繼續道，「既然嚴青田的屍體可能有假，那麼『閻羅王』自然可能還活著。但若是『閻羅王』還活著，就有一件事很奇怪。」他看著「嚴福」，一陣咳嗽後，「嚴福」的臉色又壞了幾分，尤為衰老虛弱，「如果『閻羅王』未死，那麼遭遇嚴夫人和嚴福有私情這種奇恥大辱，為何他沒有殺死嚴夫人，也沒有殺死嚴福，就此消失了？這顯然於理不合。所以我想……是不是『閻羅王』真的死了，而嚴福故意不將他下葬？但『閻羅王』如果真的已死，嚴福和嚴夫人真的有私，為何他不隨嚴夫人逃走，而要在這小遠鎮苦守幾十年？這也於理不合……」

「嚴福」幽幽道：「世上和道理相合的事本就不多。」

李蓮花道：「啊……我想來想去，此事橫豎不合情理。按照常理，『閻羅王』發現夫人和嚴福有染，依他在江湖上的……聲譽，應當抓住二人，對他們痛加折磨，最後將二人殺死才是，但嚴夫人和嚴福都沒死，『閻羅王』卻死了。」

「嚴福」淡淡道：「嚴夫人害怕通姦被『閻羅王』發覺，先下手為強，殺死『閻羅王』，也是有可能。」

李蓮花嘆了口氣：「那她是如何殺死『閻羅王』的？又是如何起意，敢對如此一位武功高強的江湖……那個……好漢下手？」

「嚴福」的臉上又是一陣痙攣。

李蓮花慢慢道：「無論是『閻羅王』詐死，還是嚴夫人殺夫，這其中的關鍵都在於『閻羅王』的弱勢——他突然失去威信或者能力。」

「嚴福」渾身顫抖，緊緊握起拳頭。

李蓮花嘆了口氣，語氣越發溫柔：「有什麼原因，能讓武林中令人聞之色變的『閻羅王』失去威信和能力，為什麼他的夫人會和管家通姦？當年小遠鎮上究竟發生了什麼？這或許，要從『黃泉府』為何搬遷至小遠鎮說起。」

「嚴福」的眉眼微微一顫：「你知道『黃泉府』為何要搬遷至小遠鎮？」

李蓮花道：「小遠鎮窮山惡水，只有一件東西值得人心動，就是祖母綠。」

「嚴福」臉現淒厲之色，李蓮花繼續道，「傳說小遠鎮曾經出過價值連城的祖母綠，而祖母綠有解毒退熱、清心明目的功效，傳聞『閻羅王』有一門獨門武功『碧中計』，乃獨步天下的第一流毒掌，而祖母綠是修練這門毒掌不可缺少的佐器。」李蓮花的視線從「嚴福」臉上緩緩移到地上，夕陽西下，打鐵鋪前的石板漸漸染上房屋的陰影，夜間的涼意也漸漸吹上衣角，「『閻羅王』或許是為了祖母綠而來，但他卻不知，此地出產的祖母綠……」他慢慢嘆了口氣，「此地出產的『祖母綠』並非真正的祖母綠，而是『翡翠綠』，是一種劇毒。」

「嚴福」低下頭，坐在木條釘就的凳子上，沉重地嘆了口氣。

「在『窟窿』裡的石壁上，生有一些瑩綠色的碎石，看起來很像祖母綠，那是一種很罕見的劇毒，叫做『翡翠綠』。」李蓮花歉然道，「一開始我也沒看出來，只當是祖母綠玉脈中的碎石，我和『黑蟋蟀』多少會些武功，翡翠綠的毒氣在那『窟窿』底下非常微弱，雖然阿黃昏倒兩次，可我等都以為是驚嚇之故……直到後來，佘芒佘知縣說嚴家當年曾遭奇怪的大火燒毀，火焰從嚴家主房噴出，我方才想到，那可能是『翡翠綠』。」

「嚴福」道：「當年嚴家如有一人知曉世上有『翡翠綠』，便不會落得家破人亡的下場。」

李蓮花道：「這個……我當年有個好友，便是死在『翡翠綠』之下……『翡翠綠』毒氣遇火爆炸，本身遇水化毒，模樣和祖母綠十分相似，是一種非常危險的毒物。那『窟窿』底下生有『翡翠綠』，又有河水，原本整個坑底都該是毒氣，但不知何故，坑底的毒氣並不濃，連我和『黑蟋蟀』持火把下去都沒有什麼反應，實在奇怪。五原河水中的毒，便是從『翡翠綠』的礦石而來，在『窟窿』之中水裡的毒性最強，所幸五原河是一條活水，河水中雖然有毒，但並不太多，人喝下也不會如何，只是雞鴨豬狗之類喝了，不免頭痛腹瀉，身上生出許多難看的斑點。這一點，在小遠鎮村民所養的家畜身上，便可看見。」

他說到「斑點」的時候，目光緩緩停留在「嚴福」臉上，頓了頓，道：「我猜……『閻羅王』拿『翡翠綠』練功，不幸中毒，武功大損，容貌被毀，嚴夫人或許就在如此情形之下，和管家嚴福有了私情。『閻羅王』發覺此事，自然十分憤怒，若不讓此二人求生不得，求死不能，必是不甘心。然而他武功及威信皆損……地位岌岌可危，所以為了求生、為了報仇，他想出一個奇怪的主意。」

「嚴福」沉默半晌，淡淡道：「能想通這麼多事，年輕人，你確實了不起。」

李蓮花「啊」了一聲：「慚愧……其實我所說之事，多屬猜測……我猜你武功大損、相貌被毀之後，『牛頭馬面』和嚴福多半合謀，要對你不利，或者你老婆當真也有殺夫的膽量……」

李蓮花言語間已將「嚴福」認作「閻羅王」，改口稱起「你」來，「嚴福」微微一震，並不否認，只聽李蓮花繼續道，「換了旁人，此時想到詐死自保，已是高明，你卻更為高明，你殺了一人，將他人頭砍斷，假作自己的屍身，並將嚴福騙至『窟窿』之中，關了起來。那假屍身騙得了鎮上的愚民，騙不了你妻子和『牛頭馬面』。嚴福不見蹤影，他們認為是你殺死嚴福，而你不見蹤影，定是要伺機下手報復，所以驚慌失措的嚴夫人當即駕馬車攜子逃走，再也不敢回來。而『牛頭馬面』……」李蓮花微微一笑，「他們卻留了下來，而你故技重施，又將他們騙進『窟窿』裡。」

「嚴福」臉上泛起一絲神祕而狡猾的微笑：「我用什麼方法把他們關在『窟窿』裡，難道你也知道？」

李蓮花咳嗽一聲：「方法很簡單，千變萬化，用什麼法子都行，比如說……你假裝心灰意冷，把《黃泉真經》丟進水塘，那嚴福定會偷偷去找，你待他下水之後往水裡丟『翡翠綠』，嚴福驟覺水中有毒，只得急急鑽入『窟窿』，那便再也出不來了。而對付『牛頭馬面』，只需你自己跳進水裡，不怕他不追來，他一下水你就往水裡施毒，反正你中毒已深，他卻未曾嘗過『翡翠綠』的滋味，如此這般，你們定要鑽入『窟窿』避毒，水裡既然有劇毒，他們自然出不來，便關起來了。」

他信口胡說，「嚴福」卻臉色微變：「雖不中亦不遠矣，嘿嘿，江山代有才人出，若在三十年前，我非殺了你不可。」

李蓮花嚇了一跳：「不敢、不敢……但你鑽進『窟窿』之後又做了什麼，如何把人釘在石壁上，我便不知道了。」

「嚴福」哼了一聲，聽不出他這句「不知道」是真是假。

「那個『窟窿』，便是出產『翡翠綠』的礦坑，坑裡充滿毒氣，那兩人一進到『窟窿』裡，很快就中毒倒地，他們內力不及我，中毒後武功全失，我要將他們吊在石壁上有何困難？即使將他們大卸八塊、五馬分屍也不是什麼難事。」

李蓮花連連點頭，極認真地道：「極是、極是。」

「嚴福」緩緩道，「但我如何肯讓這兩個奴才死得這般痛快？我將『翡翠綠』裝在袋裡，浸在洞內水中，當時……我以為中『翡翠綠』之毒，多半是為人所害，這兩個奴才可能有解藥，所以對他們嚴刑拷打，使盡種種手段，但那兩人卻說什麼也不告訴我解藥在哪。後來，有一日，陳發那混帳竟然妄圖運氣將毒氣逼往陳旺的身體，想犧牲兄弟的性命殺我，我便一劍將這個怪物斬為兩半，不料陳發和陳旺分開以後，居然不死……」他呆呆看著漸漸下沉至地面的太陽，聲音喑啞，有氣無力，沒有半分當年狠辣殘暴的氣息，但其中怨毒仍是令人毛骨悚然，「我當即潛水逃走，誰知陳旺居然在洞內爬行，到處掙扎……我不知『窟窿』和嚴家庭院僅有一土之隔，主院內的土牆被陳旺掘出一個洞，隨後大火從那洞裡噴出，將我府中一切燒得乾乾淨淨。」

李蓮花悠悠嘆了口氣：「想必當時你房裡點著熏香、燭臺之類，有明火，『翡翠綠』毒氣遇火爆炸……」

「嚴福」低沉道，「自從『嚴青田』死後，嚴福和陳發、陳旺失蹤，我便戴著嚴福的人皮面具，直到大火過後，府中人心背離，一夕之間，走得乾乾淨淨。我心裡恨到極點，當即打造精鋼鐐銬，等我回到『窟窿』，陳旺已經死了，陳發卻還活著，他練了幾十年的武功，畢竟沒有白練。我將那兩個叛徒釘在石壁上，日日夜夜折磨他們，直到半年後，他們方才死去。」他仍是怔怔地看著夕陽，「但我武功大損，已不如武林中九流的角色，江湖上不知有多少人想找我報仇，不知有多少人想要《黃泉真經》，除了留在此地做個打鐵的嚴福，天下之大，我竟無處可去。」言罷，語氣中深刻的怨毒已變成難以言喻的苦澀和蒼涼，這位當年威震四方的江湖惡徒，如今的處境，竟是連尋常村夫都不如。

「如今讓你這般活著，比讓你死更痛苦……」李蓮花慢慢道，「世道輪迴，善惡有報，有些時候，還是有道理的。」

「嚴福」淡淡道：「幾年後，我取下嚴福的人皮面具，鎮上竟沒有一人認出『嚴福』長什麼模樣……也是多虧我當年行事謹慎，無人識得我真面目，我方能平安活到今日，可見上天對我仍是有些眷顧。」

李蓮花嘆了口氣：「你……你……你難道不覺落得如今這般田地，與你當年所作所為也有些干係嗎？若非你當年行事殘忍，待人薄情，你身邊之人怎會如此對待你？」

「嚴福」哼了一聲，李蓮花繼續道：「無怪乎你落到如此田地，當日『黑蟋蟀』下到『窟窿』裡發覺內有屍骨，你還是一箭射殺了他。」

「嚴福」森然道：「我不該殺他？」

「你……你……」李蓮花臉上微現驚慌之色，「難道你也要殺我？」

「嚴福」冷冷道：「你不該殺嗎？」

李蓮花驀地倒退兩步，「嚴福」緩緩站起，他手中持著一個模樣古怪的鐵盒，不用說，定是機簧暗器，只聽「嚴福」陰森森道：「『黑蟋蟀』該死，而你——更是非死不可！三十年前我會殺你，三十年後，我一樣會殺！」

李蓮花連連倒退，「嚴福」道：「逃不了的，在此三十年間，我無時無刻不在鑽研一種暗器，即使武功全失，仍能獨步江湖。當年武林中有『暴雨梨花鏢』天下第一，如今我這『陰曹地府』也未必不如。年輕人，你很幸運，做我『陰曹地府』的第一人。」

李蓮花大叫一聲，轉身就逃。嚴福手指扣動，正待按下機簧，忽然聽得有人大叫：「死蓮花！你根本就是故意的！」

「嚴福」心頭一跳，眼前一花，一陣疾風掠過，手指已被人牢牢抓住，半分動彈不得。他抬起頭，看見眼前抓住他的人白衣華服，瘦得有如竹竿，正是今日午時還對他十分同情的方多病。「嚴福」手指一翻，雖然指上無力，仍舊點向方多病虎口，方多病手上運勁，嚴福點中虎口，一聲悶哼，食指劇痛不已。

李蓮花逃得遠遠的，遙遙轉過身詢問：「你點了他穴道沒有？」

方多病連點「嚴福」數十處穴道：「死蓮花！你千里迢迢寫信把我騙來，就是為了抓這老小子？這老小子武功膿包至極，比你還差，你怕什麼？」

李蓮花遙遙答道：「他畢竟是當年『黃泉府』府主，我心裡害怕……」

方多病哼了一聲：「當年『黃泉府』府主何等權勢，哪會像他這樣？死蓮花，你有沒有搞錯？」

李蓮花道：「有沒有搞錯，你自己問他……說不定他都在胡亂吹牛，假冒那『黃泉府』府主。只不過我明明叫你在樓裡等我買菜回去，你跟在我後面做什麼？」

方多病又哼一聲：「我想來想去，死蓮花的話萬萬信不得，上次買菜是在偷看別人的雞鴨，誰知道這次又在搞什麼鬼？」

李蓮花遙遙歉然道：「這次真是多虧你了，否則『陰曹地府』射出，我必死無疑。救命之恩，必當湧泉相報。」

方多病怪叫一聲：「不必了不必了，誰知道那玩意兒射出來你躲不躲得過？誰知道你湧泉相報的是什麼玩意兒？我怕了你了，免禮平身，本少爺准你不必報什麼恩。」言畢他奪過「嚴福」手中的「陰曹地府」，隨意一按，只聽「砰」一聲巨響，那鐵盒陡然一震，兩枚綠色暗器奔雷閃電般炸出，剎那間已深深嵌入石板之中。

方多病目瞪口呆，這綠色的東西只怕便是『翡翠綠』，這劇毒如此射出，要是沾上人身，那還得了？看了看手中的危險物品一眼，他打開盒蓋，其中兩枚翡翠綠石子已經射出，方多病吐了口氣，當著「嚴福」的面，將那鐵盒扭成一團，擲入畚箕之中。

「嚴福」穴道受制，無法開口，唯有雙目大睜，如要噴血。

李蓮花十分同情地看著他：「這人就請『巡案大人』親自交給花如雪，想必三十年來，他的許多故友都還很想念他。」

方多病斜眼看他：「那你呢？」

李蓮花微笑道：「我傷勢未癒，自是繼續養傷。」

方多病道：「藉口！」

李蓮花咳嗽一聲，忽然道：「我還有個地方想去看看。」

四　黃泉真經

李蓮花想去看的地方是「窟窿」旁邊的嚴家舊宅，昔日繁華一時的樓宇早已傾圮，面目全非。其中坍塌的一處房間淡淡地散發著一絲煙氣，李蓮花和方多病挑開一些碎磚一看，裡面是個甚大的鍋爐，有些鐵水尚在爐中流動，奇怪的是爐下並沒有柴火。

「原來此爐和『窟窿』相通，他利用『窟窿』裡的毒氣煉爐熔鐵，果然是聰明的法子，當日射死『黑蟋蟀』的那一箭，也是從此爐射出。只需插入一枝鐵箭，再關上鼓氣的這個開口，讓鐵箭指著毒氣流入的那個洞口——大概是當年不知『牛頭』還是『馬面』挖的開口。待爐中悶火燒盡，燒出的熱氣無法散發，就會把箭激射出去，射中『黑蟋蟀』。」李蓮花喃喃道，「無怪乎『窟窿』底下毒氣並不濃，原來都被這煉鐵爐燒去了。『閻羅王』雖然吃了『翡翠綠』的大虧，卻也是得賢能用。幸好他武功全失，否則、否則……可怕至極……」

「死蓮花，這裡有一本書。」李蓮花自言自語之際，方多病從煉鐵爐旁的地上拾起一本被翻得破爛的黃色小書，其中畫滿人形圖案，「這不會就是什麼《黃泉真經》吧？怎麼放在這裡烤魚乾？」

李蓮花「啊」了一聲，如夢初醒：「這不是吧？《黃泉真經》既然名列江湖最神祕的武功祕笈之一，我想應該有黃緞封皮、檀木盒子、金漆題字，藏得妥妥當當，萬萬不會放在這裡。」

方多病瞪眼道：「你怎知它有黃緞封皮、檀木盒子……」

李蓮花正色道：「依常理推斷，應當就有。」

方多病道：「胡說八道……」

李蓮花接過那本黃色小書：「這字跡寫得如此之差，紙質如此惡劣，尤其是人像畫得如此醜陋歪曲，多半不是《黃泉真經》，想那《真經》何等難得，怎會是這般模樣？」

方多病道：「這也有些道理，但是……」

李蓮花手臂一抬，微笑道：「既然不是《真經》，你我又何須關心它是什麼？」

「啪」的一聲，那本書自李蓮花頭頂上畫了道弧線，筆直掉入煉鐵爐中，「轟」的一聲起火燃燒。

方多病「哎呀」一聲，他已想到那書十有八九就是《黃泉真經》，李瘋子卻硬說不是，居然還將它燒了！

李蓮花擲書起火，連看也不多看一眼：「還是押解嚴青田給花如雪比較重要，你我早點啟程吧。」

方多病連連點頭，和李蓮花攜手離去。

二人離去之後，那卷在火爐中燒得面目全非的黃色小書漸漸化作灰燼，火焰之中，每一頁灰燼上都清清楚楚顯示出四個大字：黃泉真經。

第九章 女宅

一 禍機

秋風蕭瑟，香山的紅葉自古散發著迷人的風韻，如今經過「香山秀客」一番整理，除去了敗葉雜枝，越發紅得莊重濃郁，觀之令人渾身舒暢。

今年秋季，「香山秀客」玉樓春作東，宴請朋友秋賞香山紅葉，此宴名為「漫山紅」。玉樓春和金滿堂乃是摯友，若說金滿堂是江湖上最有錢的人，玉樓春大約可算第二，因此受他邀請前來觀紅葉的人，自然與眾不同，比如說「舞魔」慕容腰、「酒痴」關山橫、「皓首窮經」施文絕、「冷箭」東方皓、「一字詩」李杜甫等。慕容腰舞蹈之技堪稱天下第一，關山橫喝酒之功約莫也不會排第二，施文絕自然是背書背得最多的人，東方皓的箭法最準，李杜甫的詩寫得最好。這些人都是江湖奇人中的奇人，而其中有個湊數的叫做李蓮花，玉樓春宴請他並非因為他有什麼技藝天下第一，而是要謝他查破金滿堂離奇死亡一案。

這些人雖然形貌不一，老少皆有，俊醜參差，高矮各異，但簡而言之，都是男人，是男人，就喜歡女人。玉樓春特地將眾人在香山的居所安排在香山腳下一處也是天下絕妙無雙的地方，叫做「女宅」。

「女宅」，顧名思義，便是有許多女子的宅院，換言之，就是妓院。不過這一處妓院和天下其他妓院大大不同，其中的女子是玉樓春親自挑選的，以他喜歡「天下第一」的脾氣，這裡的女子個個身懷絕技，或吹簫，或彈琴，或刺繡，都有冠絕天下之稱，因此尋常男子難以一親芳澤，若非有玉樓春看得上眼的東西，否則尋常人是一隻腳……不，連半隻腳也踏不進「女宅」的大門。這裡的女子也從不陪客過夜，除非她們心甘情願，至多是喝喝酒、唱唱歌、划划船，世上庸俗之事，這些女子是斷不相陪的。

如今李蓮花端坐在這「女宅」之中，左邊坐的是施文絕，那書呆子今日破例穿得整整齊齊，絕無半點汙漬，聽說前些日子去趕考，也不知考中沒有；右邊坐的人和施文絕大大不同，高冠金袍，蟒皮束腰，相貌俊美，臉上略微上了些脂粉，唇上塗著鮮豔的唇紅。若是其他男人這般塗脂抹粉，眾人定是作嘔不已，但此人施起脂粉來，竟是妖豔絕倫，別有一番風味，不怎麼惹人討厭，這人正是慕容腰。

關山橫坐在慕容腰旁邊，此人身高八尺，體重約莫二百五十斤，猶如一個巨大的水桶，聽說他有個弟弟叫做關山月，是個英俊瀟灑的美公子，也不知是真是假。

關山橫再過去是一個黑衣人，骨骼瘦削，指節如鐵，皮膚黝黑至極，卻閃閃發亮，渾身上下猶如一枝鐵箭，這長得和箭甚似的人自然便是東方皓。

東方皓旁邊坐的人一襲青衫，相貌古雅，頷下留著山羊鬍，腰間插三寸羊毫一枝，正是李杜甫。

而施文絕另一側坐的人一身樸素布衣，雖然未打補釘，卻也看得出穿了許久——正是許多有錢讀書人最喜歡的那種又舊又高雅的儒衫。那人年紀不太老，不過四十出頭，一頭梳得整齊的烏髮，面貌溫文爾雅，右手小指上戴著碧玉戒指一枚，只有從這價值連城的小小碧戒，方才看出主人富可敵國，自是「香山秀客」玉樓春。

這些人坐在一起，自然是為了吃飯，但酒菜尚未上桌。玉樓春說了一番賀詞，接著拍拍手掌，這裝飾華麗、種了許多稀世花草的宴庭中絲弦聲響起，一個紅衣女子緩緩走了出來。

雖說「女宅」之名天下皆知，眾人也深知其中女子必定個個驚才絕豔，但這紅衣女子現身的時候，在場人士還是微微一震，心下均感驚訝。這女子皮膚甚黑，但五官豔麗，身材高䠷，一襲紅衣裹在身上，曲線凹凸畢露，十分嫵媚，猶如一條紅蛇。只見她目光流轉，突然對著慕容腰一笑，越發嫵媚動人到了極致。

玉樓春道：「這位姑娘名喚赤龍，精於舞蹈，過會兒跳起舞來，慕容兄可要好好指點一二。」說著轉眼看向慕容腰，只見他本來高傲自負的臉上流露出驚訝之色，彷彿女子赤龍深深震撼了他。

施文絕低低道了聲「妖女」，關山橫哼了一聲。「美女、美女！」李杜甫搖頭晃腦，彷佛這等絕色只有他會欣賞，而如施文絕這等庸人自是不能領會。

正當幾人為赤龍之妖嬈略起騷動之際，清風徐來，夾帶一陣淡淡的芬芳，嗅之令人心魂欲醉，如蘭蕙，如流水，如明月，隨著那芬芳的清風，一個白衣女子跟在赤龍之後，姍姍而出。這女子一出場，施文絕頓時目瞪口呆，呆若木雞，不知身在何處，連東方皓都微微動容，李蓮花「啊」了一聲。

玉樓春微微一笑：「這位是西妃姑娘，善於彈琴。」

方才赤龍嫵媚剛健，光彩四射，但在這位西妃映襯之下，頓時暗淡了三分。這位白衣女子容顏如雪，清麗秀雅，當真就如融雪香梅、梨花海棠般動人，正是施文絕心中朝思暮想的那種佳人。赤龍現身時，眾人議論紛紛，然西妃姍姍而出，竟是一片寂靜，男人們的目光都集中在她身上，神色各異，甚至把赤龍忘得乾乾淨淨。

眾人呆了好一陣，施文絕痴痴看著西妃，喃喃問：「既然有西妃，不知尚有東妃否？」

玉樓春臉色微變，隨即一笑：「曾經有，不過她已贖身。」

施文絕嘆道：「如此女子，真不敢想像世上竟還有一人和她一般美……」

玉樓春道：「東妃之美，豈是未曾見過之人所能想像，只是今日見不著了。」

說話間，西妃垂眉低首，退至一邊，調弦開聲，輕輕一撥，尚未成調，已是動人心魂。赤龍斜眼冷看眾人痴迷之狀，身子一扭，隨著西妃的弦聲，翩翩起舞。

西妃纖纖弱質，所彈之曲卻是從未聽過的曲調。赤龍的舞蹈大開大合，全無嬌柔之美，別有一種猙獰妖邪之態，怵目驚心，卻又令人無法移開視線。她彷彿不是人，而是一條渾身鱗片與天抗爭的紅蛇，自天下地地扭動，而又自下而上地掙扎，在扭曲的旋轉中，那條紅蛇蒼白的骨骼猙獰地爬上天空，而她的血肉被霹靂擊碎，灑向地面，痛苦、掙扎、成功和死亡交織在一起的舞蹈，毫無細膩纖柔的美感，卻讓人忍不住微微發顫。

眾人從未見過女子如此跳舞，就如那紅蛇的魂魄依附在她身上……慕容腰的眉頭越揚越高，目不轉睛地看著赤龍，方才大家都在看西妃，只有他目不轉睛地看著赤龍，眼中有光彩閃爍。

西妃的琴聲如鼓，錚錚然充滿蕭颯之色，忽地赤龍揚聲唱道：「錦襜褕，繡襠襦，強強飲啄哺爾雛。隴東臥穟滿風雨，莫信龍媒隴西去。齊人織網如素空，張在野春平碧中。網絲漠漠無形影，誤爾觸之傷首紅。艾葉綠花誰翦刻，中藏禍機不可測。」

施文絕和李杜甫同時「哎呀」一聲，語氣中充滿驚詫和激賞之意，這是李賀的一首雜曲，叫做〈艾如張〉，很少聽人彈奏此曲，更不用說為之歌唱舞蹈。李賀的詩自是寫得妙絕，而赤龍之舞更是讓人震撼。一曲終了，赤龍滿身是汗，胸口起伏不已。慕容腰兩聲擊掌，站了起來，赤龍就如扭蛇般掠過去，鑽進慕容腰懷裡，嫣然一笑，將他按了下來。西妃抱琴輕輕起身，向眾人施禮，悄然退出。

玉樓春微微一笑：「不知各位覺得這兩位姑娘如何？」

「天姿絕色，世上所無……」施文絕仍是愣愣地看著西妃離去的方向，神魂顛倒，不知心在何處。慕容腰攬著赤龍，心裡甚是快活，坐下一杯接著一杯地喝酒。而關山橫一會兒看看赤龍，一會兒探探西妃離去的方向，心猿意馬，不知哪個比較好。東方皓凝視簾幕後方，不用說，定是覺得西妃甚美。而李杜甫卻偷眼看著慕容腰懷裡的美人，顯然有些妒忌。

玉樓春哈哈一笑，向赤龍道：「上菜吧。」

赤龍自慕容腰懷裡起身，前去通報上菜。幾個男子心猿意馬，都有些口乾舌燥，施文絕愣了許久，看了李蓮花一眼，卻見他看著桌上插的那瓶鮮花發呆，似乎沒怎麼注意方才的兩位美人，不禁心裡嘀咕：這呆瓜連天仙也不瞧，這花朵哪有方才的人好看？李蓮花卻連施文絕瞪了他幾眼都未曾察覺，呆呆地看著那朵花許久：「啊……」

此聲一出，眾人都是一怔，不知他在「啊」些什麼。

玉樓春問道：「李樓主？」

李蓮花如夢初醒，猛地抬頭，只見眾人都盯著他，嚇了一跳：「沒事，沒事。」

慕容腰嘴角微挑：「你在看什麼？」

慕容腰脾氣傲慢古怪，出言直接就稱「你」，也不與李蓮花客套。

李蓮花歉然道：「啊……我只是想，這是有斑點的木槿……」

「有斑點的木槿？」慕容腰不得其解，玉樓春也是一怔，眾人皆凝神去看瓶中插花，過了一陣子，忽地李杜甫道：「那不是斑點，是摘花時濺上的泥土。」

眾人心中「哦」了一聲，暗罵自己蠢笨，居然和那呆子一起盯著這再尋常不過的一朵花這麼久！

玉樓春咳嗽一聲：「這是玉某疏忽，丫鬟不夠仔細，小翠！」他喚來婢女，將桌上的插花撤了，同時廚房送上酒水，筵席開始。

第一道是茶水，端上來的是一杯杯如奶般濃郁白皙的茶水，也無甚香味，眾人從未見過，端上喝了，也未喝出什麼異樣滋味，各自心裡稀罕，不知是什麼玩意兒。

玉樓春看在眼裡，微微一笑，也不解釋。

接著第二道就上甜點，杏仁佛手、蜂蜜花生之類，眾人多不愛甜食，很少動筷，只有李蓮花吃得津津有味。

第三道便琳瑯滿目，什麼白扒當歸魚脣、碧玉蝦捲、一品燕窩、白芷蝴蝶南瓜、菊花里脊、金烤八寶兔、金針香草鮭魚湯等，菜色豔麗，精緻異常，如那白芷蝴蝶南瓜，究竟如何把南瓜弄得五顏六色，繪成蝴蝶之形，施文絕是百思不得其解，但吃在口中，的的確確是南瓜的滋味。

李蓮花對那金針香草鮭魚十分傾慕，揀了條金針仔細觀看，大讚那金針結打得妙不可言。除了慕容腰、東方皓和李杜甫不喜喝魚湯之外，每樣菜色眾人都讚不絕口。

一番稱謝和讚美之後，玉樓春撤了筵席，請客人回房休息，明日清早，便上香山觀紅葉。武林第二富人的邀約自是非同小可，尤其肚裡又裝滿了人家的山珍海味，眾人自是紛紛答應，毫無異議。

李蓮花方才甜品吃了不少，回房之後便想喝茶。他住的是女宅西面最邊角的一處客房。開門入內，突然看見房中人影一動，白衣飄飄，一陣淡香襲來，方才筵席上人人傾慕的白衣女子西妃正從他床上爬下來。李蓮花目瞪口呆，一時不知是自己眼花，還是白日見鬼，那位秀雅嫻靜、端莊自持的西妃，不是蓮步姍姍地回她自己房間去了？怎會突然到他床上？

西妃見他進門，臉上微微一紅，這一紅若是讓施文絕見了，必是心中道：延頸秀項，皓質呈露。芳澤無加，鉛華弗御。雲髻峨峨，修眉聯娟。丹脣外朗，皓齒內鮮。明眸善睞，靨輔承權。瑰姿豔逸，儀靜體閒……面上不免目痴神迷，有些不省人事之徵兆。然而李蓮花一愣之後，卻是反手輕輕關上門，報以微笑：「不知西妃姑娘有何事？」

卻見西妃怔怔地看著他，眼角眉梢頗為異樣，過了好一會兒，她才輕輕地低聲問：「你……叫什麼名字？」

李蓮花道：「李蓮花。」

西妃臉上又是微微一紅：「今夜……今夜我……我……我在這裡過。」

李蓮花道：「啊？」

西妃臉上豔若紅霞：「我方才和她們打賭，輸……輸了。今晚我本要陪玉爺，但……但我下棋……下棋輸給了赤龍姐姐。」她低下頭，側靠著屏風，十分害羞靦腆。

李蓮花恍然大悟，方才吃飯時，女宅的女子們下棋打賭為戲，誰都想陪主子玉樓春過夜，西妃輸了，便安排給了自己。轉頭看那床榻，果然已是鋪得整整齊齊，他連忙道：「今晚我睡地上。」

西妃睜大眼睛看他，似乎十分不可思議。

李蓮花從椅子上抱下兩個蒲團，往門口一擺，微笑道：「我為姑娘守門，姑娘不必害怕。」言罷躺下便睡。

西妃怔怔地看著他，彷彿見鬼一般，她見過的男子雖然不多，但能進得女宅的，大多是風流倜儻、瀟灑多金的俊傑。能得她陪伴一晚，人人都當是莫大榮幸，她生性靦腆，男人們更是喜歡，說是輕薄起來越發有滋味，但這在眾姊妹眼裡最不成器的男人，見了她之後卻抱了兩個蒲團去睡門口。

他是沒見過女人的小人？還是心懷坦蕩的君子？她識人不多，當真瞧不出來。

李蓮花在蒲團上躺了躺，突然起身沏了兩杯茶請她喝，過會兒他又爬起來，打開高處的窗戶，關上床邊的窗櫺，再過會兒，他又將桌子收拾收拾，摸出塊布來把桌椅櫃子擦拭得乾乾淨淨，再把地掃了。掃地時，他從衣櫃下掃出幾塊白色乾枯的蛇皮，大驚失色地說此處居然有蛇，又將地掃了兩次，確定無蛇，方才自己洗了個澡，洗了衣服，晾好衣服，高高興興地躺下睡覺。

西妃先是被那句「有蛇」嚇得魂不附體，久久坐在床上怔怔地看他掃地、洗衣，不知該說什麼好，心中突然泛起一個古怪念頭：若是嫁與此人，必定會幸福吧？

這一夜，兩人分睡兩處，西妃本以為會一夜無眠，卻是迷迷糊糊睡去，還睡得很沉。待日間醒來，李蓮花已經離去，桌上卻留著一壺熱茶，還有一碟點心，那是每日早晨女宅的丫鬟們送來的晨點。她擁被坐在床上，呆了半晌，分明未發生任何事，卻是心中亂極。

二　不翼而飛的男人

此時此刻，李蓮花早已到了香山上，慕容腰、李杜甫、東方皓也到了，施文絕和關山橫等人卻是姍姍來遲。眾人等了半天，也不見玉樓春的身影。施文絕已將〈洛神賦〉顛三倒四地念了許多遍，不用說定是在想念昨日那位「白衣如雪的彈琴女子」；慕容腰閉目養神，見他心滿意足的模樣，男人們心中暗罵他昨日必定過得銷魂；李杜甫已做了三五首詩；關山橫將身上帶的酒喝得乾乾淨淨；李蓮花和東方皓畫地下棋，彩頭是一錢銀子，東方皓輸了一局，居然從懷裡掏出數百萬的一疊銀票，把李蓮花嚇個半死，連那一錢銀子也不敢要了；而玉樓春卻始終不見蹤影。

日頭漸漸高升，香山裡輕霧散去，露出滿山重紅，山巒疊起，山上的紅葉或濃或淡，靈性渾然天成，令人見之心魂清澈，飄飄然有世外之感。眾人本是江湖逸客，等候多時不見玉樓春前來，便自行在山中遊玩，本來還三五成群，未多時便各走各的，誰也不肯和誰一道走。

李蓮花走在最後，隨意逛了兩圈，只見前面紅葉樹林中草木紛飛，「嘩啦」一聲響，枝葉折斷不少，想來是關山橫在那裡打拳，便繞得遠遠地避開。不久又看見施文絕手扶大樹，呆呆看著樹頂，也不知在想什麼。李蓮花走過去一看，樹頂有個鳥巢：「鳥巢怎麼了？」

施文絕的表情很是迷惑：「我剛才好像看見一隻烏鴉叼著一個閃閃發亮的東西進了鳥巢，如果不是我眼花，那好像……好像是一塊銀子。」

「銀子？」李蓮花喃喃道，「你莫非窮瘋了……」

施文絕連連搖頭：「不不不，我最近手氣很好，不窮、不窮。」

李蓮花嘆了口氣：「我說你怎麼換了身新衣裳，原來是去賭錢了，你那孔孟師父們知道了想必傷心欲絕。」

施文絕連忙岔開話題：「我千真萬確看到銀子，不信我就爬上去拿下來給你看。」

李蓮花道：「那倒不必，人家烏鴉一生何其短暫，好不容易存了點銀子，你無端找事去拿出來做什麼？」

施文絕道：「哪裡來的銀子？就算玉樓春有錢，也不會有錢到拿銀子餵烏鴉吧？我覺得很是奇怪，不知為何你不覺得奇怪？」

李蓮花道：「我覺得奇怪的是，見過那個白衣翩翩的彈琴美人兒之後，你居然還能保持清醒……」

施文絕黑臉一紅，急忙躍上樹頂，去摸那鳥巢，他不知那讓他心神大亂的美人昨夜就在李蓮花房裡，而李蓮花自然是萬萬不敢讓他知道的。

不過片刻，施文絕輕飄飄地落下，如一葉墜地，李蓮花本要讚他輕功大有長進，卻見他臉色古怪，連忙問：「莫非不是銀子？」

施文絕一攤手，只見他手掌上不就是一塊小小的碎銀？只是這碎銀形狀彎曲，尚帶著些許血絲，模樣很是眼熟——那是一顆銀牙，「新鮮」的銀牙。

兩人對著那牙齒愣了半晌，李蓮花喃喃道：「你認銀子的本事只怕是登峰造極，比背書的本事還了得，這樣也看得出是銀子……」

施文絕乾笑一聲：「慚愧啊慚愧，這牙齒的主人怎會拿牙齒餵烏鴉？」

李蓮花搖搖頭：「這我怎麼知道？」

施文絕提議道：「烏鴉從西邊飛來，你我不如去西邊瞧瞧？」

兩人尚未動身，身後樹葉「嘩啦」一聲響，慕容腰金袍燦爛，從樹叢中鑽出來，瞟了一眼施文絕手中的銀牙，嘴角略略一勾，冷冷道：「看來你們也找到了。」

「找到了？找到了什麼？」施文絕莫名其妙，只見慕容腰手持一塊長長軟軟的翠綠色東西，仔細一看，嚇了一跳——那是一條人手！斷面尚在滴血，手臂上套著翠綠色的衣袖，看樣子像是一個人的左手臂。

「李杜甫在山上找到一條大腿，我在山谷裡撿到半隻手臂，看來還有一顆牙齒。這牙齒是玉樓春年輕時鑲的，雖然和他身分很不相稱，但確實是他的牙齒。」慕容腰一字一字道，「玉樓春死了！」

李蓮花和施文絕面面相覷，目瞪口呆，昨日還從容自若、風雅雍容的人，一夜之間就突然死了？

「死了？怎麼會？」施文絕愕然道，「誰殺了他？」

慕容腰道：「不知道。」

施文絕道：「不知道？他死在何處？」

慕容腰僵硬著一張臉：「不知道。」

施文絕皺起眉頭：「玉樓春死了，他的手在你手中，他的腿在李杜甫手中，他的牙齒在我手中，其他部分不知在何處，且既不知道他為誰所殺，也不知道他是死在何處、如何死的，是嗎？」

慕容腰淡淡道：「不錯。還有，方才赤龍傳來消息，玉樓春在女宅中暗藏的私人寶庫也空了，其中財物不翼而飛。」

施文絕張大嘴巴，不知該說些什麼，只覺此事匪夷所思，古怪至極。

李蓮花嘆了口氣：「也就是說，有人殺死玉樓春，劫走他的財寶，還把他的屍身到處亂丟。此人來無影去無蹤，不知是誰。」

慕容腰點頭，施文絕瞪眼道：「但是玉樓春的武功高強，名列江湖第二十二位。想要無聲無息殺了他，再將他切成八塊並提到香山上來亂丟，那凶手的武功豈非天下第一？」

慕容腰仰首望天：「我不知道。」

施文絕哼了一聲：「這件事倒是真的奇怪至極，這消息大家都知道了？」

慕容腰淡淡道：「赤龍姑娘已經派出女宅中的婢女找尋玉樓春的下落，大家都要回女宅討論此事，兩位也請回吧。」

他手中的斷臂猶自滴血，李蓮花縮了縮脖子，尚未說話。

慕容腰瞪了他一眼，似是有些輕蔑地道：「若是大名鼎鼎的李樓主能將玉樓春斷肢重組，起死回生，想必大家也就能明白是怎麼回事了。」

「啊——」李蓮花張口結舌。

施文絕咳嗽一聲：「我等快些回去，說不定已有線索。」

他一把拉起李蓮花便跑，慕容腰尾隨其後，三人很快回到香山之下，女宅之中。

女宅裡，玉樓春的殘肢已找到兩塊，分別是一塊左胸連著左上臂，一塊左下腹。如此拼湊起來，顯然玉樓春是被人以利器「王」字切法，切成了七塊，分別是頭、左上胸、右上胸、左下腹、右下腹和左右兩腿，此外尚有兩隻斷臂，只不過斷臂是被「王」字的中間一橫順帶切斷，姑且仍算是「王」字七切。

幾人圍著玉樓春的殘肢，皺起眉頭，看得嘖嘖稱奇。過去曾有「井」字九切劍聞名江湖，該人殺人都是「井」字切法，人身呈現「井」字劍痕，手段殘忍，早在十年前就被四顧門除去，而這「王」字切法聞所未聞，不知是否為「井」字的再精進，或是練習「井」字不到家而只能切成七塊？而且這「王」字切得整齊異常，絕非庸手以大刀砍就，乃是一劍之下，骨肉斷離，毫不含糊。即使當年的「井」字九切，也不過一劍之下，在人身上劃出九道血痕，至多剖出些花花腸子，稀里嘩啦的一大堆，絕不可能一劍將人切成九塊，而玉樓春卻確確實實被人切成七塊。

屍體的頭顱雖然不見，但眾人都認得出，這的確是玉樓春，他到中年仍舊白皙的皮膚，修長風雅的手指，以及手指上的那枚碧戒，在在證實死者的身分。究竟是誰殺了玉樓春，又是誰與他有如此深仇大恨，殺死他之後要將他分擲各處，不得全屍？眾人面面相覷，施文絕眉頭大皺：「其他兩塊是在哪裡找到的？」

赤龍眉頭微挑：「在引鳳坡。」

引鳳坡乃是女宅通往香山的必經之路，既然如此，那凶手定是將碎屍一路亂拋，丟入荒山野嶺，只是不知今日慕容腰幾人在香山賞楓，立刻便發現了。

「昨日難道有人潛入女宅，殺了玉樓春？」李杜甫沉吟。

闞山橫嗤之以鼻：「這屍體血流未乾，分明是這一兩個時辰內死的，絕不是昨夜死的，而是今天早上，你我都爬上去看紅樹葉的時候死的。」

慕容腰淡淡哼了一聲：「這人既然敢光天化日進來殺人，且能將『香山秀客』弄成這樣，可見武功了得，說不定是笛飛聲之流。」

施文絕恍然大悟：「是了是了，聽說李相夷當年的四顧門正在重立，笛飛聲也曾現身小青峰，說不定笛飛聲看中玉樓春的家業，想要他的錢重振金鴛盟，所以殺死玉樓春，奪走他的金銀珠寶。」

他自己覺得很有道理，旁人也覺得有理，李蓮花卻看他一眼，嘆了口氣。

「各位……不到『樓春寶庫』一行？」站在稍遠處，不敢直視玉樓春屍體的西妃，聲音極細極細地道，「那裡……那裡說不定還有什麼線索。」

眾人紛紛回應，穿過幾個院落，走到深藏於女宅之內的「樓春寶庫」。

女宅的庭院不大，然而古樸典雅，尤其是藏有寶庫的庭院「銀心院」更為精緻。道路一旁的迴廊以銀絲婉轉編就，經過些年月，銀絲微微顯露銅色，卻煞是古樸迷人，庭院中有個池塘，池塘邊的一棵木槿花兀自盛開，木槿高大青翠，花色白中帶紫，十分豔麗。

但眾人卻沒有心思細看這「銀心院」的風景，一眼望去，只見「銀心院」中心的那棟房子窗門大開，桌椅翻倒，書卷掉了滿地。此處似乎本是書房，而今地上被開了一個大洞，洞中七零八落地掉著許多翡翠、明珠、珊瑚之類，但絕大部分已經不翼而飛，地上留有許多形狀各異的印子。

一個黑漆漆的玄鐵兵器架歪在一邊，其上原本陳列著十八樣兵器，如今只剩下兩三樣，兩三樣中有刀有槍，卻無劍，刀是玄鐵百煉鋼，其上三道捲雲鉤，足以追命奪魂，槍是柳木槍，槍尖一點鑲的是細小金剛鑽，單這幾樣兵器便是價值連城、可遇不可求的寶物。

眾人在寶庫內看了一陣子，除了看出此地原本擁有多得驚人的奇珍異寶之外，也未看出什麼新線索，庫內地上有物體拖行的痕跡，但即使看出那些寶物曾被拖來拖去，也看不出究竟是何人取走，無甚用處。

「這庫裡原本有些什麼？」施文絕問。

赤龍隻手叉腰，靠在門邊：「聽說裡面本有一百枚翡翠，兩串手指粗細的珍珠鍊子，四十八個如意，十棵珊瑚，一尊翡翠玉佛，一條雪玉冰蠶索，兩盒夜明珠，以及各種奇怪的兵器、藥物，還有其他不知所謂的東西。」

施文絕看著空蕩蕩的寶庫：「看來這人當真是為財而來，值錢的玩意兒全搬走了。」

關山橫大聲問道：「他是怎麼搬走的？這麼大一屋子的東西，至少要趕輛馬車才拉得動啊！」

赤龍冷冷道：「這就是我等百思不得其解的地方，女宅之中，人來人往，絕不可能讓人搬走了一屋子家當還毫不知情，除非……」

有鬼……施文絕在心中替她補完。何況這屋子還在女宅正中央，外人絕不可能將馬車趕到銀心院中，搬上財物，再運出去。他想到此處，眼睛不免瞇了起來，斜眼往李蓮花處飄去。李蓮花卻東張西望，在寶庫中走來走去，只見他往左走了七八步，摸了摸牆壁，又往右走五六步，摸了摸牆壁，似乎在尋找什麼東西，可看了半天沒找到，滿臉失望，突然注意到施文絕拋來的眼神，連忙朝著他笑了一下。

施文絕為之氣結，不知李蓮花把自己的眼神想成什麼，走過去低聲問道：「騙子，你有什麼發現？」

李蓮花連連點頭，施文絕忙問：「什麼？」

李蓮花道：「好多錢……」

施文絕哭笑不得：「除了錢之外，你發現了什麼線索沒有？」

李蓮花道：「好多美麗的女人……」

施文絕再度氣結，轉過身去，不再理他。

李蓮花退了一步，不小心踩到歪在地上的玄鐵兵器架，「哐噹」一聲，施文絕轉頭看去，只見那號稱天下最堅韌鋒銳的玄鐵架似乎有些異樣。東方皓看了一眼便知，淡淡道：「世上居然有東西能在玄鐵上留下痕跡，了不起！」

眾人凝目望去，那玄鐵兵器架仍舊完好無缺，相比放置其上的兵器而言，製作得比較簡單，或許是玄鐵難得且難以琢磨之故，共計四道橫桿，桿不過寬一二分，間隔約莫一尺，放置兵器的支架上有許多約莫三寸多長、三寸多寬的印痕，說不上是什麼東西留下的痕跡，不像兵刃所留。

施文絕俯下身摸了摸那印痕，平整光滑，不知是什麼武器所留，當真是匪夷所思，眾人面面相覷，心裡都是大為詫異。

「難道這玄鐵架曾被用來運送寶庫中的財物？」施文絕問道。

慕容腰那張畫了胭脂的臉上顯出鄙夷之色：「只聽說過用箱子、布袋運送財物，原來世上還有人使用如此笨重的鐵條運送財物，不知運的是什麼東西？」

施文絕張口結舌，惱羞成怒，惡狠狠地瞪了李蓮花一眼，卻見李蓮花滿眼茫然地「啊」

了一聲，隨口道：「慕容公子說得有理。」

施文絕心中大怒，恨不得把慕容腰和李蓮花剝皮拆骨，生生烤來吞了。

眾人心裡暗自好笑，在寶庫中實在沒什麼發現，關山橫首先出來，到庭院樹後大剌剌地撒尿，他喝酒本多，自然尿急。女宅眾女紛紛皺眉，各自掩面，從未見過如此粗魯的男人。

突然間，關山橫罵道：「這是什麼玩意兒？這麼多！」

眾人過去一看，只見在距離水塘不遠的一棵樹下，泥土呈現一片黃綠之色，且有密密麻麻、黃白色細小條狀的東西，在其中不停蠕動，竟是上百條螞蟥。見此情景，眾人都是一陣毛骨悚然，女宅中女子失聲尖叫，就連赤龍這等女子，也是臉色發白。

慕容腰不由自主退了兩步，東方皓卻踏前兩步，目光閃動：「這泥土之上，只怕有血。」

施文絕也是如此想，若沒有血，絕不可能有如此多螞蟥，他疑惑道：「這裡如果有血，難道玉樓春竟是在這裡被分屍的？」

眾人定睛細看，只見這是一棵偌大的梧桐樹，枝幹參天，樹下光線幽暗，有甚大一片土地不生雜草，估計是陽光都被樹冠奪去之故。在這片泥土上，看不出什麼血色，卻有許多螞蟥在泥土中蠕動。

施文絕心念一動，趕回寶庫中抄起那把捲雲刀，往泥土中挖去。這片土地看似和其他泥土沒有差別，一刀挖去，卻挖出一塊黑色的硬土。那黑色自然是血漬，但施文絕大奇，這裡的泥土奇硬無比，一刀下去如中磐石，若不是此刀鋒銳異常，根本挖不開。

李蓮花接過他手中捲雲刀，在地上輕輕敲擊，這塊地上的泥土並非一致堅硬，而是有些特別堅硬，有些則比較鬆散，被施文絕翻開浮土之後，底下一層漆黑，正是大片血跡，顯然玉樓春正是死在此處。

「難道這殺人凶手內功登峰造極，一劍殺人之後，劍氣還能將死人身下的泥土弄成這等模樣？」施文絕喃喃自語。

東方皓卻冷冷道：「是有人撒上泥土掩蓋血跡，看來凶手並非一人獨自下手，他在這女宅之中，必定有幫凶！」

他本來寡言少語，此言一出，眾人都是微微一震。

東方皓的目光自眾人臉上掃過：「如果不是對寶庫非常了解，他怎麼可能找到這種地方？」

慕容腰音調有些尖銳起來：「你是說我們之中，有人為殺人凶手做臥底？」

東方皓哼了一聲：「價值連城的珠寶，削鐵如泥的神兵，喜愛之人應當不在少數。」

「你的意思是，今日早晨，大家上香山之時，有人把玉樓春宰了，搶了他的珠寶，分了他的屍，拿著他的手啊腳啊往香山一路亂丟，然後女宅中有人在此地撒土，替他掩蓋殺人之事？」李杜甫道，「東方兄英明，但你莫忘了，今日清早，你我都在香山，沒有一人缺席，究竟是誰分身有術，能殺得了玉樓春？」

「我可沒說是你我之中有誰殺了玉樓春，我說的是這女宅之中，必定有人是凶手的內應。」東方皓冷冷道。

眾人面面相覷，心裡各自猜疑，施文絕心中暗想：大有道理，只是不知這內應是誰？誰會在這棵樹下撒上泥土？居住在「銀心院」旁的人都有嫌疑……他搜索枯腸之際，突然看見李蓮花呆呆地看著地上：「你在看什麼？」

「啊……」李蓮花道，「有許多不會動。」

施文絕奇道：「什麼有許多不會動？」

李蓮花的鞋子小心翼翼地往旁邊退了一步：「這些螞蟥，有許多不會動，有些本來不動，又動了起來。」

施文絕莫名其妙，心道這騙子莫非提早瘋了？

慕容腰冷眼看了看那些可怖的蠕動蟲子：「玉樓春在此被人殺死，寶庫財物不翼而飛，那殺人凶手的武功高強異常，『王』字七切日後若在江湖現身，我等就知道他是殺死玉樓春的凶手。今日既然主人已故，我等香山之會，也該散了吧？」

關山橫不住點頭，顯然覺得此會甚是晦氣，只盼早點離去。李杜甫也無異議，施文絕雖然心有不甘，卻也無話可說，東方皓不答。李蓮花看著那些螞蟥：「等一等。」

「怎麼？」眾人詫異。

李蓮花喃喃道：「其實我一直想不明白一個問題，不知各位能否指點一二。」

施文絕忍不住問道：「什麼？」

李蓮花抬起頭，似乎對施文絕的附和很是滿意，瞇起眼睛一陣搖頭晃腦，方才睜眼看向右手邊一棵大樹，那是棵木槿：「這花開在枝頭，樹幹高達兩丈，那花上的斑點究竟從哪裡來的？這花雖然美麗，有人愛折，但折下遠在兩丈高處的花朵，如何會濺上許多泥土，我一直想不明白。」

眾人一愣，昨日筵席上那朵濺上泥土的木槿依稀又在眼前，花朵上確實濺上許多細小泥土，但並非隨雨水滴落的灰塵，灰塵色黑，泥土色黃，截然不同。

施文絕道：「有泥土又如何？」

李杜甫也道：「說不定乃是摘花之後，方才濺上泥土。」

李蓮花走到木槿樹下，慢慢爬上去，折了另一朵花下來，遞給李杜甫：「這是潮溼泥土濺上花樹之後留下的痕跡，並非只有一朵花如此。」

施文絕忙問道：「那又如何？」

李蓮花瞪了他一眼，似乎有些奇怪他竟不理解：「這樹高達兩丈，花開在樹上，泥土長在地上……你還不懂嗎？」

他往前走了兩步，舉起手中的捲雲刀，往地上用力一鏟，隨後揚起，「嚓」的一聲，地上被他掘出一個小坑，而刀尖上沾到的泥土隨刀後揚之勢飛出，「沙沙」濺到木槿樹上，木槿樹葉一陣輕微搖晃，泥土簌簌落下，不知落在樹下何處。

李蓮花收刀回頭，見眾人臉色或驚訝，或佩服，或凝重，或駭然，形形色色。他突然一笑，眾人看他的眼光越發驚悸，連頭也情不自禁地往後縮了縮。

李蓮花露齒一笑，頓了頓，悠悠道：「這泥土，就是這般飛上兩丈高的木槿，沾在了花上。」

施文絕打了一個寒顫：「你是說……你是說……昨日之前……有人……有人在此挖坑……」

李蓮花拄刀在地，一手叉腰，眼神很愉快地自眾人臉上一一掃過，突然再度露齒一笑：「我可沒說他一定在此挖坑，說不定在這裡，也說不定在那裡。」

三 價值連城之死

李蓮花說的「這裡」和「那裡」就是他的左腳往外一步，或者右腳往外一步。眾人一時沉默，或看他的左右兩隻鞋子，或呆呆地看著那棵木槿樹，竟不知該說什麼好。

慕容腰忍不住問道：「你是什麼意思？難道說，你知道凶手是誰？」

李蓮花對他一笑：「我像不像刀下斬貂蟬的關雲長？」

慕容腰一愣，施文絕已搶著道：「不像！你快說，凶手是誰？」

「赤龍姑娘，我知道問這樣的問題很失禮，但妳能不能回答我，當年妳究竟是如何進入女宅的？」李蓮花的視線在眾人臉上看過去看過來，最終停在赤龍臉上，目光很溫柔，柔聲問，「是玉樓春強迫妳的？」

赤龍本來倚在一旁默不作聲，聞言不禁一愣，過了半晌，「我父母雙亡……」又頓了頓，她突然惡狠狠地道，「玉樓春殺了我父母，為了得到我，他說我是天生的舞妖，一定要在他的調教下，方能舞絕天下。」

眾人啞然，施文絕道：「難道是妳……是妳殺了玉樓春？」

李蓮花搖了搖頭，尚未說話，赤龍冷冷道：「誰說我殺了玉樓春？我一介女流，不會武功，怎麼殺得了他？」

施文絕啞口無言，望向李蓮花，李蓮花忽然從懷裡取出一片黃白色軟綿綿的東西在指間把弄，對赤龍微笑道：「其實這件事兇手是誰很清楚，我一直在想的，不是兇手究竟是誰，而是究竟誰才不是兇手。」

此言一出，眾人臉色大變，施文絕「哎呀」一聲，和關山橫面面相覷：「難道你也是兇手？」

關山橫怒道：「胡說八道！我看你小子賊頭賊腦，臉又黑，多半就是兇手！」

施文絕怒道：「臉黑又怎麼了？臉黑就一定是兇手嗎？那包青天的臉世上最黑，件件兇案他都是兇手？」

關山橫道：「臉黑就不是好人！」

施文絕氣極，本想指著這大胖子的鼻子和他理論，卻苦於關山橫比他高了兩個頭，如此比畫未免吃力，正苦思對策之際，李蓮花道：「二位英俊瀟灑，當世豪傑，那個……自然不是兇手。」

他一句話便讓其他人變了臉色。李蓮花的臉色卻好看得很，歪著頭向其餘幾人瞟了幾眼：「究竟是誰殺了玉樓春，其實從『銀心院』後有人挖坑一事就可看出，玉樓春之死絕非意外，而是有人預謀。」

施文絕點了點頭：「但你怎知挖坑之處就在你腳下？」

李蓮花微笑地往外踏了兩步，他方才站的地方離那螞蟥不遠，在木槿樹下更靠近池塘的溼地。

「這裡靠木槿更近一些，而且泥土潮溼，掩埋起來也比較不易看破，除了此地，其他地方挖坑，泥土未必會撒向木槿樹。」他手中的捲雲刀輕輕往下挖掘，這裡的泥土很容易挖開，和那樹下的硬土截然不同。

片刻後，表層溼土被挖開，土下一塊綠色衣裳露了出來，李蓮花停手不再往下挖，悠悠嘆了口氣：「這就是玉樓春其他部分，這件事說來話長，若是有人不愛聽，或是早已知道，便可隨意離去。」

他如此說，眾人卻哪敢「隨意」，一旦離去，豈非自認「早已知道」？

李蓮花將捲雲刀交給施文絕，用很善良的眼神看著他，意思就是叫他繼續往下挖。施文絕心中大罵為何要為這騙子出力，卻鬼使神差地接過刀，賣力地挖了下去。

李蓮花抖抖衣裳、拍拍手，在池塘邊一塊乾淨巨大的壽山石上坐下。這石頭價值不菲，李蓮花卻拿它當椅子，舒舒服服地坐著，咳了兩聲，清了清喉嚨，才慢吞吞道，「玉樓春家財萬貫，名下擁有武林眾多稱奇出名的行當、買賣和宅院，當然女宅也是他大大有名的生意之一。他這女宅十年前便開始經營，其實我年輕時也曾易容來此遊玩，對玉樓春這類生意略知一二。女宅中的女子驚才絕豔，但世上驚才絕豔的女子本就不多，驚才絕豔且願意賣身的女子更是少之又少。玉樓春女宅中數十位色藝無雙的女子絕大多數都是他強行擄來，甚至是使盡手段收入女宅中的，對他就算沒有恨之入骨，也無甚好感。所以有人要殺玉樓春，半點也不稀奇，稀奇的是，以玉樓春一身武功，萬般小心，這麼多年在女宅中出入安然無恙，怎會在昨日暴斃？就算這些女子有心殺人，手無縛雞之力又如何殺得了武林排名第二十二的高手？」他的目光在眾人臉上瞟來瞟去，「昨日和往日的區別，就在於『漫山紅』大會，女宅之中，住進了許多江湖好漢，都是有閱歷、見過世面的男人。」

關山橫愣愣地道：「男人？我們？」

李蓮花微笑點頭：「我等為何要來赴約？」

關山橫道：「因為玉樓春是『武林第二富人』，他的邀請自然很了不起。」

李蓮花道：「我等來赴約，是因為玉樓春很有錢，有錢自然就受人尊敬、受人崇拜、受人羨慕……總而言之，我等是衝著他的錢來的。」

如此說法，雖然極不好聽，卻是實情，眾人臉色難看，無言以對。

關山橫道：「雖然說他很有錢，可我從來沒想過要他的錢。」

李蓮花道：「如果女宅之中，有人要殺玉樓春復仇，而賓客之中，有人想要玉樓春的錢財，那麼一個要人、一個要錢，很容易一拍即合……」

施文絕聽到這裡忍不住「啊」一聲叫了出來，李蓮花對他露齒一笑，繼續道：「玉樓春自然就難逃一死了。一個人可以結一個仇人，或者一個對頭，但當他的仇人變成兩三個，或者五六個，他便危險得很，何況他的仇人和對頭還會合謀。」

東方皓冷冷問：「好，你說女宅之中有人和賓客裡應外合，殺玉樓春，此點我十分贊同。只是玉樓春屍體流血未乾，分明剛死，今日晨時，你我幾人都在香山，未過多時便發現玉樓春的屍體，短短時間絕無可能下山殺人再返回，那究竟是誰殺了玉樓春？」

李蓮花道：「其實，玉樓春不是今天早上死的，他昨天晚上就已經死了。」

東方皓一怔：「胡說！他若是昨夜死的，屍體早該僵硬，決計不會流血。」

李蓮花手指一翻，指間夾著的東西在東方皓眼前一晃：「玉樓春是怎麼死的，還要從昨天晚上那場精妙絕倫、世上絕無僅有的酒席說起。」

東方皓認出他手中夾的是一塊蛻下的蛇皮——這和昨日的酒席有何關係？昨日並沒有吃蛇。

「昨天到底吃了些什麼，可還有人記得？」李蓮花微笑問。

施文絕頓時大為得意：「昨日吃的是白玉奶茶、杏仁佛手、蜂蜜花生、白扒當歸魚唇、碧玉蝦捲、一品燕窩、白芷蝴蝶南瓜、菊花里脊、金烤八寶兔、金針香草鮭魚湯、捲雲蒜香獐子肉……」

李蓮花連連點頭：「你背菜單的本事也很了得，昨日可有喝湯？」

施文絕道：「有，那魚湯真是鮮美至極。」

李蓮花微微一笑：「那你昨夜可有睡好？」

施文絕道：「睡得很好，早上還睡晚了些。」

李蓮花看了關山橫一眼：「關大俠是不是也睡過頭？」

關山橫一怔：「昨晚睡得像死豬一樣……」

李蓮花又看了東方皓一眼：「那東方大俠又如何？」

東方皓道：「昨夜蟲鳴，太吵。」

李蓮花又問慕容腰，慕容腰道：「睡得很好。」

再問李杜甫，李杜甫也道和往日一樣。

李蓮花的視線慢慢移到赤龍身上，文雅溫柔地問：「不知赤龍姑娘以為，昨日的菜色如何？」

赤龍道：「和往常一樣。」

李蓮花從懷裡摸出一塊手帕，打開來，裡面夾著一條金黃色打結的東西，似乎是金針花。他在眾人面前晃了一下。

慕容腰道：「你拿條金針花要做什麼？」

李蓮花對他一笑：「我不大認得金針花，不怎麼敢亂吃，這若是可以吃的，不如慕容公子先吃給我看看？」

慕容腰臉上變色：「你要我？」

李蓮花慢慢打開那條金針花的結，鬆開後的花蕾很完整，色澤枯黃，花瓣卻不是一瓣一瓣的，而是略帶筒狀。

施文絕越看越覺得不像金針花：「這是什麼東西？」

李蓮花道：「這是洋金花，原本洋金花和金針花完全不像，不過花晒乾了都是黃黃長長的一條，再打個結，炒一炒就很像了。」

施文絕變了臉色：「什麼？這是曼陀羅……」

所謂的「洋金花」，又稱「曼陀羅」，李蓮花嘻嘻一笑，「不錯，就是曼陀羅。」他對著赤龍再笑了一下，赤龍臉色蒼白，一動不動，只聽李蓮花繼續道，「白扒當歸魚脣、白芷蝴蝶南瓜、假冒的金針香草鮭魚湯。當歸、白芷和曼陀羅，是傳說中華陀『麻沸散』的成分。就算不能真的麻醉，吃多了，也會頭昏眼花，沉睡不起。所以昨日喝了魚湯的人今日晚起，不喝魚湯的人卻不貪睡。玉樓春喜歡吃魚，這幾味菜下肚，就算他是江湖第一，也不免睏倦。」

眾人不禁把目光轉到赤龍身上，昨日菜色固然是玉樓春親點，但出菜卻是赤龍一手操辦。

李蓮花對赤龍微笑，揚了揚手中黃白色的蛇皮：「昨日我吃多了甜食，沒怎麼喝湯，回到房間的時候，還很清醒，而西妃姑娘就在我房裡。」

赤龍不答，西妃驚恐地看著李蓮花，一雙明目睜得很大，不知他又要說出什麼驚人之言。

李蓮花嘆了口氣，「我本來十分高興，西妃姑娘卻說是和赤龍姑娘下棋輸了，所以才到我房裡，我聽了很傷心，但也因此得知，昨夜赤龍姑娘代替西妃姑娘，和玉樓春在一起。」他舉起手指間夾著的蛇皮，「然後我又在房間裡找到這個東西，這代表什麼呢……我猜大家的反應應該都和我差不多，見到這種東西，都是嚇一跳，然後大叫『有蛇』！」

東方皓極其詫異地看著那張蛇皮：「原來這是在你房裡找到的，女宅之中居然有蛇？」

李蓮花繼續道：「有蛇皮，自是有蛇蛻皮，然而皮在，蛇卻在哪裡？這塊蛇皮有許多斑紋，脖子如此細，想來是一隻烙鐵頭。」

東方皓點了點頭：「不錯，這確實是烙鐵頭。」

李蓮花對赤龍晃了晃蛇皮，正色道，「我思來想去，房裡為何會有這種毒蛇蛻的皮，原本百思不解，夜半卻突然想到，我的房間在西面最後一間，最靠近樹木草地，難道那房間無人住宿之時，有人把毒蛇養在房中？而昨日西妃姑娘來到我房裡，莫非是有人害怕我發現那裡本是個蛇窩，而特地送來豔福？若是我一心一意痴迷於西妃姑娘，說不定就不會發覺房裡有蛇皮。」他又喃喃道，「雖然西妃姑娘將房間整理了一遍，衣櫃底下還是有蛇皮……真是對不住啊。」

西妃退了兩步，臉色慘白。

「你那房間原來是個蛇窩。」施文絕幸災樂禍，「那條蛇呢？」

李蓮花看了他一眼：「你再挖下去，說不定就會見到蛇……」

施文絕聞言大刀一揮，在泥土中亂戳，又聽李蓮花繼續道，「玉樓春吃了那妙不可言的酒席，曼陀羅和酒一起下肚，回去必定睡得不省人事，此時要是有什麼竹葉青、烙鐵頭之類的蛇在他身上咬幾口，他想必也不知道，於是就這麼死了。」他很溫和地看著赤龍，「昨天夜裡，妳用烙鐵頭殺了他，對嗎？」

赤龍咬脣，沉默不語，似在思考什麼。

「可玉樓春分明是被『王』字切分為七塊……」施文絕失聲道，「如果他是被赤龍施放毒蛇咬死，赤龍不懂武功，又怎麼能把他切成七塊？就算她有絕世利器，沒有勁道，也不可能將人分屍啊！」

東方皓也道：「他若是昨夜死的，為何血液還未凝固？」

李蓮花對施文絕和東方皓的疑問充耳不聞，極其溫柔地凝視著赤龍：「昨天夜裡，是妳和玉樓春在一起，並用烙鐵頭殺了他，對嗎？」

赤龍不答。

李蓮花嘆了口氣，突然道：「書呆子，你把玉樓春挖出來沒有？」

施文絕連忙道：「快了，快了。」

他原本挖得漫不經心，此刻運刀飛快，很快把土中一團血肉模糊的東西挖出來，而除去那團血肉，土裡還有條死蛇，果然是烙鐵頭。出乎所有人意料的是，那團血肉居然不是幾塊零散的碎屍，而是連成一塊的半個軀體，左半邊被生生挖去。

「王」字七切居然不是「王」字，而是只有「王」字的左半邊。

李蓮花翻看玉樓春屍體的右半邊，那半邊的頸部和胸口、手臂都有紫黑色的紅腫，以及一對一對針刺般的傷口。

「這是烙鐵頭的牙印。」他嘆了口氣，「一個人的左半邊被切成三塊，並不代表他的右半邊也被切成三塊，而是代表他的左半邊有被切成三塊的理由。」

東方皓忍不住問：「什麼理由？」

「如果赤龍姑娘殺了玉樓春，然後坐在房中等著被人發現，那麼她必然會被玉樓春的手下殺死。她若是不想死，就要想辦法證明玉樓春為別人所殺，和她半點關係也沒有。」李蓮花微笑道，「她籌謀很久了，一直到昨日『漫山紅』筵席之上，有些人對她大為傾倒，說不定酒席之後，他們又聊了聊天，才終於決定下手。然後這些人在玉樓春死後，將他搬了出來，把他左邊的屍身弄成古怪的三塊，再把他右邊屍身藏起來。」

施文絕皺眉：「這又是什麼道理？」

李蓮花道：「把左邊屍體弄出來給人看，大家自然會以為，右邊屍體和左邊一樣被切割整齊，所以玉樓春是被碎屍致死。既然左邊被切成三塊，那自然右邊也被切成三塊；既然左邊的屍體被人四處亂丟，那右邊的屍體也會被人不知丟到何處，無法尋找。如此一來，藏在『銀心院』土坑裡的半邊屍體就永遠不會被發現，玉樓春被毒蛇咬死之事，便永遠不會有人知道。」

眾人面面相覷，手心都有些冒汗，這……這果然是……

「但玉樓春的殘肢還在流血……」東方皓仍然想不通，「他怎會是昨日死的？」

李蓮花微微一笑：「烙鐵頭之毒，能令人血液不凝固，所以玉樓春的屍體仍會流血，這些血裡含有曼陀羅，所以螞蟥吃了以後，都睡著了。」

東方皓仍在搖頭：「不不，就算他血液不凝固，從昨日分屍到今日早晨，血也早已流乾，絕不可能還在流血。」

李蓮花慢慢道：「不錯，他若是昨日被人分屍，那今日定然不會流血，他既然還會流血，便不是昨日被分屍，而是今天早晨……你我都去了香山，或者你我去香山之前，被分屍的。」

「你的意思是，他是被女宅中的女人弄成這樣的？」施文絕大吃一驚，「怎麼可能？她們不會武功，就算有利器，也不可能把人弄成這樣。即使是絕代高手，手持神兵利器，將人大卸八塊可以，卻不可能切得如此整齊，除非經過長期練習，但那怎麼可能？江湖高手若是出劍，多半是從人身弱點下手，絕無可能從胸口、屁股等肉厚之處斬斷。」

李蓮花道：「若是江湖劍客所為，自然不會如此，但她們並非江湖劍客。」

「她們？」施文絕張口結舌，他指著女宅中眾多女子，「你說『她們』？」

李蓮花微微一笑：「那『樓春寶庫』裡財寶眾多，若凶手只有一人，如何搬得完？又如何知道寶庫所在？自然是『她們』。」

關山橫、東方皓、慕容腰和李杜甫面面相覷。李杜甫道：「你……你知道她們是如何將玉樓春分屍的？」

李蓮花露齒一笑：「我知道。」

赤龍再也按捺不住：「你……你……」

她踉蹌退了幾步，她身後的眾位女子花容失色，西妃眼中突然流下淚來，施文絕目瞪口呆，憐惜得想要上前，卻又不敢。

李蓮花慢慢抬手指著那寶庫中的兵器架：「玉樓春被切為寬約一尺的三塊……半個

『王』字——你們看那架子，是否就是相距尺許的半個『王』字？」

眾人隨他手指望去，怔怔地看了那兵器架許久，果然，那兵器架的邊緣，連同橫桿，不正是半個「王」字？只不過「王」字三橫，兵器架是四橫。

施文絕突然跳了起來：「你瘋了？你說這些大姑娘用這奇笨無比的兵器架把玉樓春切成三塊？你瘋了嗎？這東西連個鋒口都沒有，連皮都劃不破，還能用來殺人？」

李蓮花瞪了他一眼：「你沒發現，這一塊地有幾處特別硬嗎？」他說的是剛才爬滿螞蟥的地方。

施文絕一怔：「有是有，可是……」

李蓮花慢吞吞又問：「你沒發現這兵器架上有許多方方正正的印痕，又直又滑？」

施文絕道：「不錯，但是……」

李蓮花慢吞吞地瞟了赤龍一眼：「這塊地顯然有些地方經過重壓，而玄鐵架何等堅韌，是什麼東西能在其上留下痕跡？除非它也經過重壓。」

東方皓點了點頭：「不錯。」

李蓮花道：「也就是說，有種三寸多長、三寸多寬、三寸多高的東西，壓在玄鐵兵器架上，又有些壓到了那塊流滿血汙的泥地，而玉樓春就是在那裡被分屍的，還掉了顆牙齒，你們明白嗎？」

施文絕仍舊呆呆的：「明白……什麼……」

東方皓卻已變色：「我明白了，她們將玄鐵架壓在玉樓春的屍身之上，然後往上放置十分沉重的東西，玄鐵架受力不過，陷入玉樓春血肉之中，最終將他的左邊身體切成了三塊！如此方法，不須驚天動地，不須花太多力氣，沒有半點聲音，玉樓春便成了四塊！」

眾人張大嘴巴，相顧駭然，施文絕喃喃道，「怎會……怎會如此……如此可怖……」他突然抬起頭，「那三寸多長、三寸多寬、三寸多高的東西是什麼？」

李蓮花悠悠道：「說起這種東西，大家都很熟悉，說不定在夢裡也經常見到。」

關山橫大奇：「那是什麼？」

李蓮花問道：「依你們所知，日常所見之物，什麼最重？」

施文絕想了想，「日常所見之物……自然是……黃金最重……啊——」他大吃一驚，「難道——」

李蓮花嘻嘻一笑，「不錯，那三寸多長、三寸多寬的東西，就是金磚。」他慢慢伸出手指在空中比畫，「三寸多長、三寸多寬、三寸多高的一塊金磚，約莫有三十八斤重，那麼一百塊這樣的金磚，就有三千八百斤。要將玉樓春切成四塊，我看一千斤足矣，也就是二十六塊金磚壓在兵器架上，便足以將他『分家』。」

「但那寶庫之中，沒有金磚啊！」施文絕失聲道。

李蓮花一笑，「如果赤龍要殺玉樓春，她所報的寶庫清單自然不能作數。玉樓春『樓春寶庫』中怎可能沒有金磚？」他嘆了口氣，「何況那金磚足足有一百零四塊之多，難道你們沒有瞧見？」

「一百零四塊金磚？」眾人面面相覷，「在哪裡？」

李蓮花瞪眼道：「就在寶庫裡。」

眾人紛紛趕回「樓春寶庫」，仍然四壁徒然，什麼也沒有。

李蓮花站在寶庫大門口，眼見施文絕像無頭蒼蠅一般在寶庫裡亂轉，十分失望地嘆了口氣，喃喃道：「文絕，你這次上京趕考，多半又沒有考過……」

施文絕驀地回身，大驚失色：「你怎麼知道？」

李蓮花又嘆了口氣：「做官要眼觀四面、耳聽八方才會長命……你站到我這裡來。」

施文絕「嗖」一聲倏地竄到李蓮花眼前：「金磚在哪裡？」

李蓮花喃喃道：「讀書人不可功利，豈可一心想那金磚？那是他人之物、身外之物、殺人之物。你面向左邊牆壁，一直走到盡頭，算一算你走了幾步，再敲一敲牆壁是什麼聲音。」

施文絕依言走了七步半，敲了敲牆壁，毫不稀奇。

李蓮花又道：「你再回來，面向右邊牆壁，一直走到盡頭，算一算你走了幾步，再敲一敲牆壁是什麼聲音。」

施文絕這一回走了六步，屈指在牆上一敲，手指生疼，他一怔：「這面牆……」

李蓮花很有耐心地道：「就是金磚了。」

原來金磚就在牆上，外表被抹了層薄薄的煤灰，如同青磚。

眾人相顧駭然，女宅中的女子一片沉默。

李蓮花抬起頭，「因為『樓春寶庫』失竊，要將這許多財物突然搬出女宅，顯然不大可能，如果真有一人能闖入女宅、殺死玉樓春、奪走寶庫裡諸多東西，那他身上應該背著至少兩個大麻袋，且左右兩手各提著一些貴重兵器。而他不但背走了眾多財寶，居然還能攜帶玉樓春的數塊殘肢，並花費許多力氣丟在香山各處，這實在讓人難以想像。所以我想……最有可能找到寶庫且把裡面東西輕易搬走的，自然是女宅裡眾位姑娘。何況金針香草鮭魚湯變成曼陀羅香草鮭魚湯，我房間裡那烙鐵頭的蛻皮，前日木槿樹下的土坑，在在說明了女宅中的各位姑娘和玉樓春的死有關。」他歉然地看著赤龍和西妃，「雖然……妳們不願承認，但事實便是事實……」

赤龍仍舊不答，西妃卻緩緩點了點頭。

「那餘下的疑問，便是誰教赤龍將玉樓春分屍以掩飾他被毒死的真相？是誰授意編造有武林高手殺害玉樓春盜走財物的故事？」李蓮花慢吞吞道，「要是財物被『神奇至極』、

『武功高強』、『聞所未聞』的奇怪殺手盜走，那麼自然無從追查，這筆偌大的財富，也就落到了編故事的人手中。」他凝視著慕容腰，目光並不咄咄逼人，十分溫和且具有耐心，「慕容公子，你是其中之一。」

慕容腰一聲冷笑：「你有何證據證實我是其中之一？」

「第一，你沒有喝那碗聰明至極的曼陀羅香草鮭魚湯；第二，你和赤龍姑娘十分投緣；第三，你力主有笛飛聲之流的高手殺死玉樓春；第四，香山之上，是你手持玉樓春的殘肢出現。既然故事裡攜帶玉樓春屍體到處亂丟的武林高手並不存在，那你手中的玉樓春左手是從哪裡來的？」李蓮花十分平靜，一字一字道，「無論是從何而來，也絕不會是在香山山谷裡撿的。」

慕容腰為之變色，尚未說話，李蓮花對著李杜甫一笑：「李大俠，你是其中之二。」

李杜甫哼了一聲：「何以見得？」

李蓮花道：「理由和慕容公子一模一樣，說不定還要加上一條——今日早晨，你故意最晚上山，將玉樓春的殘肢帶去，藏在山中，再和慕容腰一起假裝撿到。」

李杜甫臉色微微一變：「胡說八道！東方皓不也沒喝那魚湯，那他定也是其中之一。」

李蓮花嘆了口氣，喃喃道：「這個問題我也想了許久。喝了魚湯的人自然不是同謀，而沒喝魚湯的人究竟誰不是凶手？可我早上不小心發現一件事，證明了東方皓多半不是同謀。

何況他若是同謀，便不會堅持女宅之中有凶手的幫凶了，世上哪有自揭同夥的凶手？」

施文絕思來想去，始終想不明白什麼事讓李蓮花想通東方皓不是凶手，只聽李蓮花向東方皓歉然道，「早上下棋，我看見你有幾百萬兩銀票……」眾人都情不自禁「啊」了一聲，李蓮花繼續道，「你既然有幾百萬兩銀票，自然不會貪圖玉樓春的財寶，唉……這是三歲孩童都明白的道理。」

東方皓冷硬的臉上突然露出一絲微笑：「幾百萬兩銀子，是黑五幫黑道上劫來的款子，我打算送到南方水災之地去救災，也不是我的錢，我本身窮得很。」

李蓮花滿臉敬佩，施文絕瞪眼道：「你若是貪財之人，貪你懷裡那幾百萬兩不是比貪玉樓春的寶庫快得多？」

東方皓哈哈一笑：「不過無論如何，今日李樓主讓我大開眼界，原來李樓主除治病救人之外，抓賊也很在行，佩服佩服。」

四 女宅觀

那日破案之後，關山橫和東方皓將慕容腰和李杜甫送去「佛彼白石」百川院裡受罰，女宅之中一干女子都交給花如雪處理，「樓春寶庫」裡的財物其實並未丟失，只是被搬到別處，裝作丟失的樣子。花如雪令她們將女宅改為道觀，一干女子統統帶髮修行，以抵消謀殺玉樓春之罪。赤龍被花如雪帶走，聽說將在大牢中待上十年，她卻不後悔。

李蓮花和施文絕離開女宅已有數日。

江湖傳言，蓮花樓樓主李蓮花，再施妙手，令玉樓春碎屍癒合，死後復活，口吐真言，自述是被蛇妖白素貞的妹子赤龍等人所害，李蓮花施下法術，故而一舉擒獲凶手云云。

「我真是想不通，為什麼張三經過江湖這麼一傳，就變成了李四？」施文絕手持《論語》，坐在吉祥紋蓮花樓中最好的一張椅子上，「美女被江湖一傳，就成了妖精？而你卻總是能被傳成神仙？」

李蓮花看著他那隻踩在桌子邊緣的腳，嘆了口氣道：「那是因為江湖的習性就是如此——你能不能不要把腳踩在桌上？」

「不能。」施文絕拿開《論語》，瞪眼道，「難道你怕髒？」

李蓮花又嘆口氣道：「我不怕髒，我是怕——」

他一句話還沒說完，施文絕忽覺腳下一晃，整個人「砰」的一聲墜地，屁股傳來一陣劇痛，那桌子居然塌了。施文絕目瞪口呆，又覺頭頂「劈啪」一陣亂響，那散去的木板不少彈到他頭上。以他蹬在桌上的腳力，這頭上少說要腫七八個包。

此時，李蓮花歉然的聲音方才傳入耳內：「我是怕這桌子只剩三條腿，上次被方多病坐塌了……」

施文絕頂著滿頭木屑，過了好久，居然笑出聲來：「哈哈，哈哈哈，不要緊，只要你把桌子釘起來，我下次定會記得不要踩……」

李蓮花正色道：「當然、當然。」

——《蓮花樓》（冊二）　完

高寶書版集團
gobooks.com.tw

YE 024
蓮花樓（冊二）
作　　者　藤　萍
特約編輯　余純菁
責任編輯　高如玫
封面設計　張新御
內頁排版　賴姵均
企　　劃　何嘉雯

發 行 人　朱凱蕾
出　　版　英屬維京群島商高寶國際有限公司台灣分公司
　　　　　Global Group Holdings, Ltd.
地　　址　台北市內湖區洲子街88號3樓
網　　址　gobooks.com.tw
電　　話　(02) 27992788
電　　郵　readers@gobooks.com.tw（讀者服務部）
傳　　真　出版部(02) 27990909　行銷部 (02) 27993088
郵政劃撥　19394552
戶　　名　英屬維京群島商高寶國際有限公司台灣分公司
發　　行　英屬維京群島商高寶國際有限公司台灣分公司
初　　版　2023年01月

原著書名：《吉祥紋蓮花樓》
本書中文繁體字版由天津星文文化傳播有限公司授權出版。

國家圖書館出版品預行編目(CIP)資料

蓮花樓（冊二）/藤萍著. -- 初版. -- 臺北市：英屬維京群島商高寶國際有限公司台灣分公司, 2023.01
冊；　公分. --

ISBN 978-986-506-596-6（第1冊：平裝）.--
ISBN 978-986-506-597-3（第2冊：平裝）.--
ISBN 978-986-506-598-0（第3冊：平裝）.--
ISBN 978-986-506-599-7（第4冊：平裝）

857.7　　111018766